U0501847

见证天津

市第十一次党代会以来发展成效综述

中共天津市委宣传部 编

天津出版传媒集团

天津教育出版社　天津人民出版社

图书在版编目（CIP）数据

见证天津：市第十一次党代会以来发展成效综述 /
中共天津市委宣传部编. -- 天津：天津教育出版社：
天津人民出版社, 2022.7
　ISBN 978-7-5309-8858-9

　Ⅰ.①见… Ⅱ.①中… Ⅲ.①新闻报道—作品集—中
国—当代 Ⅳ.①I253

中国版本图书馆CIP数据核字(2022)第113133号

见证天津——市第十一次党代会以来发展成效综述
JIANZHENG TIANJIN SHI DISHIYICI DANGDAIHUI YILAI FAZHAN CHENGXIAO ZONGSHU

出　版　人　黄　沛

编　　　者　中共天津市委宣传部
责任编辑　王艳超　曾　萱　郑　玥
装帧设计　郭亚非

出版发行　天津出版传媒集团
　　　　　天津教育出版社　　　天津人民出版社
　　　　　天津市和平区西康路35号　邮政编码300051
　　　　　http://www.tjeph.com.cn

经　　销　新华书店
印　　刷　天津新华印务有限公司
版　　次　2022年7月第1版
印　　次　2022年7月第1次印刷
规　　格　16开（787毫米×1092毫米）
字　　数　350千字
印　　张　23.25
插　　页　2

定　　价　72.00元

编 委 会

|开|栏|语|

砥砺奋进的五年
（代 序）

　　五载砥砺，春华秋实。市第十一次党代会以来，天津高举习近平新时代中国特色社会主义思想伟大旗帜，全面深入贯彻落实习近平总书记对天津工作"三个着力"重要要求，坚定不移贯彻新发展理念，坚定不移推进高质量发展，团结一心、攻坚克难，经济建设、政治建设、文化建设、社会建设、生态文明建设齐头并进，全面从严治党成效显著，开启全面建设社会主义现代化大都市的新征程。

　　砥砺奋进的五年，是坚守战略定力的五年。天津坚持"咬定青山不放松"的历史耐心，完整准确全面贯彻新发展理念，拼质量、拼效益爬坡过坎，调结构、优产能壮士断腕，挤水分、去虚高大刀阔斧，国有企业改革纵深推进，制造业立市强势回归，智慧港口、绿色港口志在万里，创新驱动"双源头"动力增强，消费商贸"双中心"培育建设，底盘厚实、马力提升、稳中有进、稳中向好的高质量发展态势加快形成。

　　砥砺奋进的五年，是践行人民至上的五年。天津坚持"一枝一叶总关情"的民生情怀，聚焦群众"急难愁盼"问题，紧抓重点，补足短板，筑牢保障线，用心帮助"一老一小"，着力解决看病难看病贵，加长版供暖期温暖千家万户，清零式棚户区改造喜圆安居梦，精准化疫情防控彰显治理能力，高质量小康社会全面建成，为加快"五个现代化天津"建设、促进共同富裕积聚了宝贵的民心民气和精神动力。

砥砺奋进的五年，是把握历史主动的五年。天津坚持"风物长宜放眼量"的政治自觉，投入未来、投入长远、投入战略、投入基础，主动融入京津冀协同发展战略，科学布局"津城""滨城"双城发展，深入实施"871"重大生态工程，扎实解决历史遗留的债务问题，及时化解重大风险隐患，大力修复净化政治生态，不断夯实党的执政根基，精心培育干事创业强大气场，为天津长远发展夯基垒土，开辟了广阔的战略空间。

五年砥砺奋进，天津站在新的起点上。回首过往，总结盘点发展之路，是为了更好地开创未来。《天津日报》推出"见证天津·市第十一次党代会以来发展成就巡礼"栏目，全景展示五年来天津沿着习近平总书记指引的方向勇毅前行的火热实践和辉煌成就，激励全市党员干部群众增强"四个意识"，坚定"四个自信"，做到"两个维护"，捍卫"两个确立"，踔厉奋发，笃行不怠，以优异成绩迎接党的二十大胜利召开！

目　录

夯实执政根基

一项"立"与"固"的夯基工程

让干事者有舞台

一场"上"与"下"的作风洗礼

净化政治生态

一场"破"与"立"的自我革命

战"疫"中的坚守

一场"广"与"精"的全民战"疫"

制造业立市

反映天津实施制造业立市战略，以构建"1+3+4"产业体系为抓手，以举办世界智能大会为平台，大力培育以智能科技为引领的新型产业矩阵，加快新旧动能转换，推动经济结构转型升级，全面建设全国先进制造研发基地。

一场"新"与"旧"的动能转换

——天津制造业立市发展战略的实践路径

■ 记 者 王立文 吴巧君

河海交汇，天工开埠。作为我国近代工业发祥地，这座港口城市甫一勃兴，血脉里就流淌着制造业的基因。

进入新时代，立足新发展阶段，天津完整准确全面贯彻新发展理念，高扬"制造业立市"的大旗，着力构建新型产业矩阵，加快培育现代产业体系，在新发展格局中填格赋能，推动天津经济高质量发展之路行稳致远。

这不是一次产业布局的简单回归，而是一场"新"与"旧"的动能变革；这不是零敲碎打的产能替代，而是脱胎换骨式的系统重塑；这不是缓解一时之困的权宜之计，而是夯实发展之基的战略抉择。

制造业立市
立的是"国之大者"，立的是"城市定位"

不谋万世者不足谋一时，不谋全局者不足谋一域。

◎ 新天钢德材科技集团生产的高温合金宽幅极薄带材卷填补了国内市场空白，企业产品选销欧洲、美洲、非洲的 20 多个国家和地区

立足于全局的视野，立国之本，兴国之器，强国之基——这是"制造业"身上被赋予的重担与荣光。

"推进中国制造向中国创造转变，中国速度向中国质量转变，制造大国向制造强国转变""一定要把我国制造业搞上去，把实体经济搞上去，扎扎实实实现'两个一百年'奋斗目标"……习近平总书记的谆谆教诲言犹在耳。

立足于历史的纵深，天津工业积淀深厚，产业体系完备，区位优势突出。党中央对天津的城市定位，赋予建设全国先进制造研发基地的时代使命。

"天津提出制造业立市、建设制造强市，是适应新一轮科技革命与产业变革要求，是贯彻落实习近平新时代中国特色社会主义思想的重要体现。"南开大学产业经济研究所所长杜传忠说，实体经济是天津的优势，也是成就天津未来的根基。

"制造业始终是大国经济的'压舱石'，是实体经济的根本。"基于这一共识，天津市制造业高质量发展"十四五"规划、天津市智能制造发展"十四五"专项规划、产业主题园区建设实施方案，以及制造强市建设三年行动计划、产业链高质量发展三年行动计划方案等一系列政策文件出台，成为天津制造业夯实产业基础能力、构筑新型产业体系、推动建设主题园区、引育头部企业和"专精特新"企业、培育产业集群，推进产业基础高级化、产业链现代化的指引。

基于这一共识，高质量发展绩效评价体系出台，把制造业高质量发展指标放在了突出位置；全市各区明确了主导产业，形成协同联动、错位发展态势，围绕制造强区目标，纷纷拿出规划引领、产业布局、项目建设等方面的实招。

基于这一共识，天津连续举办五届世界智能大会，用这个平台招商引资，"以会兴业"，累计签下合作协议 563 项，协议投资额达到 4589 亿元，360、紫光云、麒麟软件、TCL 北方总部"新四大"总部企业成功落户天津。

基于这一共识，全国首部智能制造发展条例出台，通过立法的形式保障市场主体的权益，营造智能制造领域公平竞争环境，推动智能制造产业全面提升创新能力、供给能力、支撑能力和应用水平，为制造业高质量发展提供更好的法治服务与保障。

基于这一共识，百亿级智能制造财政专项资金设立，重点支持智能制造关键技术与核心部件研发、智能装备与系统开发、首（台）套重大技术装备等关键环节。从 2018 年至 2021 年间，共支持首（台）套重大技术装备 138

项，支持资金为 1.43 亿元；智能装备 178 项，支持资金为 2.05 亿元；系统解决方案供应商和服务商 15 项，支持资金为 4749 万元；试点示范 35 项，支持资金 1.21 亿元；综合标准化与新模式应用 119 项，支持资金 5.90 亿元。累计支持了 7 批共 2795 个项目，安排市、区两级财政资金 88.5 亿元，有力拉动了智能化改造投资，工业企业上云超过 7000 家。

基于这一共识，推动重点领域智能工厂建设，全市累计培育了 200 家智能工厂和数字化车间，智能制造示范项目 33 个，智能制造新模式项目 83 个，形成了柔性制造、预测性维护、远程运维等新模式。丹佛斯天津商用压缩机工厂被世界经济论坛评为引领第四次工业革命智能制造的"灯塔工厂"，海尔打造了全球唯一的 5G 洗衣机筒柔性生产智能工厂。智能科技产业营业收入占全市规模以上工业和限额以上信息服务业比重达到 24.8%，成为引领产业转型升级的重要引擎。

基于这一共识，建立高端装备培育计划，2021 年遴选出 120 项装备制造领域关键技术项目，促进核心基础零部件、关键基础材料、先进基础工艺和产业技术基础创新，推动重点领域首（台）套产品研发创新。一批核心技术和智能制造装备取得突破，具有我国完全自主知识产权的高速并联机器人系统成功研发，华海清科研制的化学机械抛光装备填补了我国 CMP 设备技术空白，天津朗誉科技研制成功了国内首台 240 吨重载 AGV，解决了转向、承重、使用寿命等难题……

引育新动能
引的是"创新驱动"，育的是"智能引擎"

"中国如果不走创新驱动道路，新旧动能不能顺利转换，是不可能真正强大起来的，只能是大而不强。"沿着习近平总书记指引的方向，天津坚定实施创新驱动发展战略，精心引育新动能，大幅提升战略性新兴产业比重，坚决关停"散乱污"企业，着力破解"钢铁围城""园区围城"，推动产业结构高端化、智能化、绿色化发展。

几年间，江天重工、轧三、天丰三家钢铁企业顺利退出，辖区钢铁产能减到1500万吨左右；累计完成246个园区治理，整合形成以国家级园区为龙头、市级园区为支撑的空间格局；主动关停2.2万家"散乱污"企业，加快淘汰落后产能和过剩产能，为制造业高质量发展腾出宝贵空间；全市入选"国家队"绿色工厂、绿色园区等称号的绿色制造示范单位突破120家，跃居全国第二；低碳转型有效推动，持续推进工业节能减排、清洁生产和资源循环利用，2021年规模以上工业增加值能耗下降8.5%，工业水、工业固废综合利用水平持续保持全国前列。

◎　超大规格盾构机在中铁装备天津公司下线

78 岁的余景岐，在天津银龙预应力材料股份有限公司工作了大半辈子，至今仍坚守总工程师岗位。

"我们生产的钢丝表面，有多条螺旋上升的条形凸起，就像一条条肋骨包裹着钢丝，这就是'螺旋肋'名称的由来。不要小看这些'肋骨'，它们大大增加了混凝土和钢丝的附着力和黏结度。生产的螺旋拉拔模具的设计和制造，里头有很复杂的几何结构，外国人始终闹不清这个结构，直到现在，在外头做这种模具的很多，效仿这样做的，它也做不好。"余景岐自豪地说。

记者在银龙股份 2021 年三季报上看到，其主营收入与归母净利润在 2021 年前三季度分别实现了 33.72% 与 38.49% 的增长，达到 24.63 亿元与 1.36 亿元。

因为掌握了独门绝技，银龙股份入选工信部印发的第六批国家级制造业单项冠军名单。在这份光荣的名单上，已有 16 家天津企业位列其中。

"支持长期专注于制造业特定细分产品市场，不断提升生产技术和产品市场占有率，对被认定为国家级制造业单项冠军的企业、产品，一次性分别给予 1000 万元、300 万元奖励。"2021 年本市修订智能专项资金支持方向细则时，专门对此奖励。

既对成长为参天大树的给予奖励，也不忘对破土而出的幼苗给予培植。

2019 年，市中小企业信用融资担保中心的工作人员接触到天津所托瑞安汽车科技有限公司时，公司上年收入仅 2400 万元，由于前期科研及产品开发大量投入，经营持续亏损。

"当时，我们无实物资产可以提供抵押，融资渠道受限。担保中心了解到我们的市场定位及发展规划后，当年把我们纳入担保中心'津种子'企业培育计划，通过'智能通'产品给予 2900 万元融资担保贷款支持，并主动降低担保费率，帮我们解决了资金困难。"回首往昔，所托瑞安首席技术官窦汝振满怀感激。

资金有了，所托瑞安当年实现扭亏为盈，收入达 1.1 亿元，净利润达

1748万元。2021年11月3日，2020年度国家科学技术奖励大会在北京人民大会堂举行，所托瑞安作为主要参研单位研发的"陆用自主导航技术及应用"获得了国家科学技术进步奖一等奖。

"截至目前，市担保中心已支持20家专精特新'小巨人'企业，累计为81家'专精特新'中小企业提供融资担保服务超过11亿元；近五年累计为2760家企业提供融资担保贷款59.74亿元。根据相关数据测算，可为企业新增收入238.94亿元，增加企业纳税9.56亿元，新增就业岗位7.47万个。"担保中心主任杨东祥告诉记者。

在创新驱动下，本市产业创新能力持续提升，国家级企业技术中心累计达到71家，位列全国重点城市第3名。中科曙光成为国家先进计算产业创新中心，现代中药创新中心成为国家和地方共建国家级制造业创新中心，实现零的突破。中科院工生所、天津药研院、中汽中心、天津市"芯火"双创基地（平台）等一批产业创新平台在津沽大地扎根。

◎　一汽—大众华北基地

信创产业全国领先，打造了涵盖芯片、操作系统、数据库、服务器的完整产业链，信创海河实验室建设全面展开，飞腾中央处理器（CPU）+麒麟操作系统（OS）构成的"PK"体系，成为国家信创工程主流技术路线，市场占有率接近80%。"天河三号"百亿亿次超算、康希诺重组埃博拉病毒疫苗和新冠疫苗、"神工"脑机交互系统、华海清科12英寸抛光设备等一批关键核心技术取得重大突破。

先有骨头后有肉
肉长在骨上，才能防止"脱实向虚"

皮之不存，毛将焉附？骨之不立，肉将焉在？

制造业是天津的底蕴所在，也是筋骨所在、脊梁所在。现代经济竞争，尤其是区域经济竞争，往往不是某个企业的零星突围，或市场主体的单打独斗，而是产业链的竞争，是一二三次产业的融合比拼，其中制造业的支撑作用不可或缺。

想起2022年大年初二，公司就迎来市工信局负责人嘘寒问暖，现场解决实际问题，叶德洪感慨万千。

叶德洪是恩智浦半导体中国有限公司负责新产品引进的部门负责人。他告诉记者，2021年，恩智浦在全球的业绩达到了110亿美元，其中四分之一业绩出自位于西青开发区微电子工业区的天津公司，实现增幅25%。"这背后离不开天津各部门的支持，大过节的还不忘我们企业，很是感动。"他说，"年初暴发新冠肺炎疫情，我们下游的包装配套企业位于津南区的小站与双港，我们上游的原材料需要从外省市进津，工信部门及时了解我们的困难，第一时间为我们解决了跨省与跨区域通行证，让疫情造成的影响降为最小。"

帮助企业"强筋健骨"，锚定制造业立市发展战略，走好走实高效集约发展之路，天津选择的抓手是"产业链"。

"天津瞄准12条重点产业链，通过抓运行、抓企业、抓项目、抓园区、抓人才、抓创新、抓政策，关键环节一体串联，市领导任链长亲自谋划，各区主动作为，强化部门协同、市区联动，形成强大攻坚合力。"市工信局副局长任洪源说。

仅以2021年应对电力平衡紧张形势为例，本市除了加强与国家有关部门及相关省（区、市）沟通协调，千里奔赴异地争取电力指标和煤炭资源支持外，还专门成立16个服务专班，走访2万余户企业，成功应对解决了电力缺口。

对于宁河区来说，2021年制造业产值占规模以上工业总产值的比重达到99%，规模以上工业实现了41.7%的增长，要保障制造业后续动能，最要紧的是补齐高端人才储备不足的短板。

3月9日，宁河国有资本投资运营公司牵手天津市渤海国资人力资源开发服务有限公司，共同出资成立新公司，开启人才管理新事业，提升对全区人力资源的调度、服务水平，面向国内外吸引青年才俊。"我们要在原先实施的给予新引进高层次人才最高80万元购房补贴以及交通、生活补助基础上，给予更多奖励支持，实现'人才＋项目'融合落地。"宁河区人社局局长牛会明介绍。

"我们区明确今后五年要坚持制造强区，形成五大主导产业，2022年计划安排英利高效组件智能制造、超细晶高强高导铜线、金轮智能电动自行车制造等107个重大项目，总投资额将超160亿元，打造一批新兴产业集群，跑出动能转换'加速度'。"宁河区委常委、副区长沈洁信心满满。

2021年，全市在链企业产值、增加值占规模以上工业企业的比重分别为60%、72.7%，有力支撑带动制造业高质量发展。信创、集成电路、生物医药产业链增加值增速分别达到 31.5%、24%、22.3%，形成有力示范带动，探索出推动制造业高质量发展的有效路径。

"本市产业链工作的经验做法，获国务院第八次大督查通报表扬。"市工信局研究室主任杨冬梅说。

卸下"数字包袱"，摆脱"速度情结"，把制造业发展的着力点放在拼质量、拼效益、拼绿色上，天津收获的是产业结构的优化升级——2021 年，全市规模以上工业总产值突破 2 万亿元，工业增加值达到 5224.6 亿元，占全市 GDP 比重达到 33.3%，其中制造业比重达到 24.1%，比上年提高 2.3 个百分点；高技术产业（制造业）增加值占规模以上工业增加值比重达到 15.5%，比 2016 年年底提升 2.9 个百分点；石化、冶金、纺织三大产业产值比重为 35%，比"十二五"下降 13.7 个百分点。

制造业增加值占 GDP 比重上升到 25%，这是天津制造业锚定的"十四五"末目标。届时，以智能科技产业为引领，以生物医药、新能源、新材料等新兴产业为重点，以装备制造、汽车、石油化工、航空航天等优势产业为支撑的"1+3+4"现代工业产业体系将构建完成。

"'十四五'末基本建成全国先进制造研发基地，打造国家制造业高质量发展示范区。"天津正持续着制造业立市发展战略的实践，朝着宏伟目标大步迈进。

激荡高质量发展的澎湃春潮

发展犹如江河奔腾，"新"与"旧"的更迭激荡起向上向前的强大动能。在奋进中发展，于变革中笃行，天津聚合澎湃之力，向着高质量发展破浪扬帆。

习近平总书记指出，我国经济由高速增长转向高质量发展，这是必须迈过的坎，每个产业、每个企业都要朝着这个方向坚定往前走。转变发展方式、优化经济结构，关键在于推动新旧动能转换，这是实现高质量发展的必由之路。加快培育壮大新兴产业，把传统产业改造好，把落后产能化解掉，打造现代化经济体系，是新旧动能转换的根本任务。

这是思想之变、行动之变，意味着打破旧思维、摆脱路径依赖，敢于腾笼换鸟、不惧烈火重生，着力提升发展质量、增强发展后劲、释放发展活力，闯出一条新路子、拼出一个新境界。

制造业是实体经济的基础，也是新旧动能转换的主战场。坚持制造业立市，毫不动摇壮大实体经济根基，是推进高质量发展的必然要求，也是天津的优势所在、责任所系。坚决贯彻新发展理念，紧紧抓住供给侧结构性改革这条主线，既大力支持新技术、新模式、新产业，打造经济增长新引擎，实现"无中生有"；也致力于传统产业转型升级，推动制造业实现高端化、智能化、绿色化发展，促进"老树发新芽"，实现"有中出新"。天津以"咬定青山不放松"的决心加快转型升级、发力结构调整，渤海之滨的这片热土活力迸发、激情洋溢——

敢于壮士断腕，一定要把发展方式调过来，把质量和效益提上去。分类整治"散乱污"企业，淘汰高污染、高耗能落后产能；坚决破除"钢铁围城""园区围城"，形成分布合理、特色鲜明、绿色发展的园区格局……

以新理念引领新发展，我们打赢了一场又一场攻坚战。对于新动能、新产业、新技术、新模式、新产品、新业态，千方百计进、立、升；率先扛起智能科技产业大旗，跑出产业转型升级"加速度"，不断壮大智能科技、生物医药、新能源等产业集群……

向"绿"而行，高技术产业、战略性新兴产业连年保持较快增长，信创、新能源等新兴产业项目投资"块头"越来越大，一组组充满暖意的经济数据生动地诠释和印证，"进"的力量不断释放，"新"的空间更为拓展，从制造迈向智造，我们的信心更足、动力更强。

所当乘者势也，不可失者时也。新旧动能转换，是重大挑战，也是重要机遇。今天，立足新发展阶段、贯彻新发展理念、构建新发展格局，我们必须善用机遇、用好机遇，坚定走好制造业立市之路，坚决"依靠自己的骨头长肉"，瞄准"先进"这个方向，抓住"提升制造业核心竞争力"这个关键，激扬敢为人先的创新锐气，激发敢教日月换新天的血性拼劲，朝着高质量发展乘势而上、勇毅笃行。

乘势而上、以新赢新，依靠创新迈过转型升级、动能转换这道坎，才能迎来更加广阔的发展空间。以打造现代产业体系为重点，围绕产业链部署创新链，加快科技成果转化，全力打造自主创新重要源头和原始创新主要策源地。

乘势而上、连点成线，有大布局、大视野，发展才能不断出"新"。集中攻坚信创等12条重点产业链，强链延链补链，补齐短板、拉长长板，以链促融、以链强业，提升产业链现代化水平，为产业转型升级赋能。

乘势而上、抢占赛道，要在融合中求突破，以科技谋腾飞。大力发展数字经济，推动互联网、大数据等与实体经济深度融合，促进数字产业化、产业数字化，发挥数字技术对经济发展的放大、叠加、倍增作用。

"我们是靠实体经济起家的，也要靠实体经济走向未来。"新时代、新征程，发展画卷波澜壮阔，时和势依然在我。永不放弃、勇于争先，是天津这座城市的品格，也是我们面向未来的应有姿态。向着实现"一基地三区"功能定位迈进，向着制造强市、质量强市挺进，这样的时代重任、这样的历史机遇，呼唤我们大力弘扬伟大的历史主动精神，披坚执锐、踔厉奋发，坚定不移走高质量发展之路，奋力推进习近平新时代中国特色社会主义思想在津沽大地扎实实践。

更美的风景在前方，追梦的脚步永不停歇。让我们用汗水浇灌收获，以拼搏奋斗激荡高质量发展的澎湃春潮，创造一个更加美好的未来。

全面升级产业体系，
加快推进新旧动能转换

■ 南开大学产业经济研究所所长　杜传忠

产业体系是城市经济体系的核心，是城市经济发展动能的重要来源。产业兴，则经济兴，发展动能就强。天津的工业制造业在产业体系中一直处于主导地位，而工业中的重工业又占较大比重，相比之下新兴产业培育发展相对缓慢，占比不高，产业结构偏"重"、偏"旧"的特征较明显。党的十八大以后，我国经济不再单纯以 GDP 总量扩张和增长高速度论英雄，加快转变发展方式、推动新旧动能转换、实现经济高质量发展成为经济发展的主旋律。在此背景下，天津偏"重"、偏"旧"的产业体系弊端越来越明显，对城市经济、社会发展的制约越来越突出。对这种产业体系动"大手术"，加快构建新型产业矩阵，打造更具活力和竞争力的新型产业体系，就成为天津加快推进新旧动能转换、实现经济高质量发展的必然之举。

正是基于这种现实，五年来，天津市委、市政府审时度势，主动作为，克服重重阻力和困难，开始了对传统产业体系的系统性升级和对新型产业体系的根本性打造，基本主线便是：实施制造业立市战略，大力发展壮大制造业，全面建设全国先进制造研发基地；以构建"1+3+4"产业体系为抓手，以举办世界智能大会为平台，大力培育以智能科技为引领的新型产业矩阵。

实施制造业立市战略，是实现建设全国先进制造研发基地国家定位的内在要求，也是适应天津工业发展历史逻辑与现实逻辑的基本要求。天津是中国近代工业的发祥地，新中国成立后又是全国重要制造业重镇，改革开放以来天津制造业得到快速发展，形成较为齐全的工业体系，蕴含着巨大的发展动能。通过实施制造业立市战略，大力发展、提升制造业，有利于充分发挥天津制造业发展优势，加快全国先进制造研发基地建设。这是贯彻落实习近平总书记多次强调的发展先进制造业、加快建设制造强国、夯实实体经济发展根基等一系列重要指示的具体体现。五年来，天津通过大力推进传统制造业转型升级，发展先进制造业，促进制造业数字化、智能化、服务化、绿色化，大大激发了全市制造业发展活力，有力推动了新旧动能的转换。

构建"1+3+4"产业体系，是新一轮科技革命与产业变革和我国加快推进新旧动能转换实现历史性交汇条件下，天津抢抓发展机遇，全面升级产业体系，打造新型产业矩阵，加快推动新旧动能转换的重大举措。天津通过培育发展以信创产业为重点的智能科技产业，为新型产业体系注入"智能"要素，为新旧动能转换提供了强劲的智能助推器、数据催化剂。中国经济进入新常态，经济结构正从增量扩能为主转向调整存量、做优增量并存的深度调整。天津发展生物医药、新能源、新材料三大新兴产业和装备制造、汽车、石油化工、航空航天四大优势产业，正是天津贯彻落实习近平总书记调整存量、做优增量指示精神的具体体现。一方面，天津利用新技术、新模式改造升级传统产业，激发传统产业发展动能；另一方面，通过发展新业态、新模式，为经济发展创设新的巨大动能。通过构建"1+3+4"新型产业矩阵，将促进天津产业体系实现根本性"质态"升级，助推天津经济向着形态更高级、分工更深化、结构更合理的阶段迈进，为深化供给侧结构性改革、推动新旧动能转换、实现经济高质量发展提供强大动力。

天津新旧动能的转换不是在封闭环境下实现的，需要借助于开放平台，有效汇聚国内外优质资源要素，通过与本地资源要素的深度耦合，激发出多元化新旧动能转换的力量。天津连续举办的五届世界智能大会正是这样的高端开放平台，它通过有效吸引汇聚大量国内外科技、产业、人才、资本等多资源要素，激活和放大了天津新旧动能转化的要素储备，并使天津新旧动能转换与国内外科技创新、产业变革的实践紧密联系在一起，从而为天津新旧动能转换注入源源不断的动力。

五年来，天津主动作为，励精图治，通过全面升级城市产业体系，加快了新旧动能转换，将为"十四五"乃至更长时期天津高质量发展，提供坚实的产业支撑和强大的动力来源。

高质量发展

反映天津回归高质量发展的本义，摆脱"速度情结""换挡焦虑"，祛除"显绩"的浮躁，凝聚"潜绩"的专注，经济数据"去虚高""挤水分"，坚定不移走好走实高质量发展之路的实践与成效。

一场"舍"与"得"的质量变革

——天津保持战略定力推动高质量发展

■ 记 者 岳付玉 陈 璠

五年，一个重要的时间周期。

五年，一场深刻的质量变革。

又到草长莺飞时。市第十一次党代会以来，天津拥抱新时代，把握大逻辑，发扬历史主动精神，把转变发展理念与转变政绩观结合起来，大力度挤掉经济增长中的水分，坚决不要徒有虚名的"速"与"量"，把战略重点转到拼质量、拼效益、拼结构、拼绿色发展上，用"绿色系数"考核发展成效，在津沽大地掀起一场影响深远的质量变革、效率变革、动力变革。

爬坡过坎，滚石上山。经历了转型的阵痛、坚守的煎熬、拼搏的艰辛，在"舍"与"得"的抉择和实践中，天津坚毅迈向高质量发展之路。

政治账
新发展理念是指挥棒、红绿灯

时代在变革中前行，历史在抉择中书写。

◎ 2021 年 7 月，天津津门湖新能源车综合服务中心启用，共设立 71 个充电车位、63 个多类型充电桩，成为全国首个车联网体系化运营平台

时针拨回到 2017 年岁末，增速一度全国领先的天津经济，突然来了一次"深蹲"——GDP 增速由上一年的 9.1% 骤降至 3.64%，增幅掉了近 2/3。

经济失速，把天津推上舆论的风口浪尖。断崖式"跳水"的背后，既有统计口径的因素，更是天津"自揭家丑""挤水分"的主动之为，也有产业结构偏重偏旧、新动能增长青黄不接、资源环境难以为继的局面之困。

站在经济拐点，直面历史低点，天津怎么办？

是在虚高增长的幻象中顾影自怜、沉迷陶醉、不能自拔，还是痛下决心、挤干水分、还原实打实的数字？天津市委倡导全市上下打开脑袋上的"津门"，深刻领会习近平总书记对天津工作提出"三个着力"的重要要求，特别是"着力提高发展质量和效益"的深刻内涵，深刻领会新常态下我国经济正从高速增长转向中高速增长，从规模速度型粗放增长转向质量效率型集约增长，从增量扩能为主转向调整存量、做优增量并存的深度调整的历史必然。

从"有没有""有多少"到"好不好""优不优"，这是我国迈上更高级发展阶段必须越过的坎。新的历史方位呼唤新的发展理念。既要看发展，又要看基础；既要看显绩，又要看潜绩；既要注重 GDP 增长，更要注重民生改善、社会进步、生态效益提高——新发展理念是指挥棒、是红绿灯。天津坚决算政治大账，坚决甩掉虚的、非绿色的、结构不优的 GDP，把战略重点转到提高发展质量和效益上来，争当高质量发展的"先锋"与"闯将"。

当时，有人为天津经济失速"扼腕叹息"，国家发展改革委城市和小城镇改革发展中心学术委员会秘书长冯奎却坚定地为天津"打 CALL"。他敏锐地意识到："这件事背后折射出发展观念的主动调整。高速度增长不等于高质量发展，只有通过创新、通过提升全要素生产率、通过释放经济发展的内生活力，才能给当地带来更大的实实在在的收益。"

冯奎调研发现，调整后的天津真正认识到经济发展的深层次问题。例如要解决产业结构不协调、产城功能不协调等问题，更好地利用京津冀协同发展机遇，把港口的战略价值充分发挥出来，"找准了要害和病根，革故鼎新，发展才有后劲"。

接下来，人们看到了一系列势如破竹的"舍"——

记者从市发展改革委获得一组数据：天津淘汰落后产能，坚决整治 2.2 万家"散乱污"企业；化解过剩产能，到 2020 年钢铁行业全部完成国家下达任务，累计压减炼铁产能 454 万吨、炼钢产能 690 万吨，"钢铁围城"治理基本完成；严控燃煤总量，2016 年至 2020 年压减燃煤总量 485 万吨、减少 11.5%，"两高"项目盲目发展被坚决遏制。

在天津的核心战略资源——天津港，一次性取消汽运散煤业务，煤炭运输由卡车全部改为铁路运输，倒逼港口寻找新的发展动能……

"舍"的过程注定伴随着阵痛。明里看，关停企业肯定对经济整体增长有影响，但背后却彰显着天津以壮士断腕的勇气追求高质量发展的决心和信心。

"我们减掉的低效率、不符合规划和高质量发展要求的园区就有一百多个，这些园区关停后留出宝贵的土地资源，给天津（西青）国家级车联网先导区、北辰迪信通 5G 智能制造基地等高质量项目腾出空间。"市工业和信息化局工业中小企业创新发展处相关人士说。

有破有立，"舍"得果决，"立"也同样果决。五年来，这些与天津相关的话题一次次冲上各大平台热搜：

天津大力优化产业结构，天津实施制造业立市战略，天津高扬创新驱动大旗，天津打造"津城""滨城"双城发展格局，天津加快新旧动能转换，天津成功举办智能大会……

人们关注天津，不仅是对这座城市放下数字包袱之后怎么走感兴趣，更是对新形势下区域经济如何真正实现转型升级感兴趣。一向敢为天下先的天津，在为自身谋发展的同时，也在为众多面临类似困境的城市蹚路径。

经济账
放下"历史包袱"，扛起"天津未来"

成立于 2017 年 4 月的海河产业基金，是天津经济转型换挡的见证者，更是参与者。

五年前，天津市委、市政府从大局着眼，为贯彻落实京津冀协同发展重大国家战略，加快实现天津"一基地三区"定位，作出了由市财政出资 200 亿元设立政府引导基金的战略举措。

五年后，浏览海河产业基金的"投资引入项目图谱"，您会看到强大的明星阵容：紫光云全国总部、全球最大玻尿酸生产基地华熙生物、爱旭太阳能电池工厂、物联网独角兽 G7……

对海河产业基金来说，这是艰难和充满挑战的五年："史上最严"资管新规压缩了基金的募资渠道，百年一遇的重大疫情加剧了国内外经济形势和资本市场的不确定性，与此同时，全国各地都在抓产业升级，对新兴领域的"大块头""新势力"的竞争无比激烈。每个项目背后几乎都有一段艰辛的故事。

这是海河产业基金的最新战绩：截至 2021 年年末，市财政累计拨款 110 亿元，海河产业基金实际出资 128.64 亿元，带动母基金实缴资金 525.04 亿元；通过投资带动，共实现项目返投 215 个，已到位 1552.49 亿元，落地项目杠杆撬动 12 倍，投资引入规模 10 亿元以上重点项目 50 个。

从一张蓝图，到千亿级母基金，海河产业基金的五年征程，是天津全市上下锚定高质量发展奋楫笃行的缩影。

◎ 市民在第五届世界智能大会期间体验身边的智慧生活

天津深知，没有市场主体的发育壮大，就没有区域经济发展的持续动力、活力和竞争力。

而对市场主体来说，税收与融资无疑是其最关切的两大方面。

记者从市税务局获悉，从 2019 年到 2021 年，全市三年累计减税降费 1100 余亿元。这是什么概念？据 2021 年天津市国民经济和社会发展统计公报，2021 年全市一般公共预算收入 2141.04 亿元，其中税收收入 1621.87 亿元。

在天津立中车轮公司，全国人大代表郭红静告诉记者，2021 年，公司研发费加计扣除政策连续升级，比例由 75% 提高到 100%，并允许在预缴时提前享受。在天津开发区税务局的精准服务下，她所在的这家公司节省了企业所得税近 200 万元，疫情带来的资金压力有效缓解，大大提振了信心。

税费上做减法，是为区域经济的未来做加法和乘法，这同样是"舍"与"得"的辩证法。降费减税等于是给企业直接发现金、增加现金流，如同施肥施到了根上，根壮才能枝繁叶茂。放水养鱼，终会水深鱼多。

在融资上，据中国人民银行天津分行统计，2021 年本市"金融活水"流向实体经济的资金超 4600 亿元。其中，金融机构发放普惠小微信用贷款 330.55 亿元、支持小微企业延期本金 142.20 亿元，有效解决了它们的融资难题和还款压力。尤其值得一提的是，2021 年，全市制造业、高技术制造业、高技术产业中长期贷款分别增长 7.3%、17.1% 和 22.9%。

"我们恪守'应降尽降'原则，全面实施降费。"中国邮政储蓄银行天津分行相关人士告诉记者，截至 2022 年 2 月末，该分行已将减费让利的阳光洒向 4500 多户小微企业和个体工商户。从全市情况来看，自 2021 年 9 月 30 日减费让利政策落地以来，2021 年全年天津市金融机构累计降费规模达 1.05 亿元，惠及小微企业和个体工商户 110.06 万户，企业对降费政策的满意度达 99.44%。

北京冬奥会闭幕当日，时值天津首个氢能运输示范应用场景——荣程集团氢能源项目投用半年。这家天津民企"领头羊"当天交出了一份亮丽的成绩单：

半年来，其投入运营的 10 辆氢能重卡合计行驶里程 24.6 万公里，货运总量 70144.75 吨，碳排放总量 0，累计减少二氧化碳排放 226.52 吨。如按一棵树一年吸收 18.3 千克二氧化碳来计算，相当于种了 12000 多棵树。

当人们把掌声送给这家"从制造到智造、从金属到金融、从钢铁硬实力到文化软实力"实现华丽转身的企业时，荣程人却把功劳归因于天津的营商环境。他们忘不了，市交通运输委相关人士先后深入一线走访调研二十余次，带队到苏州、上海、北京等地学访，以"解剖麻雀"和"一竿子插到底"的精神，攻克了一个又一个难题，最终仅用 156 天，就实现了津沽大地的"氢突破"。

从打开脑袋上的"津门"到持续推动新旧动能转换，从直面挑战化解遗留问题到精准"拆弹"破除风险隐患，从夯实先进制造业底盘到激发民营经济活力，天津高质量发展的脉搏日益强劲。

民生账
不要"看上去很美"，而要"走进去很暖"

祛除"显绩"的浮躁，凝聚"潜绩"的专注，五年来，天津逐渐消解产业低端之忧，出清结构偏重之困，收获质量变革之实——

增速"稳"了。2018 年 3.6%、2019 年 4.8%、2020 年 1.5%（受疫情影响）、2021 年 6.6%，天津经济走出一条越来越稳的上行轨迹。2021 年天津地区生产总值达 1.57 万亿元，增量超过 1600 亿元，为近年来最大增量。

结构"优"了。2021 年，天津高技术产业（制造业）增加值同比增长 15.5%，两年平均增长 9.9%；战略性新兴产业增加值同比增长 10.3%，两年平均增长 7.3%。服务机器人、新能源汽车、集成电路产量分别增长 1.7 倍、54.3% 和 53.2%。

质量"好"了。2021 年，天津一般公共预算收入始终保持两位数增长，全年增长 11.3%，其中税收收入占比为 75.8%。2020 年，全市万元地区生产总值能耗比 2015 年年下降 19.1%，能源消费总量比 2015 年年减少 215 万吨标准煤，超额完成国家下达的"十三五"能耗双控目标。

创新"强"了。天津深入实施科技创新三年行动计划，2021 年全社会研发投入强度达 3.44%，5 家海河实验室完成挂牌，国家高新技术企业和国家科技型中小企业均超过 9000 家。规模以上化学纤维制造业、医药制造业、计算机通信和其他电子设备制造业增加值分别比上年增长 41.7%、18.9% 和 13.1%。

…………

比发展质量，说到底比的是老百姓的获得感。

2022 年 3 月 18 日，鹅毛大雪不期而至，津城遭遇"倒春寒"。

"幸好还在集中供暖，咱们采暖期还将延长到 3 月底呢！"市民们纷纷感慨，竞相用手机拍下窗外雪景。

天津已经连续六年启动提前集中供暖和延长供暖时间。公开信息显示，市财政为此每年筹措资金近 3 亿元。

"在财政资金紧张的情况下，天津每年民生支出占比达 75%。千方百计让群众居住温暖、整洁、舒适，供暖时间从过去的 120 天左右延长至 150 天左右；完成超过 145 万平方米三年棚改任务，6.3 万户受益；15.2 万困难群众列入社会救助范围，发放社会救助资金 22.3 亿元……"市发展改革委相关负责人说。

2021 年天津市国民经济和社会发展统计公报显示，从 2017 年到 2021 年年末，能充分体现市民幸福感的三个指标：民用汽车（主要为私人轿车）、快递量、居民人均可支配收入，天津皆一路上扬。全市民用汽车拥有量从五年前的 287.75 万辆升至 2021 年年末的 360.03 万辆。快递业务量从 5.02 亿件增至 12.34 亿件，五年增长近 2.5 倍。居民人均可支配收入从五年前的 37022 元涨到 47449 元，多了 1 万元。

城市环境的变化更是有目共睹。2021 年，天津优良天数比例达到历史最好水平。

眼下，入春多日的七里海水光潋滟，群鸟翩跹，美不胜收。

"到3月中旬，今春迁徙过境的东方白鹳数量已超5000只，主要分布于七里海、北大港、团泊、大黄堡湿地自然保护区和沿海滩涂湿地。"市规划资源局森林野保处副处长教效同说。监测发现，越来越多候鸟选择在双城绿色生态屏障区停留。

截至目前，天津已观测记录鸟类达452种，较2014年增加36种。这背后是天津875平方公里湿地自然保护区的升级保护，是736平方公里绿色屏障的加快建设，是153公里海岸线的严格保护。如此体量的生态工程，也为天津长远发展埋下了伏笔，留下了战略空间。

舍去浮华的面子，得到厚实的里子。这样的经济账、政治账、民生账、长远账，天津老百姓会算。

一直高度关注天津发展的国家发改委专家冯奎再次接受本报专访。几年前，他曾指出："天津需要蹲下去，再站起来。"如今他的看法是："天津完成了深蹲阶段，正在克服各种困难，稳稳地站起来。"

在这个过程中，冯奎注意到天津的一静一动。"静是冷静、平静。天津冷静地分析自身优势与不足，避开是是非非的'风口浪尖'，营造出风平浪静、稳中求进的发展环境。"他说，"动是新动能与大动作。我注意到天津在数字经济、物流贸易、绿色发展等新动能领域的发展势头较好，新动能与传统优势产业结合紧密，产业有速度有体量有效益。"他尤为赞赏的是，天津在制造业立市、绿色屏障建设、对外开放等方面"都有势大力沉的大动作，产生了良好的效果"。

五年风雨兼程，五年砥砺奋进。就像挥别应试教育转向素质教育的莘莘学子，天津摆脱"分数情结"，卸下"排名纠结"，坚定走向素质提升和内涵发展之路。因为选择了远方，纵有千难万难，又遇疫情突袭，天津的脚步依然铿锵笃定，拼来云开雾散，赢得春暖花开。

坚守高质量发展的本义

时间是常量，也是变量。人生的道路虽然漫长，但紧要处常常只有几步。同样，一个国家、一座城市的发展，在紧要处，常常也只有几步。

党的十九大报告明确："我国经济已由高速增长阶段转向高质量发展阶段。"这个"转"，体现党中央对时代大势的清醒认识、对发展规律的深刻把握，体现从"量变"到"质变"的新飞跃。作为传统老工业基地、改革开放的前沿城市，天津既有旧的历史惯性，也有新的路径依赖，如何摆脱"速度情结""换挡焦虑"，告别粗放的发展方式，走出要素驱动的思维禁区，加速经济转型、结构转优、动力转换，走好高质量发展之路？这是一场"舍"与"得"的艰难抉择，也是紧要处的关键几步、阵痛期的重大转折。

高质量发展是更重内涵、更加健康、更可持续的发展。虚高虚胖，都不是健康的表现；一时风光，换不来长远发展。面临经济下行的巨大压力，天津横下一条心，盘清家底、还原本来，顶住各种质疑甚至唱衰、抹黑，大力度挤掉经济增长中的水分，着力提高发展质量和效益，面向未来扎扎实实打基础、增后劲。从经济运行轨迹看，天津GDP增速一度跳水式下挫，但从发展质量和内涵来说，天津产业结构高端化、智能化、绿色化，经济韧性日益增强，创新驱动引擎强劲，社会短板不断补齐，全民共享发展指数全国第一，高质量小康社会全面建成。五年埋头苦干，天津以时间换空间，降下了速度、升华了质量，舍掉了面子、得到了里子，挤掉了水分、夯实了基础，消解了隐患、温暖了民心。这正是高质量发展的应有之义，也正是天津勇于自我加压、自我革命的意义所在。

习近平总书记指出："我们要的是实实在在、没有水分的速度，是民生改善、就业比较充分的速度，是劳动生产率同步提高、经济活力增强、结构调整有成效的速度，是经济发展质量和效益得到提高又不会带来后遗症的速度。"

回归高质量发展的本义，回味习近平总书记提出的"三个着力"重要要求，回答新发展阶段天津何处去的时代之问，回到天津主动挤水分去虚高的历史现场，当我们打通历史逻辑、理论逻辑和现实逻辑，特别是用新发展理念之光鉴照天津这五年，就能够理解津沽大地正在发生的历史性变革、取得的历史性成就。不驰于空想，不骛于虚声，不纠结一城一池的得失，不纠缠单一的 GDP 排名，把战略重点转到拼质量、拼效益、拼结构、拼绿色发展上，让发展成果经得起历史检验，让老百姓的幸福感、获得感、安全感持续增强，我们就站在历史正确的一边，走在高质量发展的康庄大道上。

"舍""得"之间，有平衡之道，有转化逻辑。我们常用"滚石上山、爬坡过坎"形容这些年的奋斗，用"闯关山、渡难关"形容我国经济迈向高质量发展阶段必须跨越一些常规性和非常规性关口。实践证明，只要我们完整准确全面贯彻新发展理念，彻底打开脑袋上的"津门"，咬定高质量发展不放松，算清大账，放下包袱，奋发有为，就一定能够把历史的"紧要处"变成闯关夺隘的"机遇期"，把发展的"转折点"变成关山飞渡的"窗口期"，实现经济社会发展质的飞跃。

创新驱动高质量发展的五年

■ 南开大学经济研究所所长　刘　刚

随着发展环境的变化，天津经济发展迎来了从高速经济增长向高质量发展转变的历史拐点，步入经济转型期和战略调整期。对一个城市的发展而言，经济转型不仅考验城市制定和实施发展战略的能力，而且考验城市对未来发展的信心和耐力。2017 年，市第十一次党代会明确提出"加快建设创新发展的现代化天津"，为战略调整期的天津发展指明了方向。如何通过创新驱动实现高质量发展，成为天津市经济转型发展的战略选择和逻辑主线。

创新驱动高质量发展不仅是天津城市发展的内在要求，而且是国家赋予天津的历史使命。经过四十多年的努力，天津已经发展为现代制造业城市，转型升级为创新型城市是发展的趋势。从 2014 年以来国家对天津城市功能定位看，实施创新驱动建设创新型城市是本市发展的战略方向和目标。

在系统思考的基础上，本市把实施创新驱动高质量发展的突破口选择在智能科技产业的发展上。2017 年 6 月 29 至 30 日首届世界智能大会成功举行，发展智能科技产业，推进人工智能和经济社会的全面融合，建设第四次工业革命先锋城市，成为天津市新的战略方向和目标。同时，向环境污染开战，淘汰落后产能，天津以壮士断腕的勇气加快产业结构调整的步伐。

新发展战略的实施是一场革命，首先涉及的是思维方式和观念的转变。例如，长期形成的"速度情结"和"增长绩效"观念不仅影响人们对经济转型的信心，而且影响对天津经济发展真实图景的判断，甚至出现了唱衰天津的论调。

回顾这五年的发展，我们克服了困难，实现了最初的战略规划和调整，创新驱动高质量发展的道路越走越宽。在智能科技产业的发展上，2019年10月天津获批国家新一代人工智能创新发展试验区。引进包括奇虎360、阿里巴巴、京东、科大讯飞和华为在内的国家级人工智能开发创新平台落户。建立了包括芯片设计、芯片生产、基础软件和硬件开发、网络安全在内的信创产业链。仅仅在河西区新八大里地区，就引进和集聚了包括京东云在内的353家数字企业。2018年9月，在夏季达沃斯论坛上，施瓦布主席对新战略引领下的天津城市发展作出了如下评价："天津是一座具有前瞻性的城市，处于新技术革命的前沿，正将智能科技和创新驱动作为发展的新引擎，在打造第四次工业革命的阵容中成为'首发'城市。"同时，曾经一段时期困扰广大市民的雾霾逐步减轻和消失，水变绿了，天变蓝了，居民的幸福指数提高了。

在五年的时间里，我们正确处理了"速度"与"质量"的关系，深刻认识到对城市发展而言"质量"比"速度"更重要。我们越来越重视科技创新和人才在城市发展中的核心引擎作用，把科技创新看作天津发展的未来立足之处，越来越把政策的重心放在创新创业生态环境的培育上，而不是简单的招商引资。

对天津这座拥有六百多年历史的城市而言，五年是短暂的。但是短短五年我们努力开创的创新驱动高质量发展道路，将决定和影响天津城市发展的未来。历史经验往往会告诉我们未来在哪里。1944年11月，在第二次世界大战即将结束之际，美国总统罗斯福给战时科学研究发展局所长万尼瓦尔·布什写了封信，希望他思考如何把战时的经验运用于即将到来的和平时期，为美国发展作战略思考。在回应总统提问的过程中，万尼瓦尔·布什完成了《科学：无止境的边疆》报告。在报告中，他提出科学技术是决定美国国家安全、人民健康、就业、更高生活水准和文化进步的根本力量。战后美国要开拓的边疆不再是地理意义的边疆，而是科学的边疆。对于面积 11966.45 平方公里的城市而言，天津城市发展的边疆同样是科学和技术。

绿色发展

反映天津秉持"绿色决定生死"理念，打造绿色发展的城市底色。发展绿色生产，壮士断腕，关停2万多家企业；修复绿色生态，实施871重大生态工程；倡导绿色生活，推动津沽大地发生深刻变革。

一场"生"与"死"的绿色抉择
——天津走实走好生态优先绿色发展之路

■ 记 者 周志强 曲 晴

绿色发展，关系人民福祉，关乎天津未来。

五年前，"绿色决定生死"赫然写入市第十一次党代会报告。全市上下深入学习贯彻习近平生态文明思想，坚持新发展理念，坚定不移走高质量发展道路，推进生产生活全面绿色转型。

治污减排、节能降碳，植绿留璞、提质增效……在增与减、舍与得之间，津沽大地掀起一场深层次的调整和变革。

意志如钢，
推动生态环境发生历史性变化

2019 年至 2021 年，天津连续三年捧回生态环境部颁发的"绿水青山就是金山银山"实践创新基地这个"金字招牌"，蓟州区和西青区王稳庄镇、辛口镇接连上榜。

◎　中新天津生态城不动产登记中心获本市首座零碳建筑奖牌

　　时间回到 2017 年前，王稳庄镇的"招牌"还是全国知名的"钉子小镇"。遍布 15 个村的几百家小五金企业，生产了全国市场 40% 的钉子，鼎盛时产值超过 50 亿元。代价也不小，空气里是刺鼻的气味，河沟里是黑臭的废水。钱进了口袋，身子却陷进了污染。

　　一座"钉子小镇"，只是天津"散乱污"企业的一个缩影。天津人口多，生态底子却薄，是资源型缺水城市，森林覆盖率在全国排名靠后。大量消耗资源、不顾环境后果的粗放式发展，日益成为生态难以承受之重、民生难以承受之痛。

　　"绿水青山、碧海蓝天是天津发展的金山银山、最大本钱，必须像保护眼睛一样保护生态环境，像珍爱生命一样珍爱生态环境。"

"深刻查摆本市在绿色发展、环境保护方面存在的突出问题，决不以牺牲生态环境为代价换取一时的经济增长。"

市委果断决策，意志如钢。市委、市政府主要负责同志挂帅生态环境保护委员会、污染防治攻坚战指挥部、生态环境保护督察领导小组，设立专门的生态文明体制改革专项小组，把生态文明建设的政治责任牢牢扛在肩上。

没有了绿水青山，有再多金山银山，也等于"零"。"不符合环保要求的GDP坚决摒弃！"一场重拳治污的硬仗，树立起鲜明的发展导向。

针对环境突出问题，打响攻坚战——

全力支持配合两轮中央环保督察，畅通举报渠道，起底、曝光各类污染问题。各级各部门按照清单挂图作战，以疾风厉势推进整改，对违法违规行为严惩不贷。

2018年，天津在全国率先发布实施"1+8"污染防治攻坚战三年作战计划，全市各区各部门把目标指标分解到具体单位、具体节点，把任务措施落实到具体工程、具体项目，实现污染治理清单化管理、项目化推进。进入"十四五"，推动污染防治攻坚战进一步深化。

针对环境结构性问题，从根上治——

2017年开始，全市展开多轮拉网式排查，下大气力整治2.2万家"散乱污"企业。因企施策，符合条件的搬迁改造、原地提升，多管齐下。在舍与得的纠结中，越来越多的企业转过了弯。

直面"钢铁围城""园区围城"，动真碰硬加快"突围"。3家钢铁企业有序退出，保留的4家钢铁企业基本完成超低排放改造。246个园区治理任务全部完成。

能源结构调整，天津全力推进。完成城乡居民取暖清洁能源替代 123 万户，改燃关停 1.1 万台燃煤锅炉。"十三五"末煤炭消费总量较"十二五"末减少 17.4%，燃煤锅炉全部达到超低排放水平。

华能杨柳青热电厂是天津的燃煤主力电厂，不仅产电，还供热、生产工业蒸汽等。"实现绿色低碳发展，是我们当前能源转型的核心，也是公司转型发展的必由之路。"厂长王朝伟表示，他们围绕消纳新能源开展工作，目前部分发电机组"深调峰"能力已经达到 30%，也就是说可以消纳 70% 的新能源。"未来，该机组'深调峰'能力改造的目标是 20%。"

在前所未有的决心和力度下，天津生态环境质量发生历史性转变。2021 年，"十四五"开局之年，天津空气 PM2.5 平均浓度同比下降 20.4%，空气质量优良天数同比增加 25 天。国控断面劣 Ⅴ 类水质"清零"，12 条入海河流全部"消劣"，近岸海域优良水质面积比例达 70.4%，较 2017 年提高 53.8 个百分点。

久久为功，
构建常态长效生态环境治理机制

湿地保护修复，万物休养生息，鸟类欢歌而至。比邻城区的七里海湿地，如今已是自然生灵的一方"桃花源"。

2016 年 10 月以来，市委主要领导同志"八进"七里海，检查调研湿地保护修复、深入群众听取意见建议，持续推动生态建设与乡村振兴。

寒来暑往，久久为功。为了让"京津绿肺"舒展血脉，重回"宁静之美"，重现"璞玉之质"，七里海湿地拆除了违建设施，实施了土地流转、引水调蓄、苇海修复、生物链恢复等十大系统性工程。

保护区巡查人员发现，2022 年 2 月底飞临七里海湿地的候鸟比 2021 年同期又多了 6000 多只。白尾海雕、白鹤、针尾鸭、白秋沙鸭等，也是首次"到访"。七里海古海岸与湿地国家级自然保护区内，正在规划建设生物多样性监测体系，预计年内建成。中科院院士、天津大学地球系统科学学院院长刘丛强领衔的研究团队已经进驻。

与此同时，一场更大规模的"871"重大生态工程建设在津沽大地全面推进。七里海、大黄堡、团泊、北大港四大湿地全面升级保护，总面积达875平方公里。"津城""滨城"间拿出736平方公里、相当于中心城区2倍面积的区域，规划建设绿色生态屏障，构筑起京津冀东部生态屏障带。渤海之滨，对153公里海岸线严格保护。北部蓟州，绿色矿山生态保护修复持续推进。纵贯天津南北的生态通道成片打通。

2022年天津还将启动"一环十一园"建设，形成环绕中心城区的绿色屏障。城区公园、城市水系、外环生态绿带和环外6座郊野公园相接相连，城市生态空间进一步扩张，绿色生态更加触手可及，惠及更多市民。

只有实行最严格的制度、最严密的法治，才能为生态文明建设提供可靠保障。

天津一方面加大治理力度，一方面完善法律法规，制定发展保护规划。近年来，"一年至少一部生态环保法规"，先后制定生态环境、海洋、湿地等保护条例，大气、水、土壤、机动车等污染防治条例。2021年11月，《天津市碳达峰碳中和促进条例》开始施行，这也是全国首部"双碳"地方性法规。

2017年，天津制定全市湿地自然保护区"1+4"规划体系。2018年，在全国率先划定1393.79平方公里生态保护红线，占到全市陆海总面积的9.91%。2019年，发布绿色生态屏障区规划及相关水系、路网等规划……一系列规划圈出监管红线、锁定建设目标，产生强有力的发展引领作用。

生态环境保护见成效，关键在责任落实到位。

近年来，天津紧抓"关键少数"，坚持"党政同责、一岗双责"，压紧压实领导干部生态环保责任，密集出台相关责任规定、责任追究实施细则、督察办法等。2017年起在全国率先推行河长制，其后又增加湖长制，实现市、区、乡镇街、村四级河湖长对全市河湖水域的全覆盖。建立大气、水环境质量月排名通报奖补制度，"靠后区"补偿"排前区"。完善执法体系，市、区两级全部设立"公安驻环保工作组"，行政执法与刑事司法无缝衔接。建立群众有奖举报制度，典型环境违法案例公开曝光。

生态文明建设是工作责任，更是政治责任。天津紧扣责任闭环，不搞"好人主义"，对有责不担当、工作不落实的，严肃追责问责。针对第一轮中央环保督察暴露出的问题，问责1885人，其中局级干部28人、处级干部831人，形成有力震慑，倒逼生态环保责任落实。

绿色发展，
生态生产生活相得益彰

拔掉"散乱污"的"钉子"，厚植绿色生态的底色，再见王稳庄镇，已是"脱胎换骨"。

"现在的生活跟以前比，我的感觉就是更……精致。"略作停顿思考，王稳庄镇大泊村村民朱金艳笑着说出了"精致"这个词。

几年前，朱金艳全家入住示范镇，真正过上了城里人的生活。社区党群服务中心内有文娱、健身等活动场地，离小区不远处就是绿色生态屏障，闲下来她会带上孙子去散步。如今这样的情景，朱金艳坦言，原来想都不敢想。

作为当时第一家搬进赛达工业园的企业，天津市信泰科技发展有限公司总经理冯天建见证了王稳庄镇产业蜕变过程。"虽然搬进来意味着要在生产技术、设备投入、人员管理等方面不断'加码'，但对企业打造品牌、长远发展来说，更加有保障。"

冯天建表示，公司2021年又投资60万元升级生产线，提升自动化水平，生产效率提高了 50%。目前，公司生产的特种钢钉已远销欧美市场，2021年销售额超过 1500 万元。

算大账，算长远账，在生态环境问题上，天津坚决扭转错位政绩观，坚定不移推进人与自然和谐共生的现代化，走绿色高质量发展道路。

变身"生态镇"的王稳庄，有一幅美丽画卷正徐徐展开。

"绿色银行"开了起来——绿色生态屏障西青段一期完工，王稳庄建成湿地湖岛相间、阡陌稻田交错的生态廊道。清水绕田，树木成林，人居环境极大改善，绿色产业发展有了生态支撑。

"绿色 GDP"涨了起来——赛达工业园高端绿色产业项目加快引育，元气森林北方生产基地投产，智能网联车封闭测试场启用，水稻（小站稻）"三品一标"基地获国家级认定，巨幅稻田画成为农民丰收节"网红"打卡地，乡村旅游加快发展……

人不负青山，青山定不负人。"绿水青山"转化为"金山银山"，生态、生产、生活相得益彰。

2021 年，天津 4 个湿地自然保护区的水域湿地面积，较 2017 年增加113.23 平方公里，生态空间和生态环境质量双提升。北大港 11.3 平方公里自然资源丰富的地区被列入《国际重要湿地名录》。

"津城""滨城"之间绿色生态屏障雏形基本形成，截至 2021 年 11 月，新造林 11.22 万亩，一级管控区森林绿化覆盖率已达到 25% 以上，蓝绿空间达到 65% 以上。区域平均气温下降 5.9%，相对湿度上升 9.6%，气候环境改善明显。10.57 万亩生态林纳入碳汇交易，未来随着植被面积增加、树龄增长，碳汇量还将大幅提升。

以绿色为"尺"，产业转型、提质增效的动力在全市激发。立足全国先进制造研发基地功能定位，天津加快打造以智能科技产业为引领的"1+3+4"现代工业产业体系。2021 年，经济稳中向好、稳中向优，增速好于年初预期，保持在合理区间。

建设生态文明，节约资源是根本之策。作为资源型缺水城市，天津持续深化节水型城市建设，推广节水技术，发展海水淡化。实施最严格的水资源管理制度，"以水定城、以水定地、以水定人、以水定产"。大力发展绿色能源，"十三五"期间连续超额完成年度能耗"双控"目标，能耗强度累计下降19.1%。增强全民节约意识、环保意识、生态意识，推动水、电、气等节约利用，推广"光盘行动"、垃圾分类，在全社会倡导简约适度、绿色低碳的生活方式。

天津强化政治自觉，积极主动推进"双碳"工作。低碳示范试点"先声夺人"——天津港在全球建成首个"智慧零碳"码头，中新天津生态城惠风溪、北辰区大张庄两座智慧能源小镇投运，天津高速首个"零碳"服务区启用，生态城第四社区中心成为全市首个"零碳"社区商业项目……

目前，全市正加紧制定实施"1+4+16"碳达峰行动方案，包括全市达峰行动方案，能源、工业、建筑、交通4个行业专项方案，以及16个行政区实施方案，分领域、分区域、分层级科学系统推进。

"做绿色环保小卫士""做绿色生活小卫士""做绿色节约小卫士"……2020年秋季学期开始，由天津市教育科学研究院主编的《生态文明教育》读本，"走进"中小学课堂。教材图文并茂、故事性强，教育引导孩子们从小树立生态文明观念，养成文明生活习惯。

建设生态文明，建设美丽天津，每一个人都是一分子，每一个人都是主人翁。

走出经济发展与生态改善双赢之路

生态环境是关系党的使命宗旨的重大政治问题，也是关系民生的重大社会问题。天更蓝、山更绿、水更清、环境更优美……人民期盼的，就是我们要做的。生态文明建设的庄严承诺，体现强烈的责任担当。

行动坚定，来自思想理论的有力引领。"绿水青山就是金山银山""发展经济不能对资源和生态环境竭泽而渔，生态环境保护也不是舍弃经济发展而缘木求鱼""在生态环境保护建设上，一定要树立大局观、长远观、整体观"……习近平生态文明思想回答了中国发展最重要的时代之问，为我们坚定走向绿色发展、高质量发展提供了根本遵循。

坚持生态优先，咬定"绿色"不动摇，这是一场不留退路的攻坚之战。集中整治"散乱污"企业，下大力气破解"钢铁围城""园区围城"，天津连续出重拳、出硬招，坚决摒弃以牺牲生态环境换取一时一地经济增长的做法；打响渤海综合治理攻坚战，实施"蓝色海湾"整治修复规划，重现水清岸绿、滩净湾美的宜人景象；坚决打赢蓝天、碧水、净土三大保卫战，京津冀协同发展交出"生态"亮眼成绩单……生态环境没有替代品，用之不觉，失之难存。生态环境治理战果赫然，"治"出绿色发展广阔天地。

算大账、算长远账、算整体账、算综合账，这是一场发展空间的战略重构。留白、留绿、留璞，种下绿与美，积蓄的是发展后劲。大力推进"871"重大生态建设工程，在"津城"和"滨城"之间的黄金发展走廊建设736平方公里绿色生态屏障；将更多土地划为生态用地，提升自然生态价值和资源环境承载力。绿色生态屏障区内，以天津智谷、国家会展中心（天津）项目、海河中下游高端服务业发展带等为代表，源源不断释放高质量发展勃勃生机。

为子孙后代留足"绿水青山"，也是为城市未来积累绿色财富。决不以玉换石、以金换铁，875平方公里湿地全面升级保护。从旅游打卡的喧闹到壮美而宁静，从野生动植物群落日渐衰落到水草丰茂、百鸟云集，今日的七里海湿地生物多样性呈现良好态势，植物种类已达160多种，形成了完整的生态野生植物群落，"京津绿肺"名副其实。

绿色是生命的象征、发展的底色，蕴藏着一座城市的潜力与韧性。以"绿色"提高"质"的成色，激发"进"的潜能，意味着必须跳出原有思维和路径依赖，以新高度新视角创造"绿动力"、激活"绿动能"。依靠产业增量添绿，加快引育新动能，信创、生物医药等战略性新兴产业日益壮大；推进产业存量变绿，促进传统产业高端化、智能化、绿色化升级，创新底盘进一步夯实；锚定"双碳"目标，千方百计增绿碳、增蓝碳，大到产业链条构建，小到生产环节升级，绿色低碳的思路手段贯通融合，破与立中实现深刻变革。

加强生态文明建设，契合经济转型升级要求，顺应人民群众对美好生活的期待。准确把握经济发展与生态环境保护的关系，坚持用"绿色系数"评价发展成果，高质量发展的内在逻辑更加坚实。

绿水青山更美，金山银山的成色就更足。让良好生态环境成为人民生活的增长点、经济社会持续健康发展的支撑点，这是一条经济发展与生态改善的双赢之路，播下绿色种子，定能收获春华秋实。

笃定绿色发展
厚植绿色底蕴

■ 天津市中国特色社会主义理论体系研究中心天津社会科学院
基地研究员　牛桂敏

市第十一次党代会提出：大力推进绿色发展，加快建设生态宜居的现代化天津。这是天津坚决贯彻习近平生态文明思想，落实习总书记"三个着力"重要要求的战略部署，也明确了天津坚持生态优先、绿色发展的总基调。几年来，天津着力发展绿色生产，建设绿色生态，倡导绿色生活，生态宜居的现代化天津建设迈出坚实的步伐。

发展绿色生产　加快绿色转型

发展是解决一切问题的基础和关键。中国特色社会主义进入新时代，经济由高速增长转向高质量发展。再走用"绿水青山"换"金山银山"的粗放发展道路，国家政策不允许、资源环境不允许、人民群众也不答应。我们要建设的现代化是人与自然和谐共生的现代化。协调生态环境保护与经济发展之间的关系，最关键的就是要转变发展方式，形成绿色生产方式，加快构建绿色低碳循环发展的经济体系和产业结构。

面对百年未有之大变局、疫情防控的复杂形势和经济社会发展面临的困难挑战，天津市委、市政府带领全市人民秉持绿色高质量发展的信念不动摇，克服"环保阵痛"，摆脱"速度情结"和"换挡焦虑"，下决心通过供给侧结构性改革，依靠质量变革、效率变革、动力变革，促进经济转型，真正把战略重点转到"拼质量、拼效益、拼结构、拼绿色度"上。几年来，天津以壮士断腕的气魄，以落实中央环保督察意见为契机，整治"散乱污"企业2.2万家，有效破解"钢铁围城""园区围城"，3家钢铁企业有序退出，撤销取缔工业园区132个，"治"出绿色发展的新天地，"整"出绿色转型的新空间。

建设绿色生态　改善环境质量

国土是生态文明建设的空间载体。天津努力践行"绿水青山就是金山银山"理念，坚持算大账、算长远账、算综合账，主动向盲目扩张的城市"顽疾"开刀，大手笔在"津城""滨城"双城之间规划出相当于中心城区两倍面积的绿色空间，优化了国土空间开发保护格局，扩大了生态空间，倒逼经济发展必须节约集约利用土地等自然资源，实现绿色发展。

山水林田湖草是生命共同体。天津通过大力实施"871"重大生态工程，全力融入京津冀区域生态环境体系，持续修复生态系统的完整性，不断提升蓝绿空间占比，生态系统碳汇能力明显增强，生物多样性逐步恢复，环境承载力日益提升，增值了绿色财富，厚植了生态宜居城市的绿色底蕴。

生态环境是关系党的使命宗旨的重大政治问题，也是关系民生的重大社会问题。天津市委、市政府牢记使命担当，着力补齐环境短板，实施"五控"治气、"四措"治水、"三招"治海、"两控"治土，全市环境质量明显改善。PM2.5年均浓度降至39微克/立方米，12条入海河流水质总体达到Ⅳ类以上，近岸海域环境质量持续巩固，为经济社会高质量发展和全面绿色转型奠定了坚实的环境基础。

倡导绿色生活　共建宜居城市

　　推动形成绿色生活方式是生态文明建设的重要任务，也是建设生态宜居城市的必然要求。公民既是生态宜居城市的享有者，也是行动者。天津持续开展生态文明宣传教育，提升公民环境素养，着力构建政府企业公众共建共享的绿色行动体系。围绕促进资源节约，全市积极探索"无废城市"建设，实施《天津市生活垃圾分类管理条例》，推动垃圾减量化、资源化。大力倡导"光盘行动"，积极实施"限塑令"，简约适度逐渐成为生活时尚。围绕促进环境友好，全市大力推广绿色建筑，新建绿色建筑超过70%，居住能耗和碳排放逐步减少。加快构建绿色交通体系，地铁运营总里程达到265公里，市民绿色出行更加便捷。开展节约型机关、绿色家庭、绿色学校、绿色社区和绿色出行等绿色创建行动，绿色低碳生活理念更加深入人心。

　　天津笃定绿色发展，为建设生态宜居的现代化天津夯实了产业根基，拓宽了生态空间，厚植了绿色底蕴。人与自然和谐共生的美丽天津幸福图景正在津沽大地徐徐展开。

构筑双城格局

反映天津优化空间布局，构筑双城发展格局的宏远规划和美好前景。海河奔涌入海，衔接"津城""滨城"，也连接起天津发展主轴。双城比翼齐飞、交相辉映，成为京津冀区域发展的亮点板块。

一盘"河"与"海"的辉映棋局

——天津着力打造"津城""滨城"双城发展格局

■ 记　者　周志强

天津因水而兴。运河载来繁荣之城，海港打开无限天地。

"河"与"海"的故事，在新时代迎来新的篇章。新发展理念指引下，市第十一次党代会落子，中心城区与滨海新区中间地带严格规划管控，建设绿色生态屏障；市委十一届九次全会进一步明确，打造"津城""滨城"双城发展格局，并将其列入天津未来经济社会发展主要目标。天津城市结构为之一变，历史性地走向"绿屏"为芯、"津""滨"辉映的新发展格局，有力推动全市绿色高质量发展。

"到2035年，'津城''滨城'双城格局全面形成！"规划引领发展。海河两岸，"津城"不断提升现代服务功能，现代服务业加速发展；渤海之畔，"滨城"抓紧提升城市综合配套能力，城市面貌日新月异，产业发展如虎添翼。双城之间合理分工、功能互补、高效协同，共同朝着推动京津冀协同发展、打造世界级城市群的目标迈进。

◎ "滨城"南湾公园

坚持新发展理念，
塑造城市空间新格局

从三岔河口到渤海之滨，直线距离 50 公里。这让天津与许多沿海城市不同，中心城区并不靠海，市中心与沿海城区相距较远，城市融合难度大。

滨海新区面积有 2270 平方公里，如果按照原有规划建设思路，中心城区和滨海新区相向开发对接成一个大城区，这样发展下去势必会产生一系列的大城市病。两地之间广阔的中间地带，既有生态空间和生态功能也将被侵蚀。

◎　东丽湖东湖公园

新发展理念就是指挥棒、红绿灯。2017年5月，市第十一次党代会深入贯彻新发展理念，强调坚持集约发展，着力增强城市发展的持续性、宜居性，明确提出"滨海新区与中心城区要严格中间地带规划管控，形成绿色森林屏障"。

2018年天津启动绿色生态屏障建设，在滨海新区与中心城区间划定了南北向约50公里、东西向约15公里、总面积736平方公里的绿色生态屏障区。经过三年多的建设，绿色生态屏障"小荷已露尖尖角"，有效提升了区域生态空间总量，改善了环境质量。

天津市中心人口稠密，沿海产业聚集，由于城市配套功能不完善，职住呈现不平衡。有报道显示,2016年年初,每天几十公里往返于中心城区和滨海新区之间的潮汐式通勤人数约30万人次。

滨海新区面积大,仅一个泰达街道,就有54.14平方公里,超过中心城区任何一个区。整个新区有5个国家级开发区和21个街镇,区域内发展不平衡不充分,迫切需要补齐短板弱项,增强发展后劲。

从一片盐碱荒滩,到高楼林立的天津对外开放和经济发展高地,天津经济技术开发区的传奇已经写入城市骄傲。滨海新区成立后,渤海湾畔这片更为广阔的土地,坐拥京津冀及"三北"地区海上门户天津港,经济占到全市半壁江山,是天津加快开发开放的主力军,承担着更大的职责和使命。

"新区兴则天津兴,新区发展则天津发展。"近年来,市委、市政府对滨海新区发展高度重视,全力推动天津港建设世界一流智慧绿色港口,全面实行开发区法定机构改革,下放600多项市级权力事项实现"滨海事滨海办",支持新区提升社会治理和社会事业发展水平……新区城市发展蒸蒸日上。

立足新发展阶段,贯彻新发展理念,构建新发展格局。2020年11月,市委十一届九次全会召开,谋划天津"十四五"和2035年远景目标,进一步提出:打造"津城""滨城"双城发展格局,推进"津城""滨城"相映成辉、竞相发展。会议强调,打造双城格局是推进京津冀协同发展、打造世界级城市群的重大举措,是用新发展理念优化完善城市布局的必然选择。

一城变两城,内涵大不同。秉持"紧凑城市""精明增长"理念,天津城市发展由外延扩张向内涵提升转变,空间布局由"单中心"向"多中心""组团式"转变,避免城市发展"摊大饼"的弊病。

按照天津"十四五"规划纲要,本市将构建"一市双城多节点"的城镇功能空间格局,打造紧凑活力"津城"和创新宜居"滨城",推动形成优势互补、分工合理、良性互动、协调发展的城镇格局。强化武清、静海、宝坻、宁河、蓟州各区的资源集聚能力,打造一批独具特色的区域节点,与"津城""滨城"

融合发展，共同繁荣。

"津城""滨城"建设的重点得到明确。做强"津城"方面，将打造中央活力区，形成若干现代服务业标志区，建设具有竞争力的核心承载区。"滨城"建设方面，按照城市标准规划建设滨海新区，优化资源布局，加快补齐基础设施和公共服务短板，增强要素承载能力，建设生态、智慧、港产城融合的宜居宜业美丽滨海新城。到 2025 年，将初步形成"津城""滨城"双城发展格局。

优化产业布局，
打造紧凑活力"津城"

驱车驶下海津大桥，进入快速路黑牛城道，两侧林立的新高楼，展现着这片中心城区的活力生机。

网信大厦是众多楼宇中的一栋。2019 年下半年以来，楼里已经入驻了包括京东科技、航天长峰、凌霄工业互联网、乐问医学在内的 192 家数字经济企业。

"我们在天津的特色业务主要包括两大方面，一是参与智慧城市建设，二是扶持培育京东生态企业，共同创新发展。"京东科技天津公司工作人员刘晓燕介绍。

记者在京东科技公共办公区看到，这里不同区域悬挂着不同企业的铭牌：微甄科技、岸杉智能、正德弘远……背靠京东资源优势和孵化服务，众多产业链相关创业公司入驻，聚集发展。

根据双城规划，"津城"要加快汇聚高端服务要素，打造一批特色鲜明、业态高端、功能集成的现代服务业发展标志区。这为中心城区产业发展注入了新的活力。

以黑牛城道两侧的网信大厦、双迎大厦、网科大厦等为依托，河西区正在打造新八大里数字经济产业主题园区。短短三年间，园区入驻企业已经超过 400 家，2021 年营业收入超过 40 亿元。

北京东方金信是一家专注于大数据产品开发的高科技企业，2019 年落户新八大里园区。天津分公司总经理付威介绍，北京公司的研发职能已经整体迁移过来，在津形成近百人的团队规模，不少员工就近安家。吸引东方金信的，除了河西区完善的城市配套服务，还有天津信创产业的发展势头。位于滨海新区的麒麟、曙光等企业，都是他们的合作客户。

设计产业是天津优势产业，历史底蕴深厚，企业近 1.7 万家。联动发展是该行业的内在需求。2016 年年底，河西区成立了"北方设计联盟"，着力推动设计及上下游企业协同创新、共同发展，目前成员单位已达 248 家。仅在河西区注册的联盟成员，2021 年营业收入就有 304.57 亿元。

发挥产业优势，锻造"津城"现代服务业长板，天津提出建设"设计之都"。为了进一步优化产业布局，推动企业集聚发展，提升品牌效应，天津决心拿出海河上游"最后 5 公里"的黄金地块——海河柳林地区，打造"设计之都"核心区。这片跨海河两岸，地处河西、河东、东丽、津南四区交界处的区域，已经完成城市设计，综合开发 PPP 项目也已落地，未来将打造成"津城"现代服务业发展的新引擎。

2021 年年底，天津海河设计集团有限公司揭牌，实现对市属 7 家勘察设计行业企业的整合，打响"海河设计"品牌，也为"设计之都"建设增添了新的动力。

"我们公司整合进海河设计集团，好处有三：形成全产业链、全周期的设计能力，竞争优势大增；融入集团全国布局，实现资源共享，市场开拓能力加强；随着混改和优质资本注入，产业布局也将迎来跨越发展。"天津市建筑设计研究院有限公司总经理张晓宇介绍，集团内仅他们公司就在雄安新区、海南、广东、江西、甘肃等地设有分支机构，2021年公司营业收入同比增长15%，对未来发展充满信心。

市规划和自然资源局负责人介绍，"十四五"时期天津将聚焦重点片区，促进双城协同高效，包括提升"津城"重点地区发展能级，规划加快推动外环城市公园及周边地区、海河柳林地区、北辰活力区、水西公园周边等重点地区规划建设；依托西青新城和华苑地区建设智慧科技城；依托东丽华明和空港经济区建设国际航空城；依托北辰国家级产城融合示范区和北辰京津医药谷建设医药活力城；依托津南海河教育园区和国家会展中心（天津）建设科创会展城。同时，优化"滨城"资源布局集聚发展。规划重点打造北京非首都功能疏解的重要承载地，加强滨海—中关村科技园、中欧先进制造产业园、未来科技城京津合作示范区、北方航空物流基地、南港化工新材料基地等五大重点载体平台创新发展。全面支撑"一基地三区"功能定位实现，加快建设北方大宗商品交易中心、国际冷链物流基地。

体现以人为本，
建设创新宜居"滨城"

南堤滨海步道公园，新草初萌，视野开阔。远望是曲水廊桥，鸥鸟翩翩。大型儿童游乐区里，孩子们欢快地嬉戏。中新天津生态城2021年建成开放的这片带状公园，成为亲海"网红打卡地"。

"用我太太的话说，生态城哪里都是拍照背景墙。"天津深之蓝公司员工李云昊介绍，他曾经在北京、上海等地工作，刚到滨海新区就被生态城这座花园城市吸引，选择在这里安家。"不光我，我们部门有三个人住在生态城。"

居民楼下是小区绿植，社区有中心公园，区域内各类城市公园多达38座，建成区绿地率达到50%以上。生态城管委会建设局李晓源科长介绍，目前正在推进 18 公里绿色廊道建设，将生态城绿色景观串联起来，开启居民"从绿地到绿地"的生活新体验。

生态为底，合理布局人居生活。生态城规划打造了"生态细胞—生态社区—生态片区"三级居住模式。在生态城第三社区中心，滨海"小外"、社区商业、社区服务中心、停车场等环绕着社区公园。一路之隔还有生态城医院。居民日常的民政事务办理、教育医疗、文体休闲、购物餐饮等配套一应俱全。

"看，咱对面就是周大福金融中心，也叫'津沽棒'。"走在"滨城"主城区，这栋中国北方第一高楼总是被市民游客津津乐道。

近年来滨海新区城市建设提速。绕城高速全线通车，轨道交通 B1、Z4 线加快建设，Z2 线全线开工。新建滨海新区肿瘤医院、天津医大总医院滨海医院、滨海新区中医医院等，"滨城"三级医院增至 9 家。落成周大福金融中心、茉莉亚音乐学院、滨海文化中心等"网红"地标，K11 Select、金隅嘉品 Mall、万达广场等大型商业设施开门纳客，城市核心区极化效应显现，人气活力持续增强。

为强化主责主业，天津经开区于 2017 年剥离社会管理职能，移交给新成立的泰达街道，一并移交的还有对 70 多家医疗机构、7 所中小学和 20 多所幼儿园的管理。

"经开区高质量的发展、高端化的产业，会吸引高水平的人才，他们必然要求有高品质的社会管理和城市服务配套。"泰达街道工委书记吴鹏介绍，为进一步提升社会事业管理效能，2021 年年底，街道进行机构调整，整合设立卫生健康、文化教育两个集团和社区治理中心，以更大的力度推进社会事业发展。

目前，泰达心血管病医院已经启动扩建，泰达医院二期项目正在推进，未来两家医院将形成区域医疗中心。新引进华东师范大学附属（天津）中旭学校、岳阳道小学教育资源，启动泰达一中二期工程，完成泰达一小二部工程，不断提升辖区基础教育水平。

"滨海'小外'是生态城与天津外国语大学合办的公立校，在南部片区共开设了 5 个学部。"生态城管委会教体局赵永利科长介绍，生态城还与北京师范大学、南开中学合作，分别在临海新城片区、中部片区布局了中小学校，充分满足居民需求。

人民城市为人民。提升城市内涵，完善城市治理，必须下"绣花"功夫。泰达街推出"一四四七"社会治理新模式。在党建引领下，通过社区、社工、社会组织、社会资源"四社联动"，发挥城市大脑等四个智慧平台作用，共同缔造平安、美丽、便捷、健康、和谐、文明、活力"七个泰达"，提升居民幸福体验感。

生态城实施"生态城市升级版"和"智慧城市创新版"双轮驱动发展战略。银发 AI 智慧应用平台，让老年人关爱服务从求助响应升级到主动关怀；供热智能化让小区既低碳又温暖……"以人为本、应用至上"的智慧城市建设，进一步营造宜居生活。

2021 年年底，滨海新区启动了美丽"滨城"十大工程，涉及交通、市政、社会事业、城市更新、新型城镇化建设等，共安排重点项目 221 个，总投资 5731 亿元，全面提升"滨城"城市现代化水平，增强要素承载力。"近悦远来"，"滨城"产业和人才吸引力不断增强。

一市双城，比翼齐飞。

"津城"依漕运兴盛，有 600 多年历史底蕴，"古今交融、中西合璧"；"滨城"因临海崛起，有"蓝色海湾"的独特魅力，港通万里、开放包容。海河穿越绿色生态屏障，挽起津、滨两座希望之城。轨道交通不断加密，未来 20 分钟直达，双城紧紧相连。

一盘好棋，渐入佳境。

"津城""滨城"相映成辉、竞相发展，优化了发展空间，打通了城市脉络，正在形成吸纳高质量要素自由流动的区域磁场，加速推动光芒璀璨的京津冀世界级城市群崛起，在落实国家重大发展战略、构建新发展格局中填格赋能、绽放光彩。

奏响"河""海"交融的壮美和声

城市发展犹如一盘棋局，放眼全局谋一域，迎来的是更加广阔的发展空间。

"统筹城市布局的经济需要、生活需要、生态需要、安全需要""要因地制宜推进城市空间布局形态多元化""推动城市组团式发展，形成多中心、多层级、多节点的网络型城市群结构"……习近平总书记作出一系列重要论述，为实施城市化战略指明方向。天津"十四五"规划明确提出"打造'津城''滨城'双城发展格局"，以新发展理念优化完善城市布局，在构建新发展格局中展现天津作为，全面建设社会主义现代化大都市。

每座城市都有自己的血脉和基因，要在时代发展洪流中找准奋进坐标。天津因水而兴、向海而生，海河是天津的母亲河，汇集众流，注入渤海，河与海共同缔造了城市的繁荣兴盛。打造相映成辉的双城发展格局，就是要以战略思维推动城市发展由"单中心"向"多中心"转变，形成"组团式发展"空间布局。滨海新区作为天津发展的龙头，是亚欧大陆桥最近的东部起点，拥有全国综合配套改革试验区、国家自主创新示范区、自由贸易试验区等先行先试的优越条件。新区兴则天津兴，新区发展则天津发展。提升"津城"现代服务功能，补齐"滨城"基础设施和公共服务短板，促进产城融合、生态宜居，迈向高质量发展的步履必将越走越坚实。

津门极望，海阔天高。奏响"河""海"交融的壮美和声，实现城市发展由外延扩张向内涵提升转变，打开的是发展新空间、标注的是发展新高度、塑造的是长远竞争力。

产业和人口向优势区域集中是客观经济规律，但城市单体规模不能无限扩张，必须走"紧凑城市""精明增长"之路，优化城市群内部空间结构，逐步解决中心城区人口和功能过密问题，避免"一市独大"的弊端。人民城市为人民。满足人民群众美好生活需要，是城市建设的价值指向。提升城市功能品质，着眼于人民群众多样化、品质化、个性化需求，提高公共服务供给质量和效率，生活空间将会更加宜居适度。生态是最宝贵的资源和财富。保护好生态环境既是生态命题，也是城市发展课题。把生态放在更加突出的位置，接续建设蓝绿交织的自然生态环境，厚植绿色发展底色，才能让生态空间更加山清水秀。

这一切，正是打造"津城""滨城"双城发展格局的新命题。

打造双城发展格局，必须在国家战略宏图中谋划，在时代发展坐标中定位。进入新时代，天津迎来京津冀协同发展这一千载难逢的重大历史机遇，党中央赋予天津"一基地三区"功能定位。布局谋篇，要在棋眼。有制造业基础、有产业链优势的"滨城"，就是对接、融入、服务协同发展的棋眼，肩负着为京津冀世界级城市群建设提供产业支撑的时代重任。紧紧扭住疏解北京非首都功能这个"牛鼻子"，在提升服务协同发展的嵌入度和贡献度中，实现优质要素资源流动融合、创新能力持续提升、产业转型加速升级，正在激活高质量发展的更多动力源。

高质量发展的要义之一，是人与自然的和谐共生。寸土寸金的天津，以下好"一盘棋"的大局意识和舍我其谁的政治担当，谋划长远、干在当下，在"津城""滨城"之间建设736平方公里的绿色生态屏障。这道"绿飘带"

贯通南北，连接四大湿地，与北京市通州区、河北省雄安新区的生态公园相接，成为京津冀生态屏障带的重要组成部分。绿色是底色，更是动能。在有限的空间内将更多土地划为生态用地，多了扎根大地、泽被后世的"绿色银行"，拓展了构建双城格局的环境容量，为天津高质量发展赢得更大主动，为人民群众带来更多获得感、幸福感、安全感。

城市的核心是人，人聚才能城兴。宜居宜业，城市有了更多烟火气，人流物流信息流才会加速集聚，城市发展才会凝聚起更强劲力量。打造双城发展格局，要着力补齐"滨城"短板，增加优质教育、医疗、文化等公共服务供给，推动职住平衡，促进人口集聚和产业集聚；要提升"津城"现代服务业水平与城市活力，使城市真正成为人民群众高品质生活的空间。以更优的供给满足人民需求，让每个人都有实现梦想的机会，天津这颗渤海明珠必将绽放更加璀璨的光芒。

大舸中流下，青山两岸移。踏上全面建设社会主义现代化大都市的新征程，以实干实绩打造双城发展格局，以拼搏奋斗推动高质量发展，海河儿女信心坚定、干劲十足、脚步坚实。

多措并举构建双城发展新格局

■ 南开大学京津冀协同发展研究院秘书长　张　贵

天津市"十四五"规划纲要提出了"津城""滨城"双城发展格局，并把"双城"写入《天津市国土空间总体规划（2021—2035 年）》。将市域国土空间总体格局，全面衔接京津冀协同发展战略格局和"一带一路"环渤海新开放格局，这是天津打造京津冀世界级城市群的重大举措，也是用新发展理念优化完善城市布局的必然选择。

"双城"新发展格局既体现了新时代空间规划变革的新要求，又体现了"精明增长""紧凑城市"的城市高质量发展内涵。"建设好管理好一座城市"就要把城市空间放到重要位置切实抓好。城市发展不能只考虑规模经济效益，而是要优化城市群内部空间结构，合理控制大城市规模，不能盲目"摊大饼"；要推动城市组团发展，形成多中心、多层级、多节点的网络型城市群结构。构建"双城"新发展格局，就是将这些城市发展新理念，融入城市规划、建设、管理的各个方面和各个环节，不断激发城市发展的动力和活力，不断同步推进老城区更新与新城区建设，增强中心城市承载力和辐射力。双城发展格局的重中之重是明确"津城""滨城"功能定位，实现双城功能互补。在交通、产业、政府治理、公共服务等各个方面，以打造国际消费中心城市、区域商贸中心为目标，逐步完善紧凑活力"津城"和创新宜居"滨城"的双城联动机制，打造天津最为重要的两大增长极。提升"津城"重点地区发展能级，将交通优势、政策优势向重点地区集聚。重点打造"津城"中央创新区，逐步形成智能科技产业为主的领军企业和知名企业家集群；重点提升现代服务业水平与城市活力，发挥城市综合服务中心作用；保护和改造五大道、意式风情区等老城区，形成若干现代服务业标志区。优化"滨城"资源布局集聚发展，意味着滨海新区在活跃经济发展，尤其是在港城融合上将承担更重要的使命。完善提升"滨城"的载体功能，重点补齐基础设施和公共服务短板，增强城市综合配套能力，"科技向善""科技便民"的新技术、新材料、新工艺、新装备和新商业模式让"滨城"居民实实在在地感受到智慧城市的现代化魅力。

城市之间既要加强联系，也要有必要的生态和安全屏障。城市发展要坚持以人民为中心的思想，因地制宜推进城市空间布局形态多元化，让城市形成更宜业、宜居、宜乐、宜游环境，让市民拥有更多获得感、幸福感和归属感。无论是"津城"，还是"滨城"，要不断推进双城联动、相互促进，打通城市之间脉络，优化发展空间，为吸引高质量要素的自由流动和提升城市发展凝聚力奠定坚实基础。同时，进一步构建双城引领、产城融合的城镇空间，塑造规模合理、功能完善的"一市双城多节点"城镇空间格局，大力实施"871"生态工程，形成"三区两带中屏障"的市域生态格局，统筹做好生产、生活、生态三大空间，推动习近平生态文明思想在津沽落地生根。

"双城"新发展格局重在落实国家战略，推进区域协同发展。"津城""滨城"是"以北京、天津为中心引领京津冀城市群发展，带动环渤海地区协同发展"的重要组成部分。"双城"新发展格局就是要把握天津作为区域发展战略的引擎地位，一方面，强化区域服务与辐射带动作用，引导高新技术企业与研发机构向京津滨廊道集聚，将滨海—中关村科技园、中欧先进制造产业园、未来科技城京津合作示范区、北方航空物流基地、南港化工新材料基地等建设成为北京非首都功能疏解的重点载体平台，打造"京津滨创新走廊"，形成京津"智造新干线"；另一方面，积极建设"1+N"天津都市圈，加速京津协同互动，联动唐山、廊坊、沧州等城市，进一步推进通武廊、静沧廊"小京津冀"一体化发展，打造若干个跨界示范区，形成多中心、网络化协同发展格局，落实"一基地三区"功能地位，提升城市发展战略格局。另外，充分发挥国内国外"两个扇面"作用，做强海港空港"双枢纽"，重点发挥天津港服务区域功能，构建"京津冀开放大通道"。

深化国企混改

反映天津以国企混改为突破口，深化供给侧结构性改革，完善国有资产监管，加强国企党的建设，清理退出不具备优势的非主营业务和低效无效资产，推动发展质量效益提升、活力动力增强，探索出国企改革发展的新路径。

一条"稳"与"进"的改革路径

——天津推进国企高质量发展的探索与实践

■ 记　者　吴巧君

"春在溪头荠菜花"。满园春色中桃李争艳，米粒大小的荠菜花朴素无华，毫不起眼，却暗香浮动，回甘香甜。

天津五年来改革开放大开大合，京津冀协同发展、制造业立市、"一制三化"改革……其间稳步推进的国企改革，一如那静默却坚韧开放的荠菜花，在似锦桃李中紧接地气，在匍匐生长中透着倔犟，绽放属于自己的灿烂春天——

17家完成混改的原市管企业2021年营业收入、净利润分别达到2996亿元和208亿元，比混改前增长81.20%和455.77%，混改后企业在津上缴税金累计超过270亿元。

除了完成混改的17家企业外，整体国企创效能力不断增强。2021年市管企业实现净利润同比增长25.5%、营业利润同比增长79.4%、营业收入利润率同比增长1.7%；区属国企营业收入同比增长19.3%。

在新冠肺炎疫情防控、能源保供、民生保障等关键时刻，全市国有企业闻令而动，勇挑重担，发挥出"主力军""顶梁柱""压舱石"作用……

2022年1月26日，国务院国企改革办专门向天津市政府发来感谢信，称"天津推动国企改革三年行动工作卓有成效，为全国完成国企改革三年行动年度目标任务作出突出贡献"。

如溪头那片一派生机的荠菜花，在春和景明中添注一抹独特的芳华，天津国企改革做对了什么？

这个答案可以在国家发展改革委对天津实地专题调研后作出的评语中找到："天津国企混改紧扣当地实际，遵循'完善治理、强化激励、突出主业、提高效率'十六字要求，不仅引入了资本、化解了风险、改进了治理、提升了效益，而且放大了国有资本功能、做强了优势产业、搞活了地方经济，符合党中央、国务院关于国企混改的政策方向和要求。"

"不仅混产权，更是改机制，优治理，天津国企改革正是做对了这一点，实现了国企管理人员能上能下、员工能进能出、收入能增能减，带领国有经济实现绝处逢生，孕育新机，柳暗花明。"清华大学中国现代国有企业研究院研究总监周丽莎说。

引入资本化解风险
国企混改实现三个"全国首创"

产业结构偏重，资本结构偏独，组织结构偏长，产品结构偏同；体制机制僵化，经济效益下滑，债务风险高企……

这是五年前天津国企因市场化改革滞后而面临的困境，一组数字佐证了当时的境况——

2016年全市市管企业实现营业收入、利润分别同比下降9.6%、18.1%，与同期全国地方国企分别增长3.5%、16.9%相比，形成鲜明反差。2017年年底，天津各级国企资产负债率达77.1%，比全国平均水平高出15.1%。

"渤钢集团负债总额高达2800亿元，资产负债率达220%。我们明确告诉职工，如果不混改，企业将被多重积债完全压垮，混改是企业起死回生的唯一机会，也是最后一次机会。"时任天铁集团党委书记的杨勇这样对记者说。

◎ 天津地铁 4 号线首列车调试　　　　◎ 混改后焕发新生机的新天钢集团

天津一商的一位中层干部也向记者描述，混改前企业"供应商的货款已三年未支付，职工的工资用高于 10% 的利息贷款应对，资金链断裂一触即发"。

在这样的大背景下，2016 年年末、2017 年年初，市委召开十届十一次全会、全市国企改革推动会，下发《关于进一步深化国有企业改革的实施意见》，全面部署推进国有企业混合所有制改革。

天津国资研究院副院长宋泽海分析，当时天津国企严峻的债务风险形势以及存在的各种问题倒逼天津必须改革，引进战略投资者进行混改，不仅能优化企业股权结构，健全企业法人治理结构，完善市场化经营机制，推行市场化选人用人，而且还能为企业带来资源增量，形成优势互补、强强联合，壮大国有资本影响力，从而推动内生动力更加强劲，市场主体更加明确，助力国有资本跨上高质量发展新征程。

"着力引入高匹配度、高协同性、高认同感的战略投资者，对公益类、功能类、竞争类市管企业分类分层实施混改，宜进则进、宜退则退，宜控则控、宜参则参。"市国资委企业改革处处长侯宇锋介绍。混改的顶层设计一设定，跌宕起伏的改革实践一路铺陈——

房产土地整合、税务筹划、企业整合（剥离）、职工安置、不良资产处置等系列文件出台；"国有资产不流失、职工妥善安置、扎根天津发展"不可动摇、必须坚守的"三个底线"早早划定；混改决策审批、审计评估、产权交易……各重点环节全过程监督机制建立。

"我们坚守'三个底线'，是贯彻落实习近平总书记'国有企业改革要先加强监管，防止国有资产流失，这一条不做好，国有企业其他改革难以取得预期成效'重要论述的具体体现，实现了天津混改的三个'全国首创'。"市国资委副主任刘智说。

——首创性推进全过程监督。逐级逐户召开职代会，请职工来监督。"一商集团混改过程中，总共开了不同层级的48场职工代表大会，让每位职工了解混改，参与决策。"时任一商集团党委副书记的胡宁告诉记者。市审计局开展混改专项审计，加强审计监督；从国务院国资委评估项目评审专家库中择优选择专家开展混改评估评审，通过专家评审把控风险。海鸥表业集团在引入复星系战投汉辰表业时，将"海鸥"商标及专利技术纳入资产评估，

◎　完成混改的海鸥表业集团

74

充分体现企业有形无形资产的真实价值。

——首创性建立混改企业职工安置风险保障金机制。"人民性是国资国企的根本属性，以人民为中心的发展思想是国资国企的使命所系。"刘智说，"市国资委联合相关部门印发文件，规定集团整体混改且混改后国有股权低于 50% 的市属企业，须由混改后企业出资设立混改企业职工安置风险保障金，用于兜底保障支付混改前职工在混改后被解除或终止劳动合同时的经济补偿。"事实上，这项保障金的设置，打消了职工疑虑，推动了职工安置方案高票通过职代会，激发了企业广大员工参与混改的积极性。

——首创性实施混改"后评价"。为了客观评价企业混改情况，负责推动市管企业混改的国有资本投资运营公司组织聘请第三方专业机构开展事后审计与评价，建立"3+2"评价体系，从落实协议、改革机制、提升能力三个维度和投资者、职工两个视角多角度"回头看"，从而为后续改革提供经验。

"扎根天津发展"则是选择战投方的必备条件，在产权交易合同及战略合作协议中进行了明确约定。无论是在津注册资本金高达 100 亿元的通用技术机床公司，混改中环集团后要拿出 30 亿元在津布局北方总部、拿出 60 亿元在新能源光伏、半导体材料及集成电路领域深耕细作的 TCL 科技，还是三年累计拿出 202 亿元真金白银帮助混改后建材集团置换高息债务、同时在津投资 88 亿元、实施了一系列增资项目的金隅集团……无一不脚步踏在天津土地上，眼光瞄准智能制造、工业互联网、生物医药、数字经济，布局产业链价值链高端。

"通用技术集团把机床装备制造板块的总部落户天津，融入天津制造业立市战略，第一期投资款已经到位，并以天津一机传统优势和相关资源为基础，统一规划，对齿轮加工业务进行整合。"通用技术机床公司科技质量部总经理马晓波说。

中智管理咨询有限公司党委书记、总经理周晶对天津确立的"三个底线"给予好评，作为第三方专业机构，中智管理咨询公司参与了本市混改后评价工作。周晶认为："天津混改确立的'三个底线'既突出体现了守住底线、促进发展的改革目标，也为混改稳妥推进、职工安置提供了基本保障。"

几年间，处于充分竞争领域的 17 家市管企业完成混改，引入了 5 家世界 500 强企业、11 家中国 500 强企业，带动了 792 户所属二级及以下企业引入市场化经营机制。加上其他市管企业所属企业混改，天津这些年累计引入外部资金约 1758 亿元，化解国企债务超过 7500 亿元。

以 2019 年 11 月辽宁方大集团混改天津一商案例看，混改后方大集团不仅把位于辽宁营口年收入 70 亿元的方大国贸有限公司并入天津一商，还给予了天津一商 12 亿元增资投入以及近 9 亿元的资金支持，2020 年实现扭亏，利润达到 3982 万元，2021 年实现营业收入 208 亿元，同比增长 1.25 倍，与混改前相比增长 1.5 倍；利润突破 1 亿元，同比增长 165%；资产总额增长 1 倍有余，超过 130 亿元。

"混改前我们公司职工收入欠薪三个月以上，混改后不但补足，收入还连年增长，企业各项生产创效指标连续突破建厂十年最好纪录。职工们从过去的观望徘徊，到现在的奋进激昂，增添了信心。"新天钢德材科技集团冷轧板业公司党群工作部的周健告诉记者。新天钢集团混改三年在产业优化、项目改造的投资多达 200 亿元，经营状况连年跨越式增长，三年共在津纳税 30 多亿元，员工平均收入提高 36%，资产负债率由 220% 降至 31%。

"天津国企混改实践是深化改革解决发展难题的生动诠释。"国家发展改革委来津调研国企混改工作后这样评价。

改进治理提升效益
体制机制是激发活力的"质变因子"

如果将引入投资者资金资源称为"有价之宝"的话，那么天津在国企混改中更注重引入体制机制的"无价之宝"，使体制机制成为激发国有经济活力与竞争力的"质变因子"。

这份"质变因子"在 TCL 科技集团高级副总裁、中环半导体副董事长、总经理沈浩平看来是"发动机"："体制机制改革是发动机，其他都是燃料。混改后决策效率更快了，认准的项目，从谈判到落地不到两个月。"

在"发动机"驱使下，2020 年年底完成混改的中环半导体顺利实施首轮股权激励，完成了 3.3 亿元股票的回购，创新想法、创新技术得以快速地向新的商业形态转化。A 股市场披露的 2021 年度业绩快报显示，中环半导体（中环股份）2021 年营收实现 410.2 亿元，同比增长 115.28%，净利润实现 50.0 亿元，同比增长 195.42%，截至 2021 年 12 月 31 日，中环股份股价较当年初上涨了 56%。

这份"质变因子"体现在天津建工集团身上，就是自 2018 年 8 月携手上海绿地集团完成混改后迅疾搭建了科学高效的人力资源体系。

"我们将绩效考核结果与全体员工年度薪酬挂钩、与管理人员职务升降挂钩、与项目成本管控挂钩，旗帜鲜明激活个人主观能动性，发挥个人潜能。同时通过竞争上岗，打破'大锅饭''铁饭碗'。"建工集团相关负责人称。

混改三年半，建工集团的施工主业收入逐年上升，尤其是市场拓展成效显著，从混改前的百亿元直接突破至 300 亿元，2021 年合同承揽额达到了 345 亿元。

周丽莎认为，在国有企业中推进市场化经营机制改革，离不开企业经理层任期制与契约化管理改革。

事实上，这一块改革天津也正在紧锣密鼓进行。"截至 2021 年年底，天津先后在 21 家市国资委监管的一级企业经理层累计选聘了 94 名职业经理人，各级子企业累计完成职业经理人选聘 323 户 802 人，建立市场化用工和市场化薪酬的各级企业占比已达到 99%，企业领导班子与企业生存发展形成命运共同体。"市国资委党委企业领导人员管理二处处长负晓欣告诉记者。

一路走来，国企改革三年行动方案所指引的改革事项一一落实——党的领导融入公司治理各环节，实行了制度化、规范化、程序化，全面从严治党主体责任深入落实；市管企业全部实现党建入章，一级企业及各级子企业全部实现董事会应建尽建；全面推行总会计师委派制度，推动 70% 的监管企业设置了总审计师……

截至 2022 年 2 月末，本市国企 88 项改革任务总体完成率达到 92.3%，预计到 2022 年"七一"前夕将基本完成三年行动方案任务。"在国务院国企改革办中期评估中，本市国企改革三年行动取得 A 级，受到通报表扬。"侯宇锋说。

引育动能做强优势
"一企一策锻长板补短板"推进改革

改革的深度关系到发展的质量，发展的质量也反映着改革的成效。

"推动国有资本围绕战略安全、产业引领、国计民生、公共服务等领域，以及制造业立市和国际消费中心城市建设关键点上争当'先锋队'，引育新动能，是我们已经做和正要做的重点。"市国资委党委书记、主任张勇告诉记者。

按照这个思路，一系列积极探索正在推进——

把设计行业打造成天津支柱产业，天津海河设计集团在 2021 年年底正式启航。"将市政总院、天津建院、规划总院等七家单位划入海河设计集团，打造以工程设计为核心、引领设计产业新未来的世界一流、国内领先的设计产业集团，我们的目标是用三年时间实现主板 IPO。"海河设计集团党委书记、董事长赵建伟说。这位刚刚卸下市政总院院长之职，用十年时间率领市政总院接连推出全国勘察设计大师、取得高端资质、实现市场经营全国化布局和人才、经济总量规模性扩张的带头人，接过新集团的指挥棒，对未来信心满满："设计本身产值不高，但是它带动整个基础设施行业的作用很明显。我们七家设计院的融合发展，必将促进市场资源、业务能力的整合，实现1+1>2的目标。"

统筹国资系统各类旅游、养老、医疗、疗养资源，紧锣密鼓筹建康养集团；*ST劝业和*ST松江通过重组重整实现从传统产业向战略性新兴产业转型……

"挖掘每家企业的优点与长处，补上短板，而不是一张'方子'治百病，我们选择'一企一策锻长板补短板'深化改革促发展。"张勇自2021年3月履新市国资委以来，带领团队落实市委、市政府决策部署，对化解国企发展遇到的问题与风险、发挥优势做大做强国有资本有了成熟的思路。由此，国资两委班子成员分别带队组成12个调研组，对市管企业逐一"过筛子"，聚焦问题症结，因企因业施策。

2022年3月飞雪的那个下午，记者在一个街角的一栋楼里探寻这项改革的动人之处。

那是在河北区万柳村大街与中纺前街交叉口的芬园里临街的一栋外墙被涂上温暖黄色的七层居民楼。"2021年城投集团转型定位为城市综合运营服务商，被赋予城市更新实施主体，就把芬园里临街这栋闲置楼宇作为首个'微更新'项目，用'绣花工艺'来进行更新，投入1100万元，2021年4月动工建设，9月底改造完成为长租公寓，现在已出租51套，实现了国有固定资产每年6%的创效。"城投集团资产管理公司相关负责人董霁告诉记者，"因为是属于国家倡导的保障性租赁住房项目，得到了中央财政每平方米600元的建设资金补助，获得800万元低息贷款支持，真正是一举多赢呀！"

围绕新确立的城市更新实施主体，城投集团注册成立了资本金100亿元的城市更新公司，与大型企业共同组建了总规模600亿元的城市更新基金。

目前，总投资 144 亿元的天津首个历史风貌建筑保护类意式风情区城市更新项目和津城首个大型片区类城市更新项目正在落地实施。2021 年，城投集团大项目、好项目策源策划成效明显，全年实现收入和净利润分别增长 24.72% 和 7.45%。

像这样"一企一策"深入推进改革、引育新动能的，还有泰达控股公司。市国资委组建"项目开发及城市更新"和"融资化债"两个攻坚突击队，助力泰达控股锚定"产、融、城"战略发展方向出清企业 17 户，集中资源发展主业。2021 年以来，泰达控股承建了全市首个保障性租赁住房项目，旗下 18 个环保项目投产，实现 8 省 14 市的全国布局，2021 年实现净利润同比增长 18.7%。

轨道交通集团用成本规制模式进行债务重组，国家开发银行牵头以市场化方式重新组建银团贷款，将企业 400 亿元存量债务期限延长 30 至 40 年。2021 年轨道交通集团新开工 3 条线段，新开通 2 条运营线，通车里程 265 公里，进入全国地铁前 10 名。

公交集团全力提升经营管理水平，2021 年规制内实际成本支出较预算节约 2.3 亿元，资产盘活收益 4279 万元。

…………

"大国重器""中坚力量""中流砥柱"，习近平总书记多次用这些词汇定义国资国企。"要志在万里"，习近平总书记在天津港视察时的殷殷嘱托一直激励着天津国资国企砥砺前行。

"我们牢记习近平总书记和党中央对国资国企工作的厚望重托，进一步保持战略定力，坚持党对国资国企的全面领导，服务全市大局，做好主业实业，加强科技创新，锻造过硬队伍，以新时代党的自我革命引领和保障国资国企高质量发展，坚定不移做强做优做大国资国企，真正实现国有经济'稳中进''进中强'。"张勇说。

奋进在改革创新发展的"春天里"

"历史从不眷顾因循守旧、满足现状者，机遇属于勇于创新、永不自满者。"

在稳中求进中砥砺前行，在闯、创、干中不懈探索，改革创新这把"金钥匙"，打开了思想之门、发展之门，也打开了城市阔步向前的新气象新格局。

习近平总书记深刻指出："我们要通过深化改革，让一切劳动、知识、技术、管理、资本等要素的活力竞相迸发，让一切创造社会财富的源泉充分涌流。"国有企业作为国民经济发展的中坚力量，必须发挥带头作用，成为改革创新的主力军和先行者。党的十九大报告明确提出要"深化国有企业改革，发展混合所有制经济，培育具有全球竞争力的世界一流企业"。

天津国企混改持续走深，制度上，加快建立现代企业制度、完善各类国有资产管理体制；观念上，牢固树立市场化思维，清退不具备优势的传统产业和低效无效资产，围绕市场需求提高企业供给适配度……天津围绕供给侧结构性改革这条主线，在国企混改领域啃"硬骨头"、涉"深水区"，以信心和定力之"稳"促质量和效益之"进"，全力推动国有企业不断做强做优做大。

既引资金资源"有价之宝"，更引体制机制"无价之宝"。改革，带来的不仅是"量"的增长，更是"质"的提升；不仅是企业的脱胎换骨，更是城市发展的澎湃活力。

事实证明，只要我们遵循市场经济规律和企业发展规律推进改革，就一定能把国有企业打造成为充满生机活力的现代企业，依靠改革为发展开拓更广阔空间、增添更强劲动能。

涉深水者得蛟龙。今天，"十四五"已经实现良好开局，我们已经啃下了不少"硬骨头"，但还有许多"硬骨头"要啃；我们攻克了不少难关，但还有许多难关要攻克。当此之际，更要牢牢把握"稳"与"进"的辩证法，坚持把"改革开放先行区"作为城市的定位，坚决破除一切制约高质量发展的体制机制障碍，以"咬定青山不放松"的执着贯彻新发展理念，以"敢教日月换新天"的魄力打破旧的桎梏，将改革进行到底。

将改革进行到底，要葆有"稳"的定力、实现"进"的突破。稳是大局，进是路径，"高质量"是标准，该坚持的坚决坚持到底，该舍弃的坚决果断舍弃。加快国有经济布局优化、结构调整和战略性重组，更好发挥国有经济战略支撑作用；深化"放管服"改革，优化营商环境，让市场主体更加健康活跃，持续推动经济发展质量变革、效率变革、动力变革。以更全面的"稳"实现更高质量的"进"，应对变局，我们就更有底气；开创新局，我们方能赢得更大主动。

敢闯敢试、敢为人先，埋头苦干、真抓实干，是天津这座城市的精神气质，也是我们创造新业绩的重要支撑。抓住混合所有制改革这个突破口，既大胆探索，又脚踏实地，加大科技创新投入，充分激发国有企业发展动能，使国有企业成为有核心竞争力的市场主体，以国企改革推动制造业立市，这片发展先进制造业的"沃土"必将孕育更加枝繁叶茂的发展美景。

弄潮儿向涛头立。一个城市要发展、要进步，就必须在历史前进的逻辑中前进、在时代发展的潮流中发展。我们要勇立潮头、披荆斩棘，以无比坚毅的改革定力、勇往直前的进取精神，奋进在改革创新发展的"春天里"，书写全面建设社会主义现代化大都市的新篇章。

天津国企混改快速破局的路径与经验

■ 天津理工大学管理学院　李浩波

党的十九大报告指出"要深化国有企业改革，发展混合所有制经济，培育具有全球竞争力的世界一流企业"。为顺应改革发展形势，2017 年以来，天津市多举措大力推进国有企业混合所有制改革并取得卓越成效，混改后的建工集团、建材集团等传统企业焕发出新的活力。新天钢、融诚物产等企业借助混改脱胎换骨、走出困境。天津国企混改为国有资本盘活、困境企业破局、传统企业增效树立了多个范本。总结其经验，主要体现在"拿得出""放得下""配得好"。

首先是"拿得出"，以全面混改带动全面综改。国企混改不是一卖了之，相反，混改效能的发挥依赖于良好的外部治理环境。天津混改抛弃了"先易后难、循序渐进"的传统思路，而是"直入深水区"、注重混改与综合改革并进。天津自启动混改工作起就推动不同行业、不同层级国企"全员上架"，混改直接走上快车道，政府不断提升经济治理能力和综合服务能力。2017 年以来，天津市在转变国有出资人角色、提升国有资本治理能力的同时，通过天津市优化营商环境三年行动、"海河英才"行动计划等一系列改革举措，为混改企业构建了市场化、法治化、国际化的外部营商环境，从根本上弥补了过去天津国有经济"一头沉"背景下的行政服务效率短板，为持续释放混改效能、激发地方经济活力创造了良好的外部条件。

其次是"放得下",在产权层面展现改革诚意。混改的根本在改产权。战略投资者只有掌握足够比例的股权,才能拥有改革企业体制机制的话语权,才能具备改善企业经营的积极性。天津通过解锁混改企业控股权,在产权层面打消战略投资者顾虑,为混改后企业的机制转变和协同融合扫清障碍。这不仅有利于吸引具有长期战略投资意愿和产业协同能力的优质投资者,更有助于混改后企业改革效能的释放。在部分混改项目中,国有股东在集团层面完全退出,仅保留集团下属上市公司股权,从而促使混改后企业快速完成体制机制转型,实现了业绩高速增长。出让控股权使国有股东收获了更高的并购溢价,同时其持有的上市公司股权也受益于业绩增长,实现了国有资本的保值增值。天津混改的力度和决心收获了良好回报。

最后是"配得好",注重战略协同。在"放得下"的前提下,天津更加注重企业混改后的经营潜力及其对地方经济、就业的拉动作用。因此,所选取的战略投资者多是具有产业协同能力的实业龙头企业。混改后企业依托于战略投资者的行业资源优势,在资金、技术、市场、人才等方面获得精准支持,形成产业链协同效应,从而释放出新的增长动能。同时,一些知名资本方通过财务投资形式参与了天津国企混改,从侧面反映出市场对混改企业的前景持有乐观预判。为了寻找高匹配度、高协同性、高认同感的战略投资者,天津通过交易所挂牌、论坛平台推介、上门招商等多种渠道广泛吸引战投方,坚持优中选优,以引入高质量战投为支点,提升企业活力和混改实效。

国企混改在提升企业经营效率的同时,盘活了存量国有资本,使国有资本在推进供给侧结构性改革、推动产业结构转型升级等方面能够持续发挥引领性作用。伴随着改革的推进,天津国资监管的重心也应逐渐由传统企业纾困转向新兴产业布局,充分利用混改盘活的国有资本,在传统产业数字化转型、新型基础设施建设等领域培育行业领先企业,寻求天津经济高质量发展的新动能、新载体。在此过程中，应充分认识混改工作的系统性、复杂性和长期性，以增强混改实效为目标，坚持公司治理效能和政府治理能力"内外兼修"，打通政府和企业之间的改革动力循环链条，不断推广与深化改革成果。最终形成机制灵活、权责明确、运行高效的国有资本治理体系，为经济社会高质量发展积蓄动能，积极探索和延伸天津国企混改的独特路径。

发展服务业

反映天津抓住培育建设"国际消费中心城市"的重大机遇,以"天津全球买、全球买天津"的国际视野,繁荣发展服务业,建设消费资源集聚地、文化旅游目的地、商业创新城市和流通枢纽城市。

一场"买"与"卖"的城市更新

——天津加快培育建设国际消费中心城市

■ 记 者 马晓冬

"京南花月无双地，蓟北繁华第一城。"海河蜿蜒，见证这座城市因漕运而兴起，因制造而立市，因贸易而繁荣，因开放而走向世界。

立足新发展阶段，天津积极融入新发展格局，坚持以国内大循环为主体，将消费提质扩容作为扩大内需、引领增长的重要引擎，精心打造区域商贸中心城市；坚持国内国际双循环相互促进，以国内大循环吸引全球资源要素，更好利用国内国际两个市场、两种资源，不断提升"买全国、卖全国""买全球、卖全球"功能，加快培育建设国际消费中心城市。

"双中心"建设，让北方重要商埠焕发新的荣光。2021 年 7 月，国务院批准，在上海、北京、广州、天津、重庆率先开展国际消费中心城市培育建设。抢先进入"跑道"，被赋予先行者使命，这是信任、是激励，更是一份沉甸甸的时代考卷：在纷繁复杂的国际形势下，在日新月异的市场环境中，一座千万级人口的超大城市如何求新求变，做好"买"与"卖"的大文章，需要天津用行动作答。

树立"国际"视野
培育建设"买全球""卖全球"高地

朝内，立足京津冀、辐射"三北"地区；朝外，连接东北亚、面向太平洋——天津，地处"两个扇面"的交汇点，拥有得天独厚的区位条件和资源禀赋，是我国最早对外开放的口岸城市之一。

翻开历史新的一页，天津将目光放长远，发挥海空两港优势，加快建设北方国际航运枢纽，强化集聚辐射和引领带动作用，打造国内大循环的重要节点、国内国际双循环的战略支点。

◎ 津城夜景

五年前，天津跨境电商全年进口交易额接近 10 亿元，这让市商务局电商处的姚平兴奋不已。到了 2021 年，这一指标与 2017 年相比，已经增长了近 4 倍。在姚平看来，这体现了国内消费升级的拉动作用，也是天津营造跨境电商良好发展生态的成果。

在"买全球"业务不断增长的基础上，2020 年，天津在全国率先开展跨境电商企业对企业（B2B）出口监管试点，国内商品"卖全球"又添重要渠道。

天津市普光医用材料制造有限公司就是尝到"甜头"的企业之一。在天津海关的"牵线搭桥"下，该公司生产的自主品牌"LIGHTS"消毒棉片利用跨境电商海外仓模式成功出口，已远销 13 个国家和地区，为自有品牌走出国门找到了"新驿站"。

"跨境电商海外仓模式实现了我们自主品牌出口的愿望，在提高品牌影响力的同时，利润也是原来贴牌出口的 3 倍。"普光公司相关负责人介绍，"海外仓直接面向国外终端消费者，节省了企业的物流成本，降低了破损率，也提升了客户体验，我们计划继续扩大出口产品种类，增加海外仓模式出口的业务量。"

新业态也助推了产业的创新发展，阿里、京东、唯品会、亚马逊、eBay 等头部电商纷纷在津布局，传统企业线上线下业务融合的趋势愈加明显。截至 2022 年，天津已形成家具家居、自行车、地毯、乐器等产业集群，培育出易跨境、津贸通等一批年销售额超过千万美元的大卖家。

天津跨境电商"成绩单"十分亮眼：先后推出了 86 项制度创新举措，其中 24 项在全国复制推广；打造出 3 个跨境电商示范园区、7 个跨境电商创新试验区，形成错位集聚、优势互补、协同推进的产业布局；全市累计备案各类跨境电商及支付、金融、物流、仓储、代理等相关服务企业 550 余家，备案商品 16 万种，累计实现进口 181.3 亿元、出口 110.4 亿元，进出口交易

◎ 资料图片

额规模居全国前列。

　　"内外"兼修的秘诀离不开一个"新"字。利用综合保税区的创新优势，天津近年来还推动保税展示交易业务落地，相关企业的进口商品在销售之前无须办理通关手续或缴纳关税、增值税，能够有效降低资金占压，节约经营成本。未交易的商品可以退回综保区或退运出境，企业承担的销售风险也大大降低了。2021年，天津共开展保税展示交易业务96票，涉及货值2.08亿元。

　　借助天津口岸的强大引力场，越来越多的高品质商品由此进入国内，满足消费者的多元化需求，也有越来越多的中国制造从这里走向海外，拓展国际市场。2021年，天津市外贸进出口总值再攀高峰，首次站上8500亿元台阶，比2020年增长16.3%；与此同时，天津口岸的进出口规模和货运量也取得突破，双双创下历史新高。

　　国际消费中心城市是全球市场的制高点、消费资源的集聚地、消费发展的风向标。天津找准优势谋篇布局，有的放矢，精准落子，围绕重点商品，提出打造汽车大流通中心城市，实施乳品、红酒等商品进口促进计划等具体任务，进一步增强辐射"三北"地区的能力。

"立足国内、辐射周边、面向世界是国际消费中心城市的重要特点。"市委党校教授郭桂萍认为，天津在交通、产业等方面的先天优势为国际消费中心城市培育建设打下了坚实的基础，随着智慧港口建设、深度融入"一带一路"以及自贸试验区先行先试制度创新的有序推进，天津国内外物流集散枢纽中心的功能作用大大增强，城市的吸引力和影响力得到提升。

聚焦"消费"核心
发起商业"供给侧结构性改革"

让消费市场活起来、火起来，既要有破旧立新的魄力，也要有"腾笼换鸟"的智慧。

一边是消费结构升级加快，另一边是市场有效供给不足，天津将政府引导与市场运作有机结合，掀起商贸领域的"供给侧结构性改革"：引入新商业载体，构建特色消费场景，提升便民商业发展水平，创新消费模式，畅通国内大循环，为市场注入源头活水。

五年间，一个个特色商贸载体在津落户，一批传统商业街区改造提升，新的地标性商圈在津城多点开花。

在金街步行街，2017 年开业的天河城购物中心聚集了购物、美食、娱乐等多种业态，一经亮相就受到消费者的欢迎，成为津城最热门的商业综合体之一。

在武清区佛罗伦萨小镇，数百家国际品牌店铺汇聚一堂，是天津乃至周边地区顾客品牌消费的首选之地，随着创意米兰生活广场、V1 汽车世界等项目的陆续加入，商圈集聚效应更加凸显。

在和平路西侧，印象城正在加紧建设，这一地区的闲置楼宇将被盘活，带动商圈焕新升级，打造对外展示步行街形象的又一窗口。

在2021年，天津新开K11购物艺术中心、仁恒伊势丹、中新天津生态城爱琴海购物公园等13座商业综合体，新增商业面积135万平方米，引进了88家国内外知名品牌的全国首店、华北首店、天津首店，新增综合体面积和首店数量均为"十三五"以来的最高值。

绘出大写意，也要画好工笔画。天津将菜市场和连锁便利店配套建设纳入民心工程项目，便民消费体系得到不断完善，90%的区域基本可实现步行10至15分钟到达一个菜市场。2021年，滨海新区入选全国首批城市一刻钟便民生活圈试点地区，津门再添"金字招牌"。

针对社区商业发展不均衡、不完善的情况，天津还推动商业资源下沉，优化生活性服务业的功能布局。2022年，万禧广场、生态城第四社区中心、东丽湖万科里等10家社区型购物中心将和市民见面，提供适合社区消费群体的多层次、个性化商品和服务。

如果说新建商业项目拓展了消费空间，那么《加快推进夜间经济发展的实施意见》则聚焦时间。这项"实施意见"于2018年发布，使人们的消费时长得到进一步"延伸"。

近年来，和平区五大道、河北区意式风情街等17个夜间经济街区竞相亮相，各大商场、步行街等也通过举办啤酒节、美食节、主题市集等活动融入到夜间消费市场中来。此外，全市还建成了300余家特色深夜食堂、超过600家24小时便利店，博物馆、美术馆、体育馆、旅游景区等也纷纷延长经营时间，开展夜间展览、演出等活动。夜晚亮了，市场活了，天津的夜间经济发展模式已升级为包含食、游、购、娱、体、展、演等在内的全要素"2.0版"。

2020年以来，新冠肺炎疫情给经济发展蒙上阴影。天津多点发力、精准施策：推出定向、非定向消费券，激发市民消费热情，提振市场信心；为轻资产的商贸流通企业量身定制金融产品，帮助市场主体渡过难关；鼓励线上销售、直播带货等模式，打造"云上商店""云上街区"，发展新型消费；开展海河国际消费季、汽车促销、夜生活节、特色市集、酒吧节、银发购物节、老字号国潮等主题活动，积极营造消费氛围……

加强供给需要细水长流，国际消费中心城市在于建设、也在于培育。本市已建立起"四季持续，贯通全年，消费繁荣"的促消费活动格局，打造多元融合、模式创新、涵盖全域的消费促进新平台，实现"月月有活动，季季有特色，全年可持续"。

彰显"中心"地位
增强城市吸引力凝聚力辐射力

消费体现城市活力，促进城市繁荣，展示城市温度，其中"人气"必不可少。

如何让更多的人愿意来、留得住、逛得好？天津认识到，依靠单纯的商品买卖远远不够，还要不断促进消费结构升级，追求更全面的服务、更深层次的开放，以文化、旅游、会展等为抓手，打造鲜明的消费品牌和城市符号，把握新的"流量密码"。

传承历史文脉和商业基因，创新发展重点领域，《天津市培育建设国际消费中心城市实施方案》提出，打造海河亲水、洋楼文化、津味美食等消费名片，发展时尚消费、旅游消费、文化消费、体育消费、康养消费、会展消费等。人们"买"到的，不仅有看得见的实物，还有"看不见"的服务和体验。市统计局数据显示，2021年，全市居民人均消费支出达33188元，同比增长16.6%，其中人均服务性消费支出增长了26.6%。

五年来，优势资源得到利用。众多热门地标各具特色，为人们日常休闲提供了丰富多样的选择：百年金街作为购物街，又增加了国家 4A 级景区的身份，顾客可以坐在"古董"建筑中悠闲地品尝咖啡；登上海河游船领略两岸美景，串联"天津之眼"摩天轮、古文化街、意式风情街、解放桥等景点；走进"网红打卡地"滨海新区图书馆，享受视觉与精神的双重盛宴；在国家海洋博物馆，探索自然的奥秘；在"没有围墙"的天津茱莉亚学院，欣赏国际水准的音乐会……

这些点滴美好的背后，是商旅文融合的一盘大棋，是城市更新改造的不断探索，是全市各方面尤其是文旅、商务、规划、教育、体育等部门的共同努力。近年来，市文旅局还与互联网企业合作，推荐本地游览路线、必去景点和优质商户，一站式呈现住酒店、吃美食、游景点、去购物、旅行贴士等攻略。天津的"名片"擦得更亮，城市面貌日新月异。蓟州区、和平区、中新天津生态城被评为国家全域旅游示范区。2021 年，文化和旅游部公布第一批 120 个国家级夜间文化和旅游消费集聚区名单，和平区五大道、西青区杨柳青古镇景区位列其中。

五年来，新增长点得到培育。天津瞄准会展经济，打造"城市会客厅"，建设北方国际会展中心城市的目标宏伟而坚定。

2021 年，一座"庞然大物"在天津南部拔地而起，展露新姿，这就是由商务部和天津市政府合作共建的国家会展中心（天津）。它的建成投用标志着天津会展业进入新的发展阶段，承办大型展会的能力大大提升。2021 年全年，天津共举办包括国际汽车展、第 105 届全国糖酒会等在内的 63 场展会，展览面积达 172.66 万平方米，其中 20 万平方米以上的展会共有 3 场，数量在天津会展业历史上绝无仅有。来自全国各地的参展参会者不仅为展会本身贡献人气，也带动周边住宿餐饮业业绩提升，城市的影响力进一步扩大。

"在完善会展硬件条件的同时，我们要在办展软环境上下功夫，更加注重展会的专业配套服务，让大家切身感受到亲商、暖商的环境，让企业愿意到天津办展、参展，使会展业在天津得到更好的发展。"市商务局二级巡视员徐凤成表示。

五年来，开放水平得到提升。广纳服务消费优质资源，天津不能仅仅跟随，更要引领。2021 年 4 月，本市获批开展服务业扩大开放综合试点，总体方案提出了 13 个方面共 116 项开放创新举措，推动物流运输服务、科技服务、会展服务、批发零售、金融服务、健康医疗服务、教育服务、电信服务、电力服务等服务业重点行业领域深化改革扩大开放。

中国国际经济交流中心信息部副部长王晓红对此十分看好，她认为，开展服务业扩大开放综合试点会进一步提高服务业的开放水平，在市场准入、人员流动便利化、数据跨境流动等方面进行先行先试的探索。"依托这一平台，天津可以进一步调结构、补短板，在生产性服务和消费性服务领域都会有广阔的发展空间。"她表示。

培育建设国际消费中心城市，天津目标明确：到"十四五"末，全球消费资源集聚特征明显，消费升级新高地效应突出，中心城市引领带动作用增强，形成在更大范围内需求牵引供给、供给创造需求的高水平动态平衡；再经过三至五年努力，构建起强大消费实现功能，成为具备高知名度和美誉度的国际消费目的地、全球消费资源聚集地、全国消费者向往地和展示国内大市场风范的靓丽名片。

旧貌新颜，繁华不改。只要方向正确，不惧路途遥远。敢领风气之先的天津，正在拥抱又一历史性机遇，开启老牌商贸重镇的新征程，在构建新发展格局中填格赋能、奋力前行。

为发展注入更多活力更大动力

消费是推动经济发展的持久动力，也是人民对美好生活需要的直接体现。一座充满消费潜能的城市，在流光溢彩中涌动活力，展现澎湃发展激情。打造国际消费中心城市和区域商贸中心城市，天津正在把这种活力变为吸引力，令渤海明珠散发出更加璀璨的光芒。

正如习近平总书记所指出的，中国不断拓展的内需和消费市场，将释放巨大需求和消费动力。消费已成为中国经济增长主引擎。建设"双中心"城市，有利于进一步促进形成强大国内市场，畅通国内大循环，推进高水平对外开放，促进国内国际双循环，为推动经济高质量发展、构建新发展格局提供有力支撑。

融通四海，汇聚商贾，"买全球""卖全球"将成为国际消费中心城市的"标配"。在一买一卖之间，商家邂逅更庞大的消费群体与合作伙伴，发掘新的商业机遇；消费者个性化、多元化、差异化的消费需求不断得到满足，充分享受全球化带来的红利。消费为城市积攒人气，为城市经济增添繁荣，发展的活力因子就这样被注入城市生活之中。

联通世界，你来我往，正在开启一场扩大开放的奔腾旅程。作为百年商埠，天津骨子里就带有开放的基因，建设国际消费中心城市，将让这座城市与世界更加深度交融。

世界看向天津，可以看到全球优质市场主体和商品、服务的广泛聚集，看到消费升级趋势所在、消费潮流风向如何。从深化服务业扩大开放综合试点，到高水平举办世界智能大会、中国旅游产业博览会、中国国际矿业大会等，天津积极构筑开放新优势，这让天津与世界擦出更多火花，激扬更加丰沛的发展动能。

一座城市的蓬勃发展，必然得益于视野与格局。天津地处京津冀"海上门户""一带一路"海陆交汇点，具有朝内服务辐射"三北"地区，朝外直面东北亚、面向太平洋的"两个扇面"独特条件。用好区位、产业、港口、交通等优势，打造国内大循环的重要节点、国内国际双循环的战略支点，加快建设国际消费和区域商贸"双中心"城市，正是大棋局中的重要"一子"。

聚焦"国际"，努力构建融合全球消费资源的集聚地；紧扣"消费"，建设一批具有全球影响力的标志性商圈，引领消费潮流风尚；突出"中心"，不断强化集聚辐射和引领带动作用，激发周边城市消费潜力，为构建新发展格局提供坚实的内需基础。站在更高层面谋发展，提升城市发展能级、激发强劲内生动力，城市未来更加令人期待。

高水平的消费需求，需要市场主体创造更丰富的消费供给。唯有打造良好营商环境，更好地提供"阳光、空气和水"，市场主体才能充分拔节生长，展现出旺盛生命力和创新创造活力。本市近年来在优化营商环境上连续施展大手笔，有先进的理念，有灵活的体制机制，有一系列强有力的政策举措，这是吸引商贾"近悦远来"的底气所在。继续瞄准世界一流水准，打造市场化、国际化、法治化的营商环境，可以为释放消费潜力积蓄能量，为建设"双中心"城市提供充足动力。

经济社会发展的车轮滚滚向前，这是一个日新月异的时代。消费新业态、新模式层出不穷，消费升级大潮迭起，顺应发展大势，打造一座具有"国际范儿"的消费之都，为发展注入更多活力、更大动力，这座城市锚定目标、步履坚实。

高水平构建国际消费中心城市

■ 天津商业大学副校长　天津市中国特色社会主义理论体系研究中心天津商业大学基地研究员　黄凤羽

培育建设国际消费中心城市，是以习近平新时代中国特色社会主义思想为指导，按照党中央、国务院决策部署，着力推进供给侧结构性改革的重要举措之一。2021 年 7 月，天津和上海、北京、广州、重庆五个"基础条件好、消费潜力大、国际化水平较高、地方意愿强"的城市，经国务院批准，率先开展国际消费中心城市培育建设。这得益于天津在过去的几年里全力落实京津冀协同发展国家战略，实现了经济结构不断优化、发展潜力不断释放。同年 10 月，天津市出台《培育建设国际消费中心城市实施方案（2021—2025年）》，通过深化改革、扩大开放，不断完善消费制度体系，推动形成更高水平的双循环发展格局。

把握"国际化"的基本底色

对外开放是中国的基本国策。世界城市发展经验表明，国际化大都市一定是消费高度发达的城市。巴黎、伦敦等城市每年国际游客超千万，人均消费超千美元；新兴消费城市迪拜 2019 年国际游客 1620 万人次，国际旅游收入 321 亿美元。许多国际大都市还拥有著名国际时装节等旅游消费品牌、世界知名购物中心，并汇聚了大量的国际知名品牌。

天津是近代国内最早的通商口岸之一。早在 1952 年毛泽东主席就曾亲自视察刚刚重新开放的塘沽新港。2016 年天津港集装箱吞吐量已达 1450 万标准箱，2021 年集装箱吞吐量更是超过 2000 万标准箱。高标准国际化港口和国家级自贸区，是形成立足国内、辐射周边、面向世界格局的重要支撑，也是汇聚国际消费品牌、打造世界商品消费枢纽的重要优势。

发挥"消费"的核心载体功能

加快形成以国内大循环为主体、国内国际双循环相互促进的新发展格局，是党中央在我国发展阶段和国内外环境发生显著变化的大背景下，推动我国开放型经济向更高层次发展的重大战略部署。扩大消费，不仅是促进国内大循环的战略基点，也是顺畅国际外循环的战略基点，也是建设国际消费中心城市的核心载体。

我国拥有世界最大规模的国内消费市场。依托制造业强市战略打造著名本土消费品牌，挖掘城市底蕴打造鲜明的城市符号，整合全球消费资源搭建多样化消费平台，才能够适应新经济发展趋势，做大新兴消费市场，释放以"消费"为核心的市场潜力，满足人民对更美好生活的需要。

做强"中心化"的支撑条件

区位条件是国际消费中心城市必不可少的重要支撑。推动京津冀协同发展，是党中央、国务院在新的历史条件下作出的重大决策部署。京津同步入选首批国际消费中心城市，更加有助于汇聚区域消费资源，形成消费的区域联动效应。

世界多个城市的发展历程表明，港口和便捷的交通，是城市提高区域影响力，进而形成"中心化"的重要优势。多年来着力构建服务京津冀、贯通"三北"、联通中蒙俄经济走廊的腹地运输网络，极大地增强了天津的商品集散能力。依托于港口型和空港型国家级物流枢纽，更有助于进一步强化天津的物流中心地位，形成联通国际国内、活跃的商品交易中心。

以提升"城市管理水平"为核心竞争力

国际消费中心城市的建设，需要"政府搭台、市场唱戏"，在提升城市综合管理水平的前提下，形成"需求牵引供给、供给创造需求"的高水平动态平衡。

这需要城市管理者精准疏通商贸流通的堵点。更智能的港口和海关管理平台，提升了港口物流效率，简化了进口商品通关手续；不断优化的营商环境，便利了企业投资，使更多的国内外知名品牌汇聚津门；经营成本的有效降低，增强了企业的获得感，又长期、持续地激活了本地的有效需求。政府的管理创新水平，将成为推动城市消费繁荣的核心竞争力。

回望过去，经济结构的持续优化和实力的不断提升，使天津首批获得了培育建设国际消费中心城市的难得机遇。展望未来，天津必将在更高水平的消费引领下，实现更高质量的增长；在推动构建双循环发展格局和京津冀协同发展国家战略中，实现城市更大更长远发展。

重塑美丽乡村

反映天津实施乡村振兴战略，推进一二三产业融合，着力打造现代都市型农业升级版，着力提高农村发展建设水平，着力推进乡村治理体系和治理能力现代化，重塑"看得见发展、记得住乡愁"的美丽新乡村。

一场"形"与"魂"的美丽重塑

——天津全面实施乡村振兴战略加快农业农村现代化

■ 记　者　陈忠权

山海相拥，九河滋润。春日的津沽大地满目青葱，生机勃勃。

党的十九大以来，天津深入学习贯彻习近平总书记关于"三农"工作的重要论述，把"三农"工作作为执政之基、发展之基、稳定之基，以实施乡村振兴战略为总抓手，紧密结合直辖市特点，统筹推进农村产业振兴、人才振兴、文化振兴、生态振兴、组织振兴，大力度调整产业结构、改善人居环境、培育文明乡风，美丽乡村建设"内""外"兼修，塑生态之"形"、铸文化之"魂"，推动新时代乡村进行一场全方位、革命性变革。

乡村振兴，生活富裕是根本。2021 年全市农村居民人均可支配收入同比增长 8.8%，跑赢了 GDP 增速，绝对值达到 27955 元，位居全国第四。最为可喜的是，天津继续成为全国城乡人均可支配收入差距最小的省份，标志着共享发展的理念已经落地生根，天津在推进城乡均衡发展方面走在全国前列。

产业重塑
让"中国饭碗"装上"天津粮"

仓廪实，天下安。粮食安全是"国之大者"。

作为北方工商重镇，天津三次产业产值结构中，农业占比最小。但小体量不等于"小农业"，天津耕地资源禀赋优越，"浓缩的都是精华"。

五年来，天津始终胸怀"国之大者"，绷紧粮食安全这根弦，坚持农业农村优先发展，坚持"三农"工作重中之重地位，牢牢抓住耕地和种子两个关键，落实最严格的耕地保护制度，走实走好质量兴农、科技兴农之路，不断提高农业综合效益，让"黄金土地"产生"黄金效益"。

◎　津南区小站稻长势喜人

民以食为天，食以粮为先——

小站稻无疑是天津一张闪亮的名片。

春日融融，津南区小站镇会馆村的村民正忙着育秧。村党支部书记、村委会主任郑加林欣喜地说："2021 年尽管遭遇了一些自然灾害，但小站稻仍然获得丰收，稻谷总产量达到 35 万公斤，每亩增收 300 多元。"

会馆村是天津小站稻的发源地。近百年来，这里的村民多以种优质小站稻为生。后来，由于缺水等原因，长达几十年，村民都不能再种小站稻。2018 年，天津启动小站稻产业振兴规划，会馆村村"两委"流转土地，成立合作社，疏通河渠、肥沃土壤、播撒良种，第一年种植的 300 亩小站稻就获得了大丰收。近两年，村里又开展稻蟹立体混养，发展乡村旅游，促进一二三产业融合发展，村民人均年纯收入达 3 万元左右，小站稻已成为会馆村的致富粮。

振兴小站稻，天津舍得真金白银投入。市农业农村委坚持藏粮于地、藏粮于技，投入近 1000 万元财政资金支持水稻产业科技创新体系建设，全面开展水稻基质育秧，推广节水节肥种植新技术；投入约 2000 万元支持水稻高标准智能化研究设施建设，改善了本市小站稻品种研究基础条件。

春暖花开时节，宁河区七里海镇养蟹大户杜乃合又忙活起来。2021 年，他承包的 8000 亩稻田，套养七里海野生河蟹获得大丰收，稻香、蟹肥，每亩增收 500 多元，2022 年他还将继续扩大立体种养面积。

截至 2022 年 5 月，小站稻种植面积达到 102 万亩，天津已成为华北最大的粳稻种子生产基地，陆续推出了"津原 U99""天隆优 619""金稻919""津育粳 22""津川 1 号"等一系列优质小站稻品种，还统筹资金 2000 万元，支持稻蟹综合种养示范基地 10 万亩，引导农民稻蟹综合种养 50 万亩。

农业现代化，种子是基础——

走进武清区南蔡村镇"天民田园"合作社种植基地，温室大棚内的果蔬已进入采摘期，有"小鹊登枝"水果番茄、"不知愁"白草莓等不少热销产品。这里已经成为京津两地的菜篮子基地，每天供不应求。

菜农们说，过去他们种的是普通果蔬，大水大肥，亩产量很高，但口感不佳，售价也不高。为改变这种状况，他们决定不再种"大路货"，而是专门种高品质果蔬，选择良种，施有机肥，不打农药，不再单纯拼产量，而是更加注重质量和口感。

基地负责人刘天民告诉记者，现在菜农种的都是"名特优新"品种，品质一流，口感更佳，既满足了市民需求，又增加了菜农收入。这两年，又试种成功了甘蔗、火龙果，成了采摘网红打卡地，亩产效益大幅增加。2021年，合作社社员人均年纯收入近3万元。

五年来，天津聚焦农业高质高效，紧紧抓住农业供给侧结构性改革这条主线，聚焦做强种业品牌，大力实施种业振兴行动，集中开展"卡脖子"技术攻关，持续推进优良品种选育，增加绿色优质农产品供给，一大批津产良种助农增收，让"中国饭碗"装上更多"天津粮""天津菜"。

"七星"水果萝卜，脆甜可口，享誉京津冀；"津研""津杂""津优"等六大系列黄瓜品种，致富全国菜农；"夏雪""丰花""津雪""津品"四大系列花椰菜品种，打败洋品种……截至2022年5月，天津已培育认定187个"津农精品"。小站稻、沙窝萝卜、茶淀玫瑰香葡萄、宝坻黄板泥鳅四个区域公用品牌入选中国农业品牌目录，果蔬肉蛋奶等市民菜篮子产品自给率位居全国大城市前列。

乡村振兴，产业兴旺是重点——

一寸土地一寸金。为助力农户生产高品质农产品，天津在10个涉农区大力发展高效设施农业，改善了农业生产环境，一年四季都能生产，打造现代都市型农业升级版。

东丽区胡张庄村民赵广生谈起高效设施农业，赞不绝口。"过去，大伙儿种的都是露地葡萄，特别费心。夏天赶上下暴雨，葡萄特别容易裂果，品相不好，只能贱卖。"说起过往，赵广生摇头不已。

让他高兴的是，2019年政府部门投入1200万元，帮村民建起了41个高标准大棚种反季节葡萄。大棚遮风挡雨，种出的葡萄品相好，还提前成熟，身价翻番，成了"金"果子，他家种了3个大棚葡萄，2021年赚了10多万元。

农字牌、农字号，从一产渗透到二产、三产。天津大力促进三次产业深度融合发展，积极扶持农产品深加工，延伸产业链条，发展农家乐、民俗村、休闲农庄等餐饮、旅游业，为农民增收创造了更多增长点。

蓟州区依托良好的生态环境，发展农家旅游，农家院数量达到2000多个。这几年精品民宿如雨后春笋般崛起，涌现出了西井峪、小穿芳峪等一批示范旅游村，村民收入翻番。

截至2022年5月，天津已有22个市级休闲农业示范园区和258个市级休闲农业特色村点。2021年，休闲农业和乡村旅游接待人数达到2500万人。

◎　女农场主实战传授绿色种植致富经，促农提产

生态重塑
宜居乡村留住"美丽乡愁"

乡村振兴,生态宜居是关键。

五年来,天津牢固树立"绿水青山就是金山银山"的理念,以绿色发展引领乡村振兴,深入推动农村人居环境整治攻坚,加快垃圾、污水处理等农村基础设施建设,建设生态宜居的美丽家园,让人们看得见山、望得见水、记得住乡愁。

小厕所连着大民生,小环境关系大文明——

"一个坑,两块砖,三尺墙,围四边,捂鼻子,踮脚尖,蚊蝇飞,臭熏天……"这段顺口溜说的是过去农村旱厕如厕的窘境。

2018年11月29日,天津推进实施乡村振兴战略暨农村人居环境整治三年行动工作部署会召开,提出要坚决打好农村人居环境整治这场攻坚战,加快实施农村全域净化工程,集中整治农村"脏乱差"等突出问题,补齐农村基础设施和公共服务短板,让乡村净起来、美起来。

厕所兴起了"革命"。天津加强顶层设计,成立工作专班,清底数,明任务,严督导,促落实,确保厕所改造选址合理、流程规范、质量可靠。

在静海区梁头镇前邓村,村里推倒旱厕建成水冲式厕所,环境美了,村民乐了。2012年,50多岁的村民张宪荣家原来用的就是旱厕,夏季蚊虫滋生,臭气难闻;冬天风雪日户外如厕,道路湿滑,容易摔倒。2020年,在市、区、镇帮助下,邓村农户家里新建了水冲式厕所,装上了抽水马桶。卫生间还装有暖气片,冬天水管不受冻,厕所一年四季都可使用,生活变得舒适惬意。

一场除疴去弊的"厕所革命"把旱厕彻底送进了历史。所带来的，不仅仅是文明习惯的改变，也是健康效益、社会效益、生态效益。

百村示范、千村整治，人居环境成为宜居环境——

近年来，天津大力实施乡村建设行动，改造农村困难群众危房 2.25 万余户，提升改造农村公路近 3000 公里，全面完成农村饮水提质增效工程，实现城乡供水一体化。

在武清区南辛庄村南，过去每家每户洗衣做饭等产生的生活污水都乱泼乱倒，流淌到沟渠里，变成黑臭水体。现在，村里铺设了地下生活污水管，建立了污水处理站，把生活污水集中进行沉淀、分离，再利用膜处理技术净化变清流，用来浇灌树木和花草。黑臭水体没了，村庄变得干净整洁了。

◎　蓟州民宿

走进静海区良王庄乡罗阁庄村，千亩梨园被打造成文化历史休闲农业观光园。该村依据"点上做精品、线上出风景、面上保整洁"的思路，规划打造精品优质旅游线路，串点成线、连线成片、点景成金，把乡村"景点"变成增收"钱袋子"，真正把绿水青山变为金山银山。

蓟州区西井峪村是远近闻名的"石头村"。该村利用历史文化遗存，对村庄进行保护性开发，整合自然、人文、历史等资源，深入挖掘石院石屋、石桌石凳、石碾石磨和"穿云晚眺""福山寿水"等自然景观，打造出了"五景十坊三十院"。其独特的石砌风貌和古朴典雅的民风民俗，吸引了众多摄影爱好者前往采风创作，还有不少影视机构竞相选景拍摄。

通过三年农村人居环境整治，天津建成 1885 个村的生活污水处理设施；改造提升新建户厕 64.4 万座、公厕 4300 多座，基本实现农村卫生厕所全覆盖，建成美丽村庄 1056 个。国家统计局天津调查总队在全市 10 个涉农区抽选了部分村，围绕垃圾整治、厕所革命、生活污水治理等重点内容，开展了问卷调研。结果显示，群众对农村人居环境整治工作给予了高度认可，获得感、幸福感、安全感明显提升。

一张蓝图一绘到底。天津制定了《农村人居环境整治三年行动方案》，形成了"1+N"的整治规划方案体系，全力打造美、净、宜、璞的乡村风貌。全市 10 个涉农区积极开展生活垃圾清整行动，建立并完善了"村收集、镇运输、区处理"体系，保证每一个目标的实现都能"上下贯通、逐级衔接、纵向到底"。

天津农村人居环境整治取得了突出成效，成为全国先进地区。2018 年，西青区被评为全国农村人居环境整治成效明显激励县。近几年，武清区、津南区、宝坻区、北辰区、宁河区和滨海新区分别被评为全国村庄清洁行动先进县。天津全域原生生活垃圾全部实行焚烧无害化处理，在全国率先完成"原生垃圾零填埋"目标。

美丽乡村，留住了乡愁，幸福了乡亲。

文化重塑
津沽大地劲吹文明新风

乡村振兴，乡风文明是灵魂。

近年来，天津大力弘扬社会主义核心价值观，坚持教育引导、实践养成、制度保障三管齐下，积极培育文明乡风、良好家风、淳朴民风，全面提高乡村社会文明程度。

每天清晨和傍晚时分，津郊很多村庄的"大喇叭"都会准时响起，播报党的惠农好政策，普及科学知识等。很多村庄还成立红白理事会，推动移风易俗，遏制大操大办；制定村规民约，提倡孝老爱亲、勤俭节约、诚实守信，促进男女平等；建立新时代文明实践站，弘扬社会主义核心价值观，清风正气扑面而来。

乡风文明建设凝聚社会主义核心价值观——

围绕党史学习教育和庆祝建党 100 周年，静海区推出"百场集体参观、千人畅谈体会、万人聆听红色故事"，武清区开展"百村百站党史宣讲"接力，让"草根""名嘴"大显身手，让党史学习"火"在乡村。

在天津的不少乡村，都有围绕核心价值观和"中国梦"的乡村"墙体画"。走进武清区白古屯镇韩村，一面面鲜活生动的文化墙图文并茂，弘扬中华优秀传统文化，宣传保护生态环境。在宝坻大唐庄镇董塔庄村、南里自沽村，富有特色的 3D 墙绘，色彩艳丽、生动拙朴，融入乡土情怀，传承乐观精神，在扮靓村庄"颜值"的同时，也成为"网红打卡地"。

乡风文明建设体现乡土文化的特色——

天津农村积极挖掘、继承、创新优秀传统乡土文化，加大公共文化建设，从村民身边的资源宝库中挖掘素材、构建载体，把文明实践与中华文化价值紧紧融在一起。

走进静海区陈官屯镇吕官屯村，这里的村史馆馆藏体量大，而且有特色。村民利用乡村闲置空间，将老旧物件收集起来。有的老人说，这些物件跟了自己一辈子，现在捐给村史馆，留作念想，还能展览，挺好。吕官屯村不仅有"村史馆"，还建有"耕读之家"，尊师重教蔚然成风。

津南区八里台镇西小站村开展"以文化乡"行动，深挖村内历史、用好红色资源，将文化与红色旅游、休闲乡村体验、现代智慧农业等有机结合，走出了一条独具特色的乡村振兴之路。

乡风文明建设打造亲情有爱的民风——

在韩村新时代文明实践站文化礼堂，经常举办红色故事会，开展志愿服务培训等。村里成立了200多人的志愿者队伍，老弱病残困难户有人帮。村民尊老爱幼，明事理，知礼仪、懂感恩……前几年，村民杜玉凤女儿上大学，学费不足，村里爱心人士纷纷伸出援手。2021年，她女儿大学毕业了，杜玉凤主动把善款退还出来。村"两委"班子以此为契机，成立了爱心基金，专门帮助家庭困难孩子。

乡村振兴，既"富口袋"也"富脑袋"。通过一系列的乡风文明建设，"乡村今夕看韩村""城区经验有双新""头雁领飞聚宝坻""好人沃土耕北辰""基地绽放亮滨城"……成为本市文明实践的试点品牌。北辰区的"五常五送"、滨海新区的"文明实践赶大集"、宝坻区的"小锣鼓志愿服务队"，被收入中央文明办《建设新时代文明实践中心工作方法100例》，创新做法在全国推广。

乡风文明建设坚持以党建为引领——

俗话说，村看村，户看户，群众看着党支部。支部强不强，关键看"头羊"。

近年来，天津不断强化农村基层党组织建设，以村"两委"班子换届选举为契机，选优配强村"两委"班子，全面加强党对"三农"工作的全面领导，为乡村振兴提供坚强政治保障。全市3520个行政村村党组织书记和村委会主任100%实现"一肩挑"，成为乡村振兴和乡风文明建设的"领头雁"。

在蓟州区罗庄子镇青山村，提起年轻的"一肩挑"刘莹，村民们都竖起大拇指赞叹不已。她自上任以来，全心全意为村民服务。村里的酸梨口感差，售价低，经常滞销，影响村民收入。刘莹联系镇果树专家，把酸梨树嫁接成红香酥梨树，使果品质量大幅提升，售价翻番。她带领村民们开网店，把当地农产品卖到千家万户。她还积极引进专业投资公司，帮助村民兴建民宿，让村民增加收入。

天津持续健全乡村治理体系，推进村民自治实践。截至2021年年底，天津有1个镇和20个村分别成为全国乡村治理示范镇、示范村，北辰区成为全国乡村治理体系建设试点示范区，有11个镇和57个村分别成为市级乡村治理示范镇和示范村。

2021年5月，天津市乡村振兴局揭牌成立。同年9月，市人大常委会审议通过了《天津市乡村振兴促进条例》，作为首部统筹"三农"工作的地方性法规，为乡村振兴保驾护航……

春风化雨，滋润心田；繁花似锦，春意正浓。

天津已经绘就深入实施乡村振兴战略蓝图，抓好"三美"，建好"四乡"，推进"五个现代化",力争到"十四五"末,农业农村现代化取得阶段性成果,农业现代化率先基本实现,农村现代化走在全国前列——一幅"产业兴旺、生态宜居、乡风文明、治理有效、生活富裕"的"富春山居图"丝丝入扣、渐入佳境。

在希望的田野绘就乡村振兴新画卷

逐梦沃野，乡村振兴织锦绣。地处绿色生态屏障区的津南区前进村，流水淙淙、林田相依，处处充满诗情画意。谁能想到，这个如今远近闻名的美丽村庄，曾是"散乱污"作坊多、村容村貌差的"后进村"。一滴水中见太阳，前进村的今天，折射的是时代光芒和津沽大地乡村之变。

看得见发展，记得住乡愁，一幅乡村振兴的美丽画卷正在希望的田野徐徐铺展。

"实施乡村振兴战略是一篇大文章，要统筹谋划，科学推进。""全面推进乡村振兴的深度、广度、难度都不亚于脱贫攻坚，决不能有任何喘口气、歇歇脚的想法，要在新起点上接续奋斗，推动全体人民共同富裕取得更为明显的实质性进展。"……习近平总书记提出一系列新理念、新思想、新战略，为我们深入实施乡村振兴战略、做好新时代"三农"工作提供了根本遵循。

农业兴方能基础牢，农民富方能国家盛。2013年5月，习近平总书记到天津视察的第一站，就是深入农村察看小麦长势，叮嘱要加快发展现代都市型农业，努力提高粮食自给能力，为确保国家粮食安全多作贡献。牢记习近平总书记殷殷嘱托，天津坚持农业农村优先发展，按照产业兴旺、生态宜居、乡风文明、治理有效、生活富裕的乡村振兴总要求，既塑美丽之形，又铸美丽之魂，让乡村成为"看得见山、望得见水、记得住乡愁"的美好家园。

天津作为耕地有限的大城市，产业兴旺必须以质取胜。以绿色发展引领乡村产业振兴，建设高标准农田，实施小站稻产业化振兴项目、现代种业提升工程，保护好农民种粮积极性，确保惠农政策落实落地……

依托科技创新、产业融合、品牌打造，现代都市型农业种出了新高度、闯出了新路子，农民丰收的滋味更加浓郁甘醇。春耕春管时节，田间地头一派繁忙。科技下乡送来绿色新技术，武清区梅厂镇灰锅口村的果农们采用绿肥间作模式，近两年效益越来越好，绿肥抑制杂草，不仅节省除草开支，桃子的甜度还提高了 10% 以上，俏销市场。经济与生态共赢、发展与富民同步，这是实现乡村振兴的必由之路，也是践行"两山"理念的生动写照。

农耕文化是我国农业的宝贵财富，望得见山水，记得住乡愁，不是搞千村一面的一刀切，也不是单纯追求城乡齐步走，而是要传承发展农耕文明，培育文明乡风、良好家风、淳朴民风，铸乡村之魂，打造各具特色的现代版"富春山居图"。正是基于这种理念，天津在深入开展农村人居环境整治、推动山水林田路房整体改善的同时，实施乡村文化传承提升工程，对传统乡土文化创造性转化、创新性发展，提振了农民精气神。乡村振兴，离不开有效治理。"农村富不富，关键看支部；支部强不强，关键看头羊。"推进乡村治理体系和治理能力现代化，首要的是夯实农村基层党组织战斗堡垒作用。选好"领头雁"，100% 实现村党组织书记通过法定程序兼任村委会主任，选派驻村第一书记和工作队……为乡村振兴锻强筋骨，"头雁"带领大家心往一处想、智往一处谋、劲往一处使，广大农民的日子越过越有奔头。

乡村振兴，人才是关键。宜居宜业的美丽乡村，正在日益成为干事创业大舞台，吸引越来越多"燕归来"。许多年轻人带着豪情壮志，加入建设家乡、美化家乡的行列，不仅解答了"谁来种地"的问题，还走出了致富新路子。武清区南蔡村镇巢粮务村的"00后"回乡青年李新磊，成立蔬果专业合作社，从尝试种甘蔗开始，发展起果蔬采摘游，农旅结合带动了全村致富。"85后"刘晓君大学毕业后回到家乡宁河区创业，用水培菜打开了市场，公司年营收超过4000万元……从绿色画屏中的生态农业到大运河边的主题小镇、蓟州山区的特色村落，美丽不仅仅是因为鸟语花香、水清岸绿，还因为有更多年轻人的加入而生机勃发、欣欣向荣。乡村聚人气，产业添活力，激发振兴新动能，农业农村驶入发展快车道。

在充满希望的田野上，一粒粒种子正积蓄向上生长的蓬勃力量，一个个奋斗身影，正将乡村振兴的宏伟蓝图织成绚丽多彩的美丽现实。

聚焦乡村振兴　推动共同富裕

■ 天津市农业科学院农村经济与区划研究所研究员　贾凤伶

　　共同富裕是社会主义的本质要求，是中国式现代化的重要特征。促进共同富裕，最繁重、最艰巨的任务仍然在农村。实现共同富裕，乡村振兴是必然选择。市第十一次党代会以来，天津瞄准"三农"主战场，以实施乡村振兴战略为抓手，补短板、强弱项、固优势、提能力，为扎实推动共同富裕奠定了坚实基础。

　　乡村要振兴，产业振兴是关键。产业是乡村发展的原动力，只有乡村产业得到了健康发展，农民才能实现富裕富足。乡村产业重点是农业，农田承载着世代农民的衣食住行。习近平总书记强调，农田就是农田，而且必须是良田。天津作为大都市地区，耕地资源短缺。五年来，为确保粮食安全，把饭碗端在自己手里，市农业农村委强力推进"大棚房"治理，深入实施"藏粮于地、藏粮于技"战略，强化高标准农田建设，实施耕地保护"田长制"管理，大大提高了耕地质量和设施水平；实施现代种业提升工程，发展优质粮食作物，牢牢守住了"粮袋子"。要实现农业高质高效发展，单靠农业本身是难以实现的，需要在现代科技支撑下，拓展农业多种功能，实现多业态组合、融合发展。五年来，天津着力打造现代都市型农业升级版，重点发展设施农业，推进优势特色农产品全产业链建设，实现了"菜篮子"产品的稳产保供增效；依托农业多功能拓展，培育了休闲农业、乡村旅游、加工产业、民宿产业、农村电商等一批新业态，构建形成一二三产业融合发展格局，创建一批现代农业产业园和三产融合示范区，培育一批有较高市场影响力的"津农精品"品牌农产品，提高了本市农产品市场竞争力。

乡村要振兴，基础设施要先行。农村基础设施建设是乡村振兴的短板，实施乡村振兴战略，需要补齐这项短板，彻底改善农民生产生活条件，为乡村发展注入活力。习近平总书记强调，要实施乡村建设行动，继续把公共基础设施建设的重点放在农村，在推进城乡基本公共服务均等化上持续发力，注重加强普惠性、兜底性、基础性民生建设。五年来，天津不断践行"两山"理论，逐步完善城乡一体的基本公共服务资源配置标准，通过美丽村庄建设、村庄清洁行动，以及实施"百村示范、千村整治"工程、农村人居环境整治示范村工程，使本市农村人居环境得到显著改善。乡村振兴是"记得住乡愁"的振兴，乡村建设不是搞大拆大建、农民上楼，而是在保持农村风貌的基础上进行布局优化、设施提升。天津在乡村建设中，时刻注重与村庄历史文化相结合，打造形成如蓟州区西井峪村、静海区吕官屯村等一批具有地方特色和传统文化的美丽宜居村庄，在发展中保留了村庄原始记忆，农民能够望得见山、看得见水。

乡村要振兴，乡村治理是保障。基层党组织是乡村建设的领头雁，担负着与群众密切联系的使命，是党和群众相互联系的桥梁和纽带。习近平总书记强调，要夯实乡村治理这个根基。五年来，天津把乡村治理体系建设作为促进乡村全面振兴的根本保障，以党建为引领，采取"五级书记抓乡村振兴"、选派"第一书记"和工作队驻村帮扶等措施，筑牢基层"战斗堡垒"。乡村治理在强化党建引领的同时，还要强化农民的主体地位，注重自治、法治、德治"三治"融合发展。农民是乡村的主人，是乡村振兴的主力军，乡村治理要充分尊重农民意愿，广泛吸纳农民参与乡村各项事业建设，这样才能凝心聚力实现乡村共建共享共治。五年来，为强化农民参与，天津以"阳光村务"为抓手，积极推进村务公开信息化建设，构建"三治合一"的乡村治理体系，注重自治与法治、德治相结合，打造了一批全国乡村治理示范村镇，引领带动全市乡村治理有序发展。

历经五年的笃行不怠，天津推动乡村全面振兴的新格局已基本形成。按照"三美四乡"和"五个现代化"发展新蓝图，乡村振兴战略稳步实施，将以更有力的抓手推动全市人民早日实现共同富裕。

激发新发展动能

　　反映天津打开脑袋上的"津门"，对内深化改革、对外扩大开放，以思想理念革新促进工作机制创新，不断推进重点领域和关键环节改革，加快形成现代市场经济新体系和高水平开放型经济新体制，全力打造改革开放先行区。

一场"内"与"外"的敢为人先

——天津全力建设改革开放先行区

■ 记 者 岳付玉 马晓冬

依海而生，向海而兴， 面向海洋的天津自带开放气质。近现代以来，这颗渤海明珠因领风气之先而熠熠生辉，因改革开放而生机勃发。

进入新时代，天津被赋予"改革开放先行区"的功能定位。使命在肩，天津对标对表党中央改革部署，坚定不移地吃改革饭、走开放路、打创新牌。特别是市第十一次党代会以来，全市上下攻坚克难，逢山开路、遇水架桥，倾力破解体制上的障碍、机制上的梗阻、结构上的矛盾，持续激发城市活力。

改革，是中央顶层设计与地方先行先试的系统联动。市委主要负责同志担任市委全面深化改革委员会主任（领导小组组长），领衔担纲新时代天津高质量发展体制机制创新等重大改革项目。同时，成立全市改革专项小组，市领导同志分别担任组长，形成高位推动、综合实施、全程负责的工作格局，促使改革举措有力推进、压茬实施。

这是一场"内"与"外"的敢为人先。

1800多个日夜的风雨兼程，放权赋能，提气运功，天津在一些重点领域关键环节加大改革开放的力度和广度，取得了重大突破。

刀刃向内，自我革命——以深化改革激发新发展动能

五年前，经济增速一度领先全国的天津，出现了断崖式"跳水"，GDP增幅掉了2/3。这背后，除了统计口径以及主动"挤水分"等因素，更是很长时间"路径依赖"导致产业结构偏重偏旧、新动能青黄不接等多重诱因的总爆发。

站在经济拐点，如何爬坡过坎、再闯出一片艳阳天？天津的探索是多方面的，解题的思路不少，而改革开放无疑最为关键。

打开脑袋上的"津门"——

改革，首先要冲破思想观念上的障碍。习近平总书记指出，改革开放是党和人民大踏步赶上时代的重要法宝，是坚持和发展中国特色社会主义的必由之路，是决定当代中国命运的关键一招，也是决定实现"两个一百年"奋斗目标、实现中华民族伟大复兴的关键一招。

结合天津实际，学习领会总书记的重要讲话，天津深切意识到，改革必须更加彻底，开放必须更大力度，哪怕因此承受一时的阵痛，也要保持定力，唯有如此，社会经济才能真正迈向高质量发展的康庄大道。

很多干部还清晰地记得，2018年12月24日，在天津庆祝改革开放40周年大会上，市委向全市干部群众发出总动员：要发扬伟大改革开放精神，进一步打开脑袋上的"津门"。把进一步解放思想作为第一道程序，主动顺应新时代发展大势，敢于打破固有的思维束缚和体制机制障碍，以刀刃向内、

自我革命的精神在观念、理念、文化、意识等方面来一次大的革命、转变。

一时间，"打开脑袋上的'津门'"成了天津社会生活中的热词。全市上下紧紧扭住责任制这个"牛鼻子"，崇尚实干，不议不等，以治党治吏治无为的力度，对不主动适应改革、迟滞改革甚至阻碍改革者严肃追责问责，为改革担当者撑腰鼓劲，促使改革举措尽快落实。

改体制"动饭碗"的深层次改革——

一说到改革，很多人会第一个想到滨海新区法定机构改革。那是一场前所未有的改体制、"动饭碗"的深层次改革。

时间回到2019年，按照市委的部署，滨海新区直面"最难啃的骨头"，大刀阔斧地推进法定机构改革。5个开发区从行政化的政府派出机构转制为企业化。近5000名公职人员全体起立，打破身份，竞争上岗，接受工资拉开差距的现实。5个开发区内设机构总数由改革前的190个降至改革后的156个，招商引资和服务企业类部门占比超过80%。此举被公认为"复杂程度、实施范围和推进力度在全国首屈一指"。

在改革春风激荡之下，全区党员干部以主人翁姿态投身滨海"二次创业"。滨海新区作为天津经济社会发展龙头和引擎作用越发彰显。

整治"九龙治水"的行政审批痼疾——

作为自我革命的又一重头戏，天津行政审批制度改革也一直走在前列。从2018年开始，本市就实施审批制度改革，实现"一颗印章管审批"、推行"一套标准办审批""你承诺、我就批"……彻底整治盖章部门"九龙治水"的行政审批痼疾。

为避免"一区一个样"，天津大力推行"一套标准办审批"，启动了"一表式"申报办理。诸多标准已被全国推广。

如今，全部权责清单事项和公共服务事项在天津均可网上办理。事项咨询、申报、审查、办结、评议等流程均实现网上操作，除特殊事项外，网上可办率达到100%，实办率达到98%以上。

进入2022年5月，天津自贸试验区的市场主体又迎来了一项具有里程碑意义的重大改革——5月1日起，市场主体登记注册由行政许可转变为行政确认。登记机关再次将更多市场主体自主决策事权下放。

放权赋能，松绑减负——以理顺关系释放市场主体活力

渤海湾畔，奋楫争先。

五年来，天津在经济、科技、文化等多个重点领域的改革全面开花。机制、结构的变革，有时候免不了"痛"，成效也未必立竿见影，但只要是符合规律的、利于长远的，天津就毫不犹豫地推行。

建设金融创新运营示范区——

金融是现代经济的核心。金融创新运营示范区，是中央赋予天津的金字招牌，也是对天津金融提出的重大课题。

如何建设一个充满活力、健康持续、示范引领的金创区，更好地为国家试制度、为区域谋发展？改革开放依然是正解。

几年来，天津金融部门倾心培育新动能新业态。其中，以融资租赁、商业保理为代表的供应链金融从无到有、由弱变强，形成国内领先优势，成为代表天津金融业发展能级的两张"靓丽名片"。这背后，是政府部门一系列的放权赋能。

近几年，市金融局发布了一批批通告，将融资租赁、商业保理准入监管权力事项下放，减少流程节点，提升办事效率，释放发展势能，强化事中事

后监管……政府和市场的关系理顺了，营商生态"水草丰美"，市场主体持续迸发动力。

在世界第二大飞机租赁聚集地东疆，金融改革创新一直没停歇。近三年，东疆又把目光聚焦在飞机租期内的管理、资产交易流转、退租飞机处置等产业中后端，向该领域管理和服务的"深水区"挺进。这种着眼于飞机全寿命周期的资产管理已成绩斐然：三年完成150余架飞机的资产交易和处置业务，东疆也因此成为全国最大的租赁飞机资产交易中心。

推进财政零基预算及国企改革——

地方财政精打细算过"紧日子"，把钱花在"刀刃上"，让百姓过"好日子"。近几年来，市财政局打破了固化格局，深化零基预算改革：不再考虑以前年度预算基数和历史沿革，建立"预算一年一定""项目能进能出"的新机制。调整完善重点支出的预算编制程序，不再与财政收支增幅或生产总值层层挂钩，严禁将政府非税收入与征收单位支出挂钩，不盲目追求排名、增长率、评比结果……

这套"天津特色的零基预算管理新模式"，2019年曾作为优秀典型获得了国务院的通报表扬。

国企改革步入"深水区"，需要更大的勇气与智慧才能取得新突破。五年来，天津17家完成混改的原市管企业2021年营收、净利润分别比混改前增长81.20%和455.77%。在疫情防控、能源保供、民生保障等关键时刻，全市国企成为"主力军""顶梁柱"和"压舱石"。

开启自主创新新篇章——

2022年5月，公众科学日主题活动——合成生物"寻宝途"在津举办。中科院天津工业生物技术研究所的专家们直播"首秀"二氧化碳"变"淀粉的实验过程，引来 51.2 万人次在线观看。"实在太神奇了！"网友们纷纷弹幕留言。合成生物学海河实验室，再次走进公众视野。

目前，合成生物学、现代中医药、物质绿色创造与制造、信创、细胞生态 5 个海河实验室全部揭牌运行，天津版"国之重器"进入实质性建设阶段，并陆续传来捷报：细胞生态海河实验室与博雅辑因签署战略合作研发协议，双方将共同打造中国造血干细胞疗法的原始创新研究和临床转化平台；合成生物学海河实验室瞄准 20 家企业，凝练项目进行联合攻关……

海河实验室科研运行的加速度，与其体制机制的创新分不开。"海河实验室对领军人才和团队核心人员实行一项一策、年薪制、协议约定工作报酬等全国领先的引才政策。同时，将职称评审权、科研项目立项权等交由实验室自主实施。"市科技局基础研究处处长汤桂兰说。

◎ 2021 年 11 月 27 日，合成生物学海河实验室揭牌

不久前，由中国科学技术发展战略研究院发布的相关报告显示，本市综合科技创新水平居全国第一梯队，科技创新环境指数连续五年居全国榜首。

走出去，引进来——以开放胸襟做大天津"朋友圈"

从平地而起的天津经济技术开发区，到区域发展新引擎的滨海新区，再到改革开放"试验田"的天津自由贸易试验区，一个个高能级开放平台的崛起，记录着天津改革发展的脚步。

开放，深深融入这片土地的基因里。

口岸通关便利又高效——

从事报关业务 16 年，王铁肖对近年来天津口岸的变化体会颇深。日前，他所在的天津昌宇报关行代一家企业申报出口一批机械用连接紧固件，采用提前申报的方式，货物从运抵码头到海关放行，用时仅 8 秒。

王铁肖告诉记者，按过去的流程，出口货物必须运抵港口取得运抵报告后才能向海关申报，如果抵达码头较晚，很容易发生甩货风险，现在，这样的担心荡然无存。

改变的背后，是天津在服务费用和环节上做减法，在功能和效率上做加法。

2017 年以来，天津持续提升跨境贸易便利化水平，联合北京商务部门、海关推出系列措施，共享改革红利。2021 年，天津口岸进口整体通关时间为 34.93 小时，较 2017 年压缩 73.09%；出口整体通关时间为 0.74 小时，较 2017 年压缩了 96.46%。

持续优化的营商环境，让天津这一国际重要贸易口岸城市更具吸引力。

◎　随着中远海运"天盛河"轮一个集装箱吊装上船，天津港年集装箱吞吐量首次突破
2000万标准箱

2021年，天津的核心战略资源——天津港的年集装箱吞吐量首次突破2000万标准箱，实现历史性跨越，目前已开通集装箱航线130余条，同世界上200多个国家和地区的800多个港口保持贸易往来。

"走出去"步伐不断加快——

天津"走出去"步伐加快，"朋友圈"越做越大。如今，中埃·泰达苏伊士经贸合作区已成为非洲戈壁滩中的绿色新城，"天津名片"鲁班工坊将职业教育成果分享至世界各地，中欧班列架起对外贸易的新桥梁……

五年前，本市对"一带一路"沿线国家和地区进出口总值为1585.73亿元，到 2021 年已增长至 2107.95 亿元，增幅超过 30%。2017 年至 2021 年，天津共设立境外企业机构 529 家，年均增速达 8.3%。其间，本市企业在"一带一路"沿线的直接投资达 13.24 亿美元，年均增长 97.3%。2021 年，克服新冠肺炎疫情影响，天津新设境外企业机构 100 家，中方投资额达 22.87 亿美元，同比增长 38.8%。

企业扬帆远航少不了遭遇疾风劲浪。天津相关部门联手中国信保天津分公司千方百计予以保驾护航。就在不久前，受俄乌局势影响，注册在北辰区的万达轮胎公司俄罗斯客户项下的业务受到重创。企业方心急如焚，提出了索赔申请。中信保天津分公司仅用 16 天就将 51.1 万美元的赔付款打到了企业账户上。2022 年一季度，中信保天津分公司服务支持企业 3002 家，同比增加 6%。其中，分公司承保企业对美出口额 2.83 亿美元，承保"一带一路"沿线国家出口 4.07 亿美元，同比分别增长 33.8% 和 36.7%。

"引进来"屡创历史新高——

在积极"走出去"的同时，天津也在大胆"引进来"，来自世界各地的企业将这里视为投资热土，中外文化也在此汇聚交融。

2022 年上半年，总投资近 2 亿元的 PPG 天津电动汽车及智能出行创新应用中心在经开区全面开工。这是继全球涂料创新中心项目落地后，这一跨国企业在天津的又一重要布局。

"看多""做多"天津的不仅有 PPG。五年来，一汽丰田、三星、大众汽车自动变速器等一批跨国巨头纷纷在此增资扩产。市商务局统计数据显示，2017 年至 2021 年，全市新设外商投资企业近 4000 家，实际使用外资 238.5 亿美元，年均增速 5.3%，五年间引资规模屡创历史新高。

众多来自国内的重点项目、优秀企业也纷纷在津安家落户。2021 年，全市引进国内项目 3573 个，实际利用内资 3378.18 亿元，比上年增长 15.5%。

◎ 天津茱莉亚学院落成

其中，引进北京地区投资项目超过 1000 个，中央企业和单位在津新设机构 173 家，带动了一批高质量项目落地生根。五年多来，仅滨海—中关村科技园已累计注册企业突破 3000 家，区域发展动能澎湃。

此外，在津沽大地上，服务业扩大开放综合试点 116 项任务全面铺开，落地实施率近 6 成；天津自贸试验区累计实施制度创新措施 502 项，很多试点经验已向全国复制推广；连续举办了 5 届的世界智能大会，引来八方宾朋，汇聚全球顶级科技成果……

2022 年 5 月 20 日，天津茱莉亚学院·天津音乐学院茱莉亚研究院首届 33

名硕士研究生毕业了。他们来自中国、美国、韩国、乌兹别克斯坦等世界多地。这一国际高水平的中外合作办学项目，也成为天津对外文化交流、对话沟通世界的新窗口。

融入全球发展大潮，开放的天津更加自信从容。

当前，改革又到了新的历史关头，复杂度、敏感度、艰巨度超乎寻常。天津的干部群众深知，越如此越要弘扬"闯""创""干"的精神。"雄关漫道真如铁，而今迈步从头越"，只有坚定不移推进改革，坚定不移扩大开放，才能迎来更加明媚的明天。

续写更多"春天的故事"

改革开放是推动发展的根本动力。

以 1978 年为起点，波澜壮阔的改革开放历程，书写了时代的雄浑乐章，照亮了继续奋斗的前行方向。四十余年来，正是紧紧抓住这个发展进步的活力之源，不断解放思想、解放和发展社会生产力、解放和增强社会活力，我们在富起来、强起来的征程上迈出了决定性的步伐。

习近平总书记深刻指出，改革开放是党和人民大踏步赶上时代的重要法宝，是坚持和发展中国特色社会主义的必由之路。改革开放创造了发展奇迹，今后还要以更大气魄深化改革、扩大开放，续写更多"春天的故事"……坚定有力的话语，激励我们以一往无前的奋斗姿态、风雨无阻的精神状态，将改革开放不断推向深入。

破解各种难题，应对各种挑战，深化改革是关键一招。打开脑袋上的"津门"，向思想解放要动力，以思想破冰引领行动突围，天津闯出了发展新路。深化"放管服"改革，不断加大简政放权力度，持续激发市场主体活力；滨海新区推行法定机构改革，打破"铁饭碗"、实行企业化管理，体制机制的顺畅，增强了发展的内生动力；国企混改步入深水区，17 家完成混改的原市管企业 2021 年营业收入、净利润分别比混改前增长 81.20% 和 455.77%，国有资本的盘活，让传统企业焕发新的生命力……唯改革者进，唯创新者强，唯改革创新者胜。实践一再证明，坚定不移破除利益固化的藩篱、破除体制机制弊端，充分发挥改革的突破和先导作用，就能更好地抓住机遇，从容应对变局、开拓新局。

如果说改革的探索为发展航船锚定了航向，那么开放的胸怀则为之加足了燃料。从全面深化"一制三化"改革、持续优化营商环境，让津城成为市场主体发展沃土，到搭建世界智能大会、夏季达沃斯论坛、中国国际矿业大会等高水平交流合作平台，为城市不断集聚高端要素，再到深度融入"一带一路"建设，在更广阔空间里把握发展机遇……开放已经成为我们的城市基因。提升"引进来"的吸引力、打造"走出去"的竞争力，天津在更好地开拓内需市场的同时，也更积极地参与到全球经济竞争与合作中去，将一个更加开放、自信的城市形象展现在世界面前。

回首改革开放历程，敢闯敢试、敢为人先、埋头苦干，是我们不断取得发展新成就的重要支撑。瞄准"改革开放先行区"定位，继续将改革开放推向深入，就要永葆"闯"的精神、"创"的劲头、"干"的作风。改革道路上仍面临着很多复杂的矛盾和问题，我们已经啃下了不少硬骨头，但还有许多硬骨头要啃；我们攻克了不少难关，但还有许多难关要攻克。越是在这样的时候，越需要展现出坚定的信心和百折不回的勇气。没有先例可循，就创造先例；没有经验可供借鉴，就大胆探索、"弄潮儿向涛头立"。苦干实干拼命干，敢于走别人没有走过的路，让创新创业创造的活力充分奔涌，就一定能开创改革开放新局面。

改革开放已经走过千山万水，但仍需跋山涉水。步入新发展阶段，面临新机遇、新挑战，永远保持不畏艰险、锐意进取的韧劲，奋发有为、自强不息的拼劲，继续以逢山开路、遇水架桥的精气神把改革开放进行到底，我们必将在接续奋斗中书写新的辉煌。

解放思想、内外联动
做新时代全面深化改革开放的先行者

■ 南开大学经济学院教授　中国特色社会主义经济建设协同创新
中心研究员　乔晓楠

习近平总书记指出，改革开放是决定当代中国命运的关键一招，也是决定实现"两个一百年"奋斗目标、实现中华民族伟大复兴的关键一招。市第十一次党代会提出：现代化的天津一定是一个领风气之先的天津，是一个更加开放的国际化天津。要把改革开放先行区作为城市第一定位，以敢于领先之魄力、敢闯敢试之作为，争当改革开放先行者、排头兵。五年来，市委、市政府以解放思想为先导，突出内外联动，不仅在重点领域和关键环节的改革创新中取得突破，而且形成了一批可推广复制的改革成果，为新时代中国特色社会主义全面深化改革开放积累了宝贵经验。

以改革增活力，
扎实推进现代化市场经济新体系建设

中国特色社会主义进入新时代，经济结构性体制性矛盾不断积累，发展不平衡、不协调、不可持续问题十分突出。因此，必须立足于新发展阶段，贯彻新发展理念，构建新发展格局，摒弃片面追求速度与规模的发展方式，推动质量变革、效益变革、动力变革，实现高质量发展。需要根据高质量发展的新要求与新特点，不断推动深层次的体制机制改革创新，调整生产关系中不适应生产力发展的内容，进而解放和发展生产力。经济体制改革仍然是全面深化改革的重点，经济体制改革的核心问题仍然是处理好政府和市场的关系，即推进现代化市场经济新体系的建设。现代化市场经济新体系是以社会主义基本经济制度为基础的高标准市场体系，包括进入、退出、竞争等环节，其特点为高效配置资源并有效激励创新。前者要求要素价格市场决定、流动自主有序、配置高效公平；后者则一方面突出完善公平竞争制度，加强和改进反垄断和反不正当竞争执法，另一方面健全产权保护制度，鼓励企业自主创新。为此，天津从转变政府职能入手，刀刃向内自我革命，通过"一制三化"厘清政府边界、提高行政效率。出台 26 条措施支持民营企业改革发展，出台 36 条措施进一步打造市场化、法治化、国际化的营商环境。不仅建成中国（天津）知识产权保护中心，而且城市综合信用排名稳居全国前列。在 2020 年国家营商环境评价中，天津市 12 个指标成为全国标杆，政务服务、跨境贸易指标位列全国前五。

以开放拓空间，
积极探索高水平开放型经济新体制

当今世界处于百年未有之大变局，国际格局和国际体系正在发生深刻调整，全球治理体系正在发生深刻变革，国际力量对比正在发生近代以来最具革命性的变化。当前的开放已经从市场型开放转向制度型开放。市场型开放强调边界措施自由化，包括降低关税、市场准入、国民待遇等，而制度型开放则强调边界内措施规制融合，即标准一致化、竞争一致化、监管一致化。这就要求对内改革与对外开放必须联动。加快实施自由贸易区战略，正是适应经济全球化新趋势的客观要求，是全面深化改革、构建开放型经济新体制的必然选择，也是中国经济运筹对外关系、实现对外战略目标的重要手段。其目的不仅在于促进贸易投资，帮助中国企业开拓国际市场，而且还可以成为中国积极参与国际经贸规则制定、争取全球经济治理制度性权力的重要平台。中国（天津）自由贸易试验区在这样的背景下于 2015 年挂牌成立，其战略定位就是以制度创新为核心任务，以可复制可推广为基本要求，努力成为京津冀协同发展高水平对外开放平台、全国改革开放先行区和制度创新试验田、面向世界的高水平自由贸易园区。经过持续探索与实践，"试验田"已成"丰产田"，累计向全国复制推广 37 项试点经验和实践案例，占全国集中复制推广数量的 19.9%。

释放市场活力

　　反映天津以"放管服"改革为主线，做好简政放权的"减法"，做好加强监管和优化服务的"加法"，深入推行"一制三化"改革，实施"津八条"，制定优化营商环境条例，为企业生存发展提供舒心暖心安心的良好环境。

一方"加"与"减"的暖商热土

——天津持续深化"放管服"改革打造一流营商环境

■ 记 者 苏晓梅 岳付玉

"水深则鱼悦,城强则贾兴。"区域经济的竞争,不仅是要素资源的竞赛,也是营商环境的比拼。优化营商环境就是解放生产力、增强吸引力、提升竞争力。

市第十一次党代会以来,天津深入贯彻习近平经济思想,认真落实总书记关于优化营商环境的重要指示精神,以"放管服"改革为抓手,深入推行"一制三化"改革,做好优化服务的"加法"、简政放权的"减法",坚决破除不合理的体制机制障碍,精心培育市场化、法治化、国际化营商环境,大力培植重商、亲商、兴商、安商的创新创业热土,为推动高质量发展筑牢根基、激荡活力。

"我负责阳光雨露,你负责茁壮成长。""加"出温情服务、"减"掉条条框框,助力市场主体,打通"任督二脉",拓展成长空间——渤海之滨,"万木"争荣,蓬勃兴盛。

◎ 2022 年 5 月，康希诺生物新冠疫苗获世界卫生组织紧急使用授权，成为中国首个获得世卫组织紧急使用授权的创新技术路线新冠疫苗

做"减法"：简政放权释放市场活力

2022 年 5 月 5 日，"五一"假期后第一个工作日，天津自贸试验区颁发全市首张确认制营业执照。

"我们第一时间用确认登记方法注册了新公司。"天津运友智慧物流有限公司软件产品总监张建剑告诉记者，"不需要再提供公司董事、高管等证明材料，网上公示即可。原来要提交四五份的资质证明，现在提供一个表格和公司内部管理章程就可以了。"

"运友"是一家从事大宗商品网络货运的企业。得知天津自贸试验区实施登记制改革，全面推行一网通办，最大程度尊重市场主体登记自主权，"运友"抢先一步，成为首个尝鲜者。

简化登记程序、减少申请材料、节约办事成本——企业登记确认制在自贸试验区试行，是天津持续推动"放管服"改革的一个缩影。

近年来，天津发挥自贸试验区先行先试政策优势，全面实施外资准入前国民待遇加负面清单管理，推行对外投资"无纸化一日办结"备案模式，办结时间从三个月缩短至一天。深化商事登记制度改革，推动证照分离全覆盖，在48个行业推行"一企一证"综合改革，精简合并申报流程60%以上，在全国首创最简告知承诺审批，特别是经开区在试点平台企业集中登记时提升智慧审批速度，实现"秒批"个体工商户营业执照。

承诺制、标准化、智能化、便利化，天津更是推进"一制三化"改革3.0版，加大"首创制"制度供给。如今，企业在天津办照一次不用跑，开办企业整体时间压缩至一个工作日内。2021年，天津"开办企业"指标被评为全国营商环境"标杆城市"。

简政放权，既要"放"得开，还要"管"得住。天津创新事中事后监管举措，已探索形成信息公示、风险分类、随机联查、结果告知、联合奖惩"五环相扣"的监管新模式。在全国营商环境评价中，天津"市场监管"指标连续两年被树为"标杆"。

诚信是市场经济的基石，强化信用监管就是为市场经济筑牢根基。天津的做法是强化市场主体全生命周期监管，全面记录市场主体信用信息。截至目前，全市市场主体信用信息公示系统累计公示各类信用信息2302.3万条，成为金融机构、信用管理公司和社会公众查询企业信用状况的重要平台。同时，天津在全国率先推行了跨部门双随机联合检查机制，并积极推进跨部门联合奖惩，倒逼企业履行守信义务。

实施信用惩戒，并非将失信者"一棒子打死"，而是引导其"浪子回头"，重归诚实守信。

远鸿电缆材料有限公司就是"回头浪子"之一。2022年2月9日，因业务需要，公司法定代表孙女士急需办理企业经营异常名录信用修复，但她本人身处云南，因疫情防控原因无法及时返津申办。通过打电话咨询北辰区市场监管局，孙女士很快就在市场主体信用信息公示系统上提交了申请，完成了信用修复。

截至目前，通过信用风险分类修复机制，全市已有6.83万户失信主体完成信用修复、退出经营异常名录，6.05万户失信主体经注销退出经营异常名录或严重违法失信名单。在奖与惩、失与得之间，市场经济的根基——信用体系建设稳步推进。

政府部门自我革命、简政放权，加快了办事效率，赢得了企业认可，激发了市场活力。以自贸试验区为例，随着亚投行全球首个总部外功能中心、空客A350宽体机完成和交付中心、抖音直播生态产业园、高济医疗互联网医疗总部等一批重大项目落地，航空航天、医疗健康、平台经济等产业集群不断壮大。最新数据显示，2021年底，自贸试验区市场主体累计达7.9万户，注册资本达3.9万亿元，引进各类外商投资企业近4000家，注册资本近万亿元。

做"加法"：优化服务增出企业效率

五年来，一系列"暖商新政"频频推出。

"天津八条""民营经济19条""助企纾困15条""服务市场主体36条"、优化营商环境《条例》、"三年行动计划"……就在2022年6月初，天津又推出"稳经济35条"，以硬核解渴实招儿为市场主体纾难解困：增值税留抵退税从6个行业扩围到13个行业，多措并举引金融活水救急解困，对受新冠肺炎疫情影响暂时出现生产经营困难的小微企业和个体工商户用水、用电、用气实施"欠费不停供"政策，在天津创办企业、个体工商户、农村合作社等经营实体的新市民可按规定申请最高 30 万元个人创业担保贷款……

政策红利培育营商"沃土"，为企业发展源源不断地注入"营养剂"、提供"原动力"。

政策供给到位，还要部门落实到底。市委反复要求各级干部打开脑袋上的"津门"，倾心倾力为企业服务、为基层减负、为百姓解忧。各级"公仆"甩掉"官老爷"形象，树立"店小二"思维，"近商""亲商"，揽责尽责，在主动服务上做"加法"，不当光说不做的"嘴把式"。

"春江水暖鸭先知。"搏击市场经济大潮，企业对营商环境最为敏感。

2022 年"五一"前夕，河西区市场监管局政务服务窗口收到天津市园林规划设计研究总院有限公司写来的感谢信，后者是天津海河设计集团旗下的企业。

2021 年年底组建的海河设计集团正积极推进资源整合、优化产业布局，为上市做准备。为此，旗下企业经营范围需尽快作出相应调整。

2022 年 4 月 12 日，市园林规划设计研究总院火速向河西区市场监管局求助。市场监管部门一刻也不耽搁，为其提供 24 小时一对一专人指导服务和精准帮扶。

在短短两天内，经该局辅导，企业先后提交了本公司及旗下两家子公司经营范围变更材料。河西区市场监管局的工作人员迅速审核、复核、制照出照，为其完成了经营范围变更登记，并当场核发营业执照。

感受到服务"超高速"的，还有天津秋韵大豌豆网络科技有限公司法定代表人吴现军。

"一个小时就办完，想不到会这么快！"前不久企业经营范围变更登记的办理速度，让吴现军喜出望外。

"大豌豆"是河西区一家餐饮服务企业。2020年新冠肺炎疫情发生，企业主动为社区疫情防控值守人员和街道核酸筛查工作者、志愿者提供优质餐饮保障，得到了区商务部门肯定，被推荐为隔离酒店提供餐饮配送服务。可是，"大豌豆"不具备外卖递送服务经营资质，无法开展相关经营，这可让吴现军犯了难。

抱着试试看的心态，吴现军找到了河西区市场监管局。对方及时开启绿色服务通道，指派业务人员全程指导，帮助他在网上注册、填写、申报……

工厂还没开建，电就送过来了，"电等项目"的暖心事儿，被新日新能源电动汽车公司遇上了。2022年3月，企业计划在津南区小站镇新建产业园，重点发展新能源产业链。相关负责人朱塞说："我们提出用电申请后，电力公司很快制定了专门供电方案……有了电力保障，等我们的设备到了就能开工，投入生产指日可待！"

促产业、惠民生、助双碳——国网天津电力公司自2022年2月推出电力服务30条举措，已走访企业2819家，主动服务676个重点项目，保障江天数据、宝坻贝特瑞等大项目按时送电，为5700户新能源车主高效接电。

在国家营商环境评价指标体系中，"获得用水用气"指标是18个一级指标之一。用水报装是否便利高效、是否公开透明，直接影响用水户对营商环境的感受。2021年4月起，水务集团以小微给水新装工程项目为突破口，率先推行用水报装"五零"服务试点，逐步实现零材料、零上门、零审批、零投资、零距离。

程天发烟酒茶商行新装了水表，业主郑先生告诉记者，店铺营业大半年，一直使用分表与邻居分摊水费，很不方便。最近，他了解到，可以通过水务集团微信公众号申请用水报装。"我尝试申请了，很快就有

◎ 　全球首个零碳码头智慧绿色能源系统在天津港并网发电

工程师到现场勘察，四五天就好了。而且，像我这样的个体工商户，装水表能享受减免政策，一分钱没花。"

　　由于信息不对称等原因，个体工商户往往是银行信贷的"绝缘体"。可在天津，每天有上万家小商户通过手机上的"智慧小二"软件，从银行获得利率优惠的纯信用贷款。从全市来看，该平台每天交易金额达 7000 余万元。

　　个体工商户是经济的"毛细血管"。金融血脉"精准滴灌"的背后，是人民银行天津分行、中国银联天津分公司等多个"店小二"的创新探索。这项服务已有 2.6 万户个体工商户受益。一年下来，仅减轻利息负担这一项，

◎ 天津海特"客改货"订单目前已排至 2024 年

每个商户就可少支出 1 万元以上。

做"乘法"："阳光雨露"催生"万物生长"

在位于武清区豆张庄镇的娃哈哈产业园，记者采访了娃哈哈集团天津地区负责人何卫冰，他对完成 2022 年生产任务充满自信："在新冠肺炎疫情防控形势严峻复杂的时刻，市工业和信息化局、市商务局第一时间帮企业办了运输通行证，缓解物流难题。"

何卫冰的信心，来自于对政府部门的信赖。

说起这些年的经历，何卫冰百感交集。2018年腊月二十九，娃哈哈集团创始人宗庆后给天津市政府企业家服务处写信，反映天津娃哈哈产业园二期投资项目遇到了麻烦，以及上千万元土地出让金当返未返等问题。娃哈哈方面认为，有的虽然是历史遗留问题，但"新官要理旧账"。

何卫冰清晰地记得，当时，市有关领导、武清区行政审批局和区建委等多个部门负责人迅速来企业现场办公，在依法依规前提下，按照之前政企双方约定的协议，将房产证等问题逐一解决。

娃哈哈集团管理团队受到触动，当即决定将全球采购中心总部放到武清区。何卫冰说，即便受新冠肺炎疫情影响，2021年天津公司营收仍增至70多亿元。

"政府为企业提供服务，任何时候都不能失去诚信。"武清区豆张庄镇负责人话语质朴，道出真情。天津打造营商环境的满满诚意，是很多企业扎根天津放手发展的最好注解。

建设一流营商环境，要厘清政府与市场的关系，营造公平守信的法治环境，让企业经营者既有信心，又有安全感，放心、放胆、放手发展。

在天津东疆保税港区，设立了集中审理融资租赁案件的专业法庭，这在全国独一无二。最新的融资租赁审判白皮书显示，该法庭2016年到2021年共计受理融资租赁合同纠纷案件11817件，审结10935件。2021年新受理融资租赁合同纠纷超5000件，案件标的额超14亿元，涉车辆融资租赁3500余件，标的额超10亿元。

东疆为何成为全国融资租赁高地？市场化、法治化的营商环境，政府部门"专家＋管家"式的服务，就是其成功的密码。

法治是最好的营商环境。市场上有这样的共识：企业竞相去哪里断案，就说明那里的营商环境错不了。眼下，东疆融资租赁法庭又创新设立了多元化纠纷共治中心，将大量融资租赁企业的纠纷进行外化分流解决，从而保证案件的第一时间响应、判决、执行。同时，探索应用"互联网法庭"，采用智能视频庭审、多维度举证质证等手段，将现代科技覆盖运用庭审全流程，实现"不见面、非接触"式在线办案。

市场经济的竞争，也是营商环境的竞争。完善产权保护制度，是塑造良好营商环境的应有之义。

记者从天津知识产权保护新闻发布会上获悉，2021 年，中国（天津）知识产权保护中心建成并正式运行，与中国（滨海新区）知识产权保护中心形成"津城""滨城"双保护中心的格局。天津保护中心的建设速度创全国之最。就在不久前，国家知识产权局对 2021 年全国知识产权保护检查考核反馈通报，天津以高分跻身优秀行列。

打造"知识产权保护高地"，天津更是举措多、招法实。一方面，将专利密集型产业增加值占 GDP 比重作为重要指标纳入《天津市知识产权强市建设纲要》。截至 2021 年年底，天津信息技术应用创新、生物医药、绿色石化等重点链条完成产业知识产权运营中心布局，飞腾信息、凯莱英、建科机械等 38 家链头企业成为高价值专利培育试点。另一方面，重拳高效打击侵权案件。2021 年，全市法院系统新收各类知识产权案件 13813 件，同比上升 51.97%；审结 12649 件，同比上升 43.25%。知识产权案件的年结案率一审为 91.85%，二审为 98.98%。

在天津，"法治之手"为各类市场主体创新创业铺设了一张结结实实的"防护网"。

哪里有"阳光雨露"，哪里就有"万物生长"。截至 2022 年 4 月底，天津实有市场主体总量156.13万户,同比增长 8.1%,其中民营企业65.85万户,同比增长 6.54%。

营商环境只有更好，没有最好。优化营商环境只有进行时，没有完成时。与最优者对标，与最强者比拼，与最快者赛跑——立足新征程，天津自觉树立更高标准，创新体制机制，强化协同联动，完善法治保障，全力打造国际一流营商环境，全面激发市场主体活力，为推动高质量发展、构建新发展格局积蓄澎湃动能。

城市"软实力" 发展"硬支撑"

营商环境是城市"软实力"、发展"硬支撑"。持续优化营商环境，企业拔节生长、蒸蒸日上，城市发展动力十足、加速前行。

习近平总书记深刻指出，营商环境只有更好，没有最好。营商环境没有"完成时"，鞭策我们在"优化"二字上不断下功夫、做文章，绵绵用力、久久为功，让"梧桐树"茁壮生长，引来一只只"金凤凰"安家落户。

优化营商环境，"服务"二字是重心。犹记得，天津2020·中国企业家大会召开时，企业家代表坐前排，市直各部门和各区主要负责同志坐后排，会上每位企业家都收到一份《向企业家汇报》的资料汇编，清晰呈现天津的政策举措。让企业家做主角，向企业家汇报，体现了明晰的主从关系，细节安排之中，让企业家真正感受到了尊重、关心和重视。坚决树立"该办的事痛快办"的服务意识，以干净利落的工作作风打通企业遇到的堵点、痛点；当好贴心的"店小二"，主动为企业跑腿服务……破除体制机制障碍，打破"卷帘门""玻璃门""旋转门"，就需要这样的服务理念，就需要这样的思想破冰。

有力的政策，是优化营商环境的重要支撑。近年来，天津连续施展大手笔。从出台"天津八条"到施行"一制三化"改革，再到推出《天津市优化营商环境三年行动计划》，打出了一套套"组合拳"，锚定企业诉求和关切，不断加大政策供给，持续释放政策红利。企业有所呼，政府有所应。降低准入门槛、减少办理事项、缩短办理时间，做好"减法"；创新服务方式、完善服务内容，培育有利企业生长的环境，做好"加法"……一系列实招、硬招给企业带来看得见、摸得着的实惠，这正是"优化"的题中应有之义。

营商环境要真正转化为生产力和竞争力，靠的是抓落实的行动。"最大的感受是从申报到落地速度很快，各职能部门还会有针对性地提供上门服务，企业运营中遇到什么问题，第一时间就可以得到妥善解决。"这是天津华慧芯科技集团有限公司创始人曲迪的切身体验。从创办到扩大规模，相关部门的精准服务，伴随着这家企业一路成长。"浸润于出色的营商环境，我们才能收获如此高速的增长。"联想集团董事长杨元庆曾如此感叹良好服务对企业的深刻影响。在全市范围内建立起"1+16+36"为企服务工作机制，在疫情防控期间推出"132"工作机制……种种举措，直面企业"成长的烦恼"，致力打通服务的"最后一公里"。事实一再证明，正是有了坚定的行动，让政策与企业实际需求有效对接，我们在理念、政策上的优势才更好地转化为服务效能。坚持不懈优化营商环境，我们这座城市正日益成为企业家创新创业的热土，企业的成长也必定会不断反哺城市发展。

优化营商环境是一项系统性工程，任重而道远。在持续深化改革中拓展服务空间，在促进制度创新中提升服务质量，我们一定能构建起阳光灿烂、水草丰美、适宜企业发展的良好生态系统，为高质量发展注入源源动力。

创新营商环境制度供给
助力天津经济高质量发展

■ 天津师范大学国家治理研究院副院长、教授　宋林霖

天津牢记习近平总书记对天津工作"三个着力"的重要要求，科学把握经济结构和经济增长动力调整变化的现实特征，深入推动"放管服"改革，优化营商环境，政府强化"自我革命"理念与行动的同时，完善宏观调控并加强事中事后监管，不断提升与区域经济高质量发展相适应的现代化治理能力与管理水平。

深化体制创新，释放营商新动能。优化营商环境是全面深化改革和推进现代化政府治理的新场域，政府在组织机构改革、政务流程设计、财税金融政策等方面的体制创新和制度供给及其所关联的政府行为规范度、便利度、科学度，直接决定了区域营商环境优劣。天津积极推广行政审批局模式，组建统一的大市场监管机构，整合基层执法力量，以组织机构改革引领体制机制创新，进而为企业"松绑"。制度创设和实施的过程，势必带来相应制度交易成本，而政府职能深度转变的着眼点，在于通过组织改革带动职能整合和流程优化，减少企业自身经营性成本以外、受制于政府制度安排的外部成本，这既是推进本市政府治理体系和治理能力现代化的内在要求，又是营造优质生产要素聚集转化为现实生产力良好生态系统的根本途径，更是促进市场主体创新发展、保障各类市场主体公平参与市场竞争的推进器。

推进"一制三化"，开创营商新局面。近年来，天津积极推进"放管服"改革集成化顶层设计：以"承诺制"为牵引，推动社会信用建设；以"标准化"为保障，通过借鉴国际经验，对标一流管理方式，规范终端服务模式，固化制度改革成果；以"智能化"为支撑，不仅实现了流程再造，并且倒逼了部门的放权；以"便利化"为目标，充分发挥党建引领作用，全方位提升了公众的获得感。在观念层面，从"以部门为中心"向"以用户为中心"、从"管理者本位"向"服务对象本位"转变，强化了天津市区两级政府部门的"顾客导向"理念。在制度层面，"一制三化"改革不仅有利于政府向市场和社会放权，拓展市场和社会的发展空间，同时也推动政府、社会、企业多方主体的共治新局面。在操作层面，"一制三化"改革凭借"互联网＋"、大数据等现代信息技术优势，以在线服务、实时服务、不见面服务的实践创新，加快适应经济社会变化的新形势与新要求。

规范政商关系，构建营商新文化。新型政商关系的本质特征是"亲"和"清"，这是基于现代法治市场秩序的一种弱人格化、非依附性关系，天津积极规范领导干部与企业家之间的制度化关系，为政商交往划出边界、明确底线，为企业家在津创新创业提供政策支持，为保护市场主体权益提供法治保障。"亲"是政商交往的前提，"清"是政商合作的基石，"亲""清"政商关系的构建是社会主义核心价值观的坚守和弘扬，是社会整体风气的映照与反射。领导干部须破除行政垄断，克服官僚主义作风，秉公用权、信守契约精神，构建亲而有界、清而有责的营商新文化，更好地培育"企业家精神"，创造干事创业的良好氛围。

五年来，天津始终沿着习近平总书记指引的方向勇毅前行，围绕革新行政文化理念、创新现代技术应用、完善体制机制设计等方面，持续深化"放管服"改革实践，为优化区域营商环境和释放经济发展内生动力不断凝聚制度优势，构筑起新时代的"暖商热土"。今后一个时期，既要持续做好打破壁垒"减法"，也要强化监管与服务"加法"；既要让"无事不扰、无处不在"的服务意识融入企业全生命周期的服务链条，也要巩固"亲""清"政商关系制度化成效；既要始终坚持市场化、法治化、国际化营商环境建设的思路，也要处理好政治与经济、政府与市场、开放和自主、发展与安全、战略与战术的关系。不断提升主动谋改革、求开放的意识，进一步推进从"应试改革"到"素质改革"的整体型政府、服务型政府建设，构筑崇商、重商、安商、暖商的制度环境。

天下才天津用

反映天津大力实施人才强市战略，一手抓"引"，制定完善"海河英才"计划，实现"天下才天津用"；一手抓"育"，全方位培育用好人才，实施重大人才工程，最大限度激发人才创新创业创造活力，筑牢人才汇聚的高峰高地。

一座"引"与"育"的人才港湾

——天津全面实施人才强市战略激发创新创业创造活力

■ 记 者 程彦龙 李国惠 廖晨霞

这是一个动力变革的时代。我国经济已经从投资驱动、要素驱动转向创新驱动，人才对于实施创新驱动战略至关重要。

这是一座创新转型的城市。天津迈向高质量发展，建设"一基地三区"，肩负打造我国自主创新的重要源头和原始创新主要策源地等重大使命，伟大事业呼唤人才，伟大时代造就人才。

党的十九大以来，天津认真学习贯彻习近平总书记关于人才工作的重要论述，深入实施创新驱动、人才强市战略，牢固树立"人才是第一资源"的理念，坚决贯彻党管人才的原则，精心"引才、育才、用才"，广开进贤路，铺宽成长路，护航发展路，让"天下才天津用"，最大限度激发创新创业创造活力，为推动经济社会高质量发展积蓄澎湃动能。

九河归海，津沽沃土生机勃发；千帆竞发，渤海湾畔春潮激荡。从全面实施"海河英才"行动计划，到深化人才发展体制机制改革；从全力建设人才强市、打造人才高地，到大力营造识才爱才敬才用才的良好环境；从成立

◎　津洽会上，"海河英才"行动计划专区吸引各地人才目光

市委人才工作领导小组，到实施人才引领战略加快天津高质量发展意见……
一幅"千里马"竞相奔腾、"金凤凰"展翅翱翔的画卷徐徐铺展。

延揽天下英才，打造人才集聚"强磁场"

治国经邦，人才为要。不拒众流，方为江海。

近年来，天津坚持用政策引才、以产业揽才、搭平台聚才，以"放权松绑式"的深层次体制机制改革，"不拘一格降人才"的决心勇气，释放出"天下才天津用"的满满诚意，实现"聚天下英才而用之"。

用政策引才，推出"海河英才"行动计划，形成天津人才特色品牌——

2018 年 5 月 16 日，在第二届世界智能大会上，"海河英才"行动计划重磅发布，放宽对学历型人才、资格型人才、技能型人才、创业型人才和急需型人才的引进落户条件。

政策一推出，引进落户申请异常火爆。首日便有超过 30 万人咨询落户相关信息，七天里咨询人数近百万。

来自内蒙古的李诗洁，是一名"90后"，2020 年毕业后通过"海河英才"行动计划落户天津，并享受了博士生留津补贴政策。

2021 年 12 月，在广东省佛山市举行的全国首届博士后创新创业大赛上，李诗洁和小伙伴的"养殖用快速诊断检测技术"在揭榜领题赛现代农业与食品赛道中一举夺魁。

在李诗洁的眼中，天津是她的"福地"，她已经爱上了这座烟火气、学术气、创新力十足的城市。她的男友也通过"海河英才"落户天津，两个人还在天津买了房。

"海河英才"行动计划实施以来，累计引进各类人才 42.8 万人，平均年龄 32 岁，大学本科以上学历人员占 70.6%，天津人才创新活力和城市竞争力持续增强。

2021 年 8 月，市委、市政府出台《关于深入实施人才引领战略加快天津高质量发展的意见》，提出要打造"海河英才"行动计划升级版，引才政策更开放，育才举措更精准，用才机制更灵活，服务保障更贴心。

以产业揽才，围绕 12 条产业链，加快集聚高层次人才、急需紧缺人才和青年人才——

没有产业的聚集，就没有人才的聚集。

产业引才是导向，更是抓手。2018 年，就在"海河英才"行动计划公布的同一天，《天津市关于加快推进智能科技产业发展的若干政策》也同步实施。

2021 年岁末，天津出台加强科技人才队伍建设支撑高质量发展若干措施，提出要大力推动 12 条产业链建设，以重大项目实施和重点研发平台建设为牵引，引聚高水平创新人才和团队，推动天津成为全球创新人才汇聚发展高峰高地。

对于人才与产业的关系，狮桥融资租赁（中国）有限公司董事长万钧认为："打造产业是吸引人才的关键，产业聚集能为人才营造发展机会，也能让他们看到发展希望，必须要在发展产业上下功夫，为年轻人营造更多的发展场景。"

2020 年 12 月，天津市高端装备和智能制造人才创新创业联盟在北辰区成立。北辰智能装备研究院作为联盟重要载体之一，依托河北工业大学"先进装备工程与技术"世界一流学科群建设优势，以机器人与智能装备前端基础研究引领和培育智能装备产业新业态为主，汇聚了大批国家级人才领衔的多支高水平团队。截至 2022 年上半年已入驻智能装备、特种机器人等 10 支科研团队，集聚海内外高层次人才 700 余名。

"天津在吸纳人才方面更在乎人才的质量，新引进的人才都与重点产业发展紧密相关。"市人社局相关负责人表示，通过"海河英才"行动计划引进的人才中，人工智能、生物医药、新能源新材料、高端装备制造等战略性新兴产业从业人员占比 25.8%。人才引进模式也由过去"单纯引进"转为"带土移植"，就是引进一个人才、带进一个团队、促进一个产业，形成人才与产业的深度融合。

搭平台聚才，充分发挥重大平台的吸附作用，着力吸引一批原创性、引领性人才项目来津发展——

"政策吸引人固然没错，但单纯投食引鸟可能会引起盲目的攀比。"清华大学天津高端装备研究院院务部部长范静深有体会，政策要适当向"造林"倾斜，做到造林引鸟，"造林"就是要搭建引才平台，鸟要靠自己能力捕食才能活得更好。

全市 436 个国家及市级重大创新平台，天津逐一梳理调查，掌握人才引育实际需求，编制海河实验室工作指引，实行引智育才政策"清单化"供给。截至 2022 年 5 月，仅 5 家海河实验室就吸引集聚了 38 位两院院士、97 名国家杰出青年和长江学者。

"怎么让人才来了不想走，这就需要微环境和大环境双轮驱动。"中国医学科学院血液学研究所所长程涛说，微环境就是做到让人才没有后顾之忧，而大环境最关键的，就是用好国家级平台，让人才一展所长，因为真正的人才看平台。程涛坦言，当时最吸引他来到血研所的因素，就是这里有国家重点实验室。

2020 年 9 月以来，以优化人才创新创业生态为突破口，天津在全国率先组建了十大产业人才创新创业联盟，对人才和项目"虹吸效应"加速显现。

天津市电子信息与大数据人才创新创业联盟在河西区成立后，河西区将联盟建设纳入每年 2000 万元的人才发展专项资金资助范畴，致力打造数字经济产业人才聚集高地。

作为航空航天人才创新创业联盟发起单位之一，位于东丽区的爱思达航天科技与西安交通大学卢秉恒院士团队合作，企业"出题"，学校"揭榜"，共同开展航空复合材料专用设备研发。2021 年 5 月，高端智能自动铺丝设备在天津试车成功，实现了中国航空航天关键材料研发制造的自主可控。

截至 2022 年 5 月，天津十大产业人才创新创业联盟已"牵手"高校院所 80 家，聘请院士专家 64 位，联系领军企业 1600 个，汇集工程师 3.5 万名，攻克关键核心技术 460 余项，新落地项目近 400 个，总投资额 300 多亿元。

健全育才体系，构筑人才培养"蓄水池"

一年之计，莫如树谷；十年之计，莫如树木；终身之计，莫如树人。人才工作，基础在培养，难点也在培养。

"盖有非常之功，必待非常之人。"近年来，天津实施科技人才计划，加快高层次领军人才培养选拔，健全青年人才培养体系，锚定需求精心育才按下"快进键"。

——累计选拔政府特殊津贴专家5006名、百千万人才工程国家级人选155名、天津市有突出贡献专家240名。

——围绕重点学科、重点产业链和人才联盟，设置博士后科研流动站87个、工作站277个，储备后备人才1万余名。

——深入实施"海河工匠"建设工程，成功申办第二届全国技能大赛，选树30名"海河工匠"，219人荣获"中华技能大奖"和"全国技术能手"称号。

人是科技创新最重要的因素。天津重点围绕"四个面向"和科技自立自强，在人工智能、生命健康、脑科学、生物育种等前沿领域加大人才选拔推荐力度。2021年，本市新入选国家级科技领军人才13人，累计达117人，其中科技创新领军人才67人，科技创业领军人才50人。持续推进天津市杰出青年基金项目，累计共有135人获得资助，支持经费达1.23亿元。

推进天津高质量发展需要高端人才的智力支撑，不仅需要创新人才"静得下心来"，也需要从制度机制层面解除创新人才的后顾之忧。天津着力下好爱才、引才、育才"妙棋"，强化"引育用留"打造博士后金字招牌。

——建好博士后科研工作站和博士后创新实践基地，实现重点学科、产业链及人才联盟的全覆盖。

——开展优秀博士后国际化培养，2021 年首创成立新医科和生物医药产业博士后创新联合体，打造博士后"联招、联育、联考、联用"新模式。

——建立博士后驿站，服务"零跑动"，搭建"安乐窝"提供博士后公寓、子女就学、项目申报等一揽子服务。2022 年 5 月天津出站博士后留津工作比例超过 60%，大多数已成为科研骨干和学术技术带头人。

2021 年，首届全国博士后创新创业大赛在广东省佛山市鸣金收兵，天津代表团揽金夺银。6 金、10 银、13 铜，金奖总数居全国第二，29 座奖杯居全国第二；39 位获奖选手被授予全国优秀博士后证书……

"天津有 60 个项目入围创新、创业和揭榜领题赛，在 8 个赛道均有获奖选手，29 个金银铜奖加上 17 个优胜奖，项目获奖率占到 77%。"市人社局专业技术人员管理处处长田海嵩表示，项目结构覆盖信创、生物医药、高端装备制造等天津全部产业优势领域，体现了天津创新基础雄厚、市场转化率高的底蕴，体现了高层次人才参与硬科技转化的趋势。

功以才成，业由才广。围绕"一基地三区"定位，推动制造业高质量发展，离不开一支结构合理的人才队伍。既要着力培育高端人才，又要搭建平台培养更多高技能人才，让各类人才的创造活力竞相迸发。

"机翼状态、弯曲程度差别很细微，每一次都需要凭经验从 0.25 毫米到 5 毫米之间的 15 种垫片中精准选出安装的规格。"在西飞国际航空制造（天津）有限公司的车间里，一架空客 A320 客机的机翼正在组装。滑轨梁与机翼的连接处，一个小小垫片的安装都需要极高的精准度，58 岁的张威能够做到"一拿准"。

天津围绕产业升级需求强化高层次人才引育，鼓励企业"量体裁衣"，培养更多像张威这样的高技能人才。

"发挥企业培训主体作用，建成 18 个国家级和 35 个市级高技能人才培训基地，458 个企业培训中心、18 个企业公共实训基地，30 个国家级技能大师工作室和67个市级技能大师工作室。"市人社局党组书记、局长沈超介绍，"海河工匠"建设工程，以产业发展需求和市场急需紧缺职业为导向，由企业自主确定培训内容、自主实施技能培训，缓解"训用不一致"问题；探索"互联网＋职业培训"模式，截至2021年末，全市技能人才总数达到271万，其中高技能人才83万。

签署部市共建"技能天津"协议，围绕天津"一基地三区"功能定位，聚焦"1+3+4"现代产业体系发展，在建设技能人才培养创新试验区、推行终身职业技能培训、共建天津职业技术师范大学等10个方面，加速培养更多高素质技术技能人才，推动天津制造业立市和高质量发展。

2019年，经过层层选拔，首届"海河工匠"亮相。作为本市技能人才最高奖项，每年从战略新兴产业等领域，选拔10名行业领军、技艺精湛的高技能人才，授予"海河工匠"称号，每人给予20万元奖励。

点亮万家的"时代楷模"张黎明、精雕细琢"海鸥心"的李家琦、新时代"铁人精神"传承者周小东、神舟飞船舱门守护者孙占海……已有30人荣膺"海河工匠"。

点亮一盏灯，照亮一大片。"海河工匠"典型引路，海河两岸见贤思齐。从2020年开始，作为天津职业技能竞赛顶级赛事，"海河工匠杯"技能大赛正式举办，为技能人才脱颖而出搭建广阔舞台，已成为职业技能竞赛领域的"名片"。组织"海河工匠"进校园（企业）活动，建成"海河工匠"之家，发布"海河工匠"专属标识，讲述"海河工匠"感人故事，"海河工匠"品牌日益深入人心。

人才评价是发现人才的重要方式，也是激励人才干事创业的重要导向。天津创新技能人才评价机制，支持企业自主开展职业技能等级认定，中海油等50个企业备案开展认定工作。打通工程技术领域高技能人才与专业技术人才职业发展通道，海鸥表业李家琦等优秀高技能人才已被破格认定为高级工程师。

"本市已形成以企业为主体、职业院校为基础、政府推动与社会支持相结合的职业技能培训体系。"沈超说。

条条大路通罗马，不拘一格降人才。加快培养创新创业领军人才，广泛储备创新后备人才，精心培育卓越制造人才……聚焦重点产业领域，实施人才培育专项，建设高端产业平台，天津精准施策，让各路人才茁壮成长。

激发用才活力，架起人才发展"高速路"

事业能否快速发展关键在人才，人才活力能否充分释放关键在体制机制。

近年来，本市不断深化人才发展机制体制改革，大胆向用人主体放权，把引才用才自主权放给企业、交给市场，强化用人单位自我约束。为科研人才松绑减负，破除人才发展桎梏，在全国率先完成工程技术、高等学校教师等全部 27 个专业系列职称制度改革，着力激发人才创新创造活力。

——用好人才评价"指挥棒"。完善职称评价标准，突出创新价值、能力、贡献导向。下放职称评审自主权，增强用人主体活力。引入企业家"举荐制"，允许推荐团队技术带头人直接申报正高职称。

——打破人才发展"天花板"。重构工程技术系列职称，为培养大批卓越工程师奠定坚实基础。增设集成电路等 10 个专业职称，推动新职业、新业态专技人员职业资格与职称制度有效衔接。

当前，一些驶入"快车道"的民营企业，企业研发人才存在着"原始职称低、发表论文少、评审周期长"等难题，成为制约企业快速发展的一大痛点。为了解决这一"老大难"问题，2021 年 3 月，天津推出"科创企业评职称"专项服务工作方案，推广民营企业职称评审"直通车"服务模式，在全国"首开先河"，破解民企技术人员职称评审堵点痛点。

位于宝坻区的华建天恒公司是这一政策的受益者。公司 14 名员工新获得高级职称，高级工程师比例从 9% 增长到 27%。

2021 年，本市聚焦人才创新创业联盟和产业链重点企业，为 87 家企业开展职称精准评价、服务工程师 3700 名，其中 318 名获得高级工程师职称。

"90 后"博士后赵洵，求学成长在清华，奋斗成才在北京，创业立业在武清，现为一家科技企业的 CEO，地地道道的"新武清人"。

经过申请，赵洵被破格晋升正高级职称。"公司正处于产品量产的关键节点，职称晋升适时为团队注入了一剂强心针。人才是科技型企业的灵魂，政府对人才的重视、认可和关怀将助力企业在科技创新道路上行稳致远。"赵洵感触颇深。

"评准一位人才就是树好一个标杆，人才自然涌流集聚。"市人社局相关负责人介绍，为了打通各类人才成长"天花板"，天津坚持以产业为中心，构建符合产业发展特点的职称专业体系，在政策层面彻底打破"四唯"藩篱，回归职称评价本质；在职称申报中引入企业家"举荐制"，赋予"东家"话语权，根据人才能力和业绩，允许推荐团队技术带头人直接申报正高级。

"土专家""田秀才"登大雅之堂，"让种麦子的人吃上白面"。本市充分下放项目自主立项权、技术路线决定权、财政经费支配权、成果收益分配权等权力，人才活力进一步释放，形成了正面激励的鲜明导向。

中科院天津工业生物技术研究所丙氨酸发酵技术等成果转化收益 70% 用于奖励科研人员，涌现出张学礼等"亿元教授"；南开大学无汞催化剂技术作价入股 1.05 亿元，科研人员获得 8000 万元股份的奖励。随着科技体制机制改革的深入推进，爱国奉献、敢为人先、创新竞进正在成为越来越多科技人才的自觉追求。

人才自古要养成，放使干霄战风雨。引才有诚意，育才有沃土，用才有胆识，天津拿出真金白银引才留才，更拿出真情实感尊才重才，倾力营造集四海之气、汇八方之力的人才港湾。立足新征程，无论是"十四五"

规划，还是 2035 年远景目标纲要，"人才聚集高地"依然赫然在目，"激发人才活力"依然"浓墨重彩"，让各类人才在政治上受尊重，在事业上得支持，在生活上有照顾，让"天子津渡"之地成为天下英才聚集之地，在这片创新沃土上种下理想，"长出道路、奇迹和灯火辉煌"，涌现万马奔腾，成就锦绣未来。

聚天下英才　让千里马竞相奔腾

发展是第一要务，人才是第一资源，创新是第一动力。把各方面人才更好地集聚起来、使用起来，是一座城市澎湃发展的关键。

"我们比历史上任何时期都更加接近实现中华民族伟大复兴的宏伟目标，也比历史上任何时期都更加渴求人才。""国家发展靠人才，民族振兴靠人才。我们必须增强忧患意识，更加重视人才自主培养，加快建立人才资源竞争优势。"习近平总书记的一系列重要论述，阐明了人才工作的重大意义，为做好人才工作指明了方向和路径。切实增强做好人才工作的政治自觉、思想自觉和行动自觉，以更大气魄、更宽视野、更强力度广聚天下英才，天津全力建设人才强市、打造人才高地，构筑千里马竞相奔腾的生动局面。

九河下梢，沽水流霞，天津的城市发展画卷中，人才画卷浓墨重彩。在第二届世界智能大会上，天津公布"海河英才"行动计划，一系列有力举措，凸显求贤若渴的诚意。

围绕"1+3+4"现代工业产业体系组建十大产业人才创新创业联盟，坚持"以用立业、以业聚才"，围绕产业急需、"卡脖子"技术攻关、产业链薄弱环节等，大力引育具有前瞻性、引领性、典范性的战略人才；支持高层次人才及团队积极承接重大科技项目，助力更多优秀科技人才入选国家级人才计划……天

172

津一手抓"引"，实现"天下才天津用"，一手抓"育"，致力人才自主培养，激发创新驱动内生动力，引与育同向发力，构筑人才汇聚的高地。

引育人才，是为了用好人才、留住人才。只有破除人才使用、评价、激励等方面的体制机制障碍，实行更加积极开放、更加有效的人才政策，形成具有吸引力和竞争力的人才制度体系，才能让各类人才的创造活力竞相迸发、聪明才智充分涌流。牢牢把握人才引领发展的战略地位，深化人才发展体制机制改革，既大胆向用人主体放权，凡是用人单位可以自己解决的事情都由用人单位决定，更好地实现人才与用人主体的"适配"；也为科研人才松绑减负，让人才从不必要事务中脱身，集中精力做学问、搞研究。以创新价值、能力和贡献为评价导向，营造人才成长良好生态，正在激励更多人才投身科研事业、甘愿"十年磨一剑"。

梧高凤必至，花香蝶自来。推出有力政策举措也好，进行体制机制改革也好，说到底，是要营造识才、爱才、敬才、用才的良好环境。这不仅需要在硬件上下功夫，为人才提供发展平台、科研条件，也需要在"软环境"上着力，以心换心、以心赢心。无论是打造无后顾之忧的生活环境，还是营造鼓励创新、宽容失败的工作氛围，涵养尊重人才、见贤思齐的社会风尚，其指向，都是让人才充分感受到价值认同，身心愉悦地投入工作，将聪明才智、创新创造能力转化为生产力，形成人才和事业相互促进的发展态势。

千秋基业，人才为本。全方位培养、引进、用好人才，让人才"第一资源"享受一流的环境、创造一流的业绩，加快形成人才资源竞争新优势，必将为高质量发展提供强有力的人才智力支撑，在全面建设社会主义现代化大都市新征程上激荡起更大创新创造活力。

健全党管人才工作格局
构建引领高质量发展的人才高地

■ 天津市社会科学界联合会秘书长

《理论与现代化》主编 教授 张再生

市第十一次党代会以来，天津市委、市政府全面落实习近平总书记关于"人才是实现民族振兴、赢得国际竞争主动的战略资源"、要"坚持人才引领发展的战略地位""聚天下英才而用之，加快建设人才强国"等重要要求，深入实施人才强市战略，持续更新引才育才政策，积极搭建人才成长平台，广泛营造敬才爱才用才助才的良好人才生态，实现了"城以才兴，才以城长"的良好局面，走出一条人才引领高质量发展的成功道路。

在构建党管人才大格局中，持续深化改革，建立高效人才工作体系，深化了对人才工作规律的认识，为做好人才工作提供了领导和组织保障。人才工作涉及组织、人社、教育、科技、公安等诸多部门，工作链条长，职责要求各不相同。五年来，天津积极深化人才体制机制改革，主动破除部门间人才工作壁垒，明晰政策措施落地路径，建立人才工作部门联动协同机制，持续深化人才领域"放管服"改革，减要件、压流程、缩时限、放权力，实现了人才服务事项的网上办、马上办、就近办、一次办。这些改革举措，不仅突出了企业的主体地位，方便了企业人才引进，及时满足了企业的人才需求，而且向全社会彰显了城市引才的诚意、爱才的真心和高效廉洁的政府形象，显著提高了企业和人才的便捷度、获得感和幸福感。天津遵循人才工作自身规律，刀刃向内深化改革，用部门减权之"痛"，换企业发展和人才创新创业之"通"，从而实现了近年来天津市场主体的倍增和人才数量的激增，为做好新时代人才工作探索出一条改革创新之路。

在实施"天下才天津用"的实践中，持续优化人才引进政策，实现了由人才与经济同步发展、同频共振，到人才引领高质量发展的能级跃迁，深化了对人才与经济发展关系规律的认识，为天津高质量发展奠定了坚实的人才基础。近年来，天津持续跟进市场变化，根据高质量发展要求、企业和产业发展实际，及时更新人才政策，注重根据产业发展需要制定专项人才引进计划，加大政策倾斜力度，人才政策与产业政策协同实施，不仅满足了天津产业转型升级和高端化发展对人才的需求，促进了人才与产业发展的深度融合，而且拉动了信创产业、生物医药、新能源新材料等产业的人才集聚和创新发展。人才集聚形成的人才高地对产业发展的聚集效应、极化效应培育了天津高质量发展的新的产业增长点，人才对产业发展的引领作用日益显现。

同时，天津立足京津冀协同发展国家战略，积极构建区域人才协同发展格局，实现了区域社会经济协同发展与人才发展良性互动的生动局面，造就了天津人才集聚的"新格局"，让天津在融入国家重大战略中找到了新的发展增长点。

在积极搭建"全方位人才培养平台"的过程中，用育结合，以用兴业，深化了对人才成长规律的认识，为持续育人留人找到了有效路径。"良禽择木而栖"，种下梧桐树才能引来和留住金凤凰。天津积极打造具有地方特色的人才培养工程和平台载体，全方位、全流程、立体化开展人才开发和培养工作。通过"津洽会""海河英才"创新创业大赛等平台助力人才创业成长。通过十大产业人才创新创业联盟，激发协同创新格局，助力产业和人才高质量成长。通过"131"创新型人才培养工程、高技能人才培养工程、"项目+团队"重点培养专项资助等推动各类人才知识更新、持续成长；改革职称评价方式，助力民营企业和人才全面成长。人才的快速成长不仅奠定了天津发展的坚实基础，也为持续引进人才营造了良好的社会舆论氛围。

五年来，天津积极营造尊重人才、求贤若渴的社会氛围，持续优化人才发展环境，在全社会逐步形成了鼓励创新、包容失败的良好氛围，"近悦远来"的良好人才生态业已形成，由人才支撑和引领的天津高质量发展未来可期。

加大民生投入

反映天津坚持以人民为中心，聚焦"一老一小"，持续加大民生投入，加快实施幼儿园、卫生、养老领域项目，建立健全普惠托育和基本养老服务体系，破解养老院一床难求、婴幼儿托育服务缺失等难题，不断提升人民群众的获得感、幸福感、安全感。

一份"老"与"小"的民生情怀

——天津以"一老一小"为重点持续保障和改善民生

■ 记 者 张雯婧 韩 雯

"老吾老以及人之老，幼吾幼以及人之幼。"尊老爱幼是中华民族的传统美德。

"一老一小"关系家庭幸福和社会和谐，促进养老托育服务健康发展是保障和改善民生的重要内容，是积极应对人口老龄化的重要举措。

"一老一小"也是这座城市所有家庭的幸福期盼。要让一方水土幸福一方人，就必须解决好群众的操心事、烦心事、揪心事。

天津始终牢记习近平总书记对天津工作"三个着力"重要要求，把总书记"着力保障和改善民生"的殷殷嘱托化作提升民生福祉的生动实践，积极顺应人民群众对高品质生活的期待，适应人的全面发展和全体人民共同富裕的进程，以"一老一小"为重点，不断推动幼有所育、学有所教、病有所医、老有所养取得新进展，带着浓浓的为民情怀，织密"一老一小"社会保障和服务安全网络，托起"一老一小"稳稳的幸福。

"家家都有小，人人都会老。"什么是"一老一小"满满的幸福？

对于家住滨海新区北塘街道欣雅苑社区的原野来说，"一老一小"的幸福就是孩子能在家门口上幼儿园，父母在社区里老有所乐。

十五年前，这个"80后"山西男孩儿大学毕业后，选择留在天津发展。不过那时的他，也有着年轻人的担忧，怕有了孩子后会遇到"入园难""入园贵"；怕父母搬到新城市会出现"融入难""生活难"……现如今，原野一家老少三代，都已深深地爱上了天津。

从安家落户到孩子呱呱落地，从远离家乡到把父母接到身边，天津这座城市的温情和实际举动冲淡了原野一家人的疏离感。"两个孩子，一个在黄港第一幼儿园，一个在欣嘉园第一小学，离家都不远。白天父母送完孩子回来，就可以去社区老年日间照料中心参加活动，跟老伙伴们聊聊天。老少同乐，生活甜蜜。"原野说，这就是幸福的味道。

坚持普惠化
通过改革释放民生"红利"

民之所望，政之所向。百姓关心什么、期盼什么，市委、市政府就要抓住什么、推进什么，通过改革释放更多民生"红利"。因为这份浓厚的民生情怀，天津拿出持之以恒的韧劲，锚定托稳"一老一小"幸福目标，一个个民心工程、一项项惠民举措……在这里，人民的美好愿景逐步化作现实；在这里，每个人都拥有"小确幸"与"大幸福"。

4间平房，总计300多平方米。在河西区南昌路45号院的居家养老服务中心，74岁的杨富兴老人感受到了家门口养老的便利。

"这儿离家近，七八分钟就能到。就餐、健康检查、休闲娱乐等养老服务一应俱全。"杨富兴说，遇有急事，打个电话，工作人员三五分钟便可上门。

人口老龄化，特别是高龄化、空巢化、失能化、家庭小型化的叠加现象，考验着全市养老服务体系建设，对养老服务工作提出了更高的要求。问需于民，群众呼声就是行动"哨声"！养老不愿离家，这是在天津老年人口中调查问需时 97% 老年人给出的答案。

2019 年 8 月 14 日，市委、市政府在河西区召开推进居家养老试点工作现场会，提出积极推进居家养老服务试点工作，解决老年人养老问题，是贯彻落实习近平总书记以人民为中心思想的具体行动，是市委、市政府在"不忘初心、牢记使命"主题教育中检视差距、整改提高的一项重要举措，是对践行为民服务宗旨的重要检验。要把初心和使命体现于改善民生的实际行动，着眼于大多数中低收入老年人的养老需求，探索党政助力、市场化运营的可持续机制，切实解决群众所急所需所盼。

三年来，河西区积极推进居家养老试点工作，形成了一批可复制可推广的经验做法。

天津相继出台《关于加快养老服务发展的实施意见》《促进养老服务发展三年行动方案（2019—2021 年）》《关于建立健全天津市养老服务综合监管制度促进养老服务高质量发展的实施意见》等一系列配套政策，养老服务制度体系逐步完善，为推进养老体系建设作出顶层制度设计，并建立了市养老服务联席会议制度，加强了养老服务工作的统筹协调。

2021 年，为了满足养老实际需求，本市全面施行新修订的《天津市养老服务促进条例》，突出居家社区养老基础地位，强调医养结合，规范养老机构运营管理，推动多种模式融合发展。该条例的修订和实施，对于促进本市养老服务健康发展，更好满足老年人多层次、多样化的养老服务需求，加快构建居家社区机构相协调、医养康养相结合的养老服务体系，发挥了重要的法治保障作用。

把小型养老机构嵌入社区，形成 15 分钟养老服务圈；助餐、助洁、助急、助浴等多样化养老形式火了起来；开通养老服务热线，开启老年人便捷生活的服务窗口······老年人享受到的养老服务种类越来越多、质量越来越高。

同样在家门口就享受到民生"红利"的还有家住河西区的"二孩"妈妈高霞。"出门几分钟就到了儿子的幼儿园，环境特别好，老师认真负责，每个月的保育费只有 1590 元，作为家长，我们特别满意。"高霞所说的河西区郁江溪岸幼儿园始建于 2019 年，不仅纳入河西区第十六幼儿园集团管理，还是一家普惠性民办示范幼儿园。

提到儿子的幼儿园，高霞的心里总是美滋滋的。这份发自心底的"美"，与几年前大女儿入园时的"难"，形成了对比。"当年，公办园不好进，民办园上不起，真是愁啊。"这是高霞曾经遇到的难题，也是当时不少家庭所面临的共性问题。

"这些年，天津一直积极扩大学前教育资源总量。但随着全面二孩政策和全面三孩政策的放开和城市化进程的发展，百姓对高品质普惠性学前教育资源的需求不断加大，'入园难''入园贵'的问题仍然比较突出。"回忆起五年前的状况，曾多次参与本市学前教育相关政策研究的市教科院副研究员翟艳深有感触地说。

2017 年，本市制定出台《关于进一步加强学前教育的实施意见》，提出将大力加强公办幼儿园建设，扶持规范民办幼儿园发展，统筹指导学前教育改革。2019 年，市委、市政府印发《关于学前教育深化改革规范发展的实施意见》，明确了本市"坚持学前教育事业的公益普惠性，坚持政府主导、社会参与、公办民办并举的办园体制，着力扩大学前教育资源供给，破解体制机制障碍，补齐制度短板，堵住监管漏洞，推进学前教育普及普惠安全优质发展"的总体要求。

2019 年，天津打响为期两年的学前教育资源建设攻坚战。市级财政投入 10 亿元，两年新增学位 13.4 万个，全市学前教育学位总量达到 36.67 万个，学位总量可以满足适龄儿童的入园需求，基本解决了"入园难"问题。同时，通过公办园生均公用经费拨款标准全覆盖，对民办园实施税收、教师培训、租金、用地、一次性补助、分级补助等八项优惠政策，努力解决"入园贵"问题。目前，全市527所普惠性民办幼儿园已成为公办幼儿园的有益补充。

推进智慧化
运用数字技术打造安全"守护神"

"一块远程监测手表，实时对我每天的脉搏、血压、步数等进行监测。有一次，监测到我心跳异常，立刻就有人给我打来电话，提醒我赶快就医。"2022年72岁，家住河东区中山门和睦北里的崔恩来老人说，做梦也没想到，自己的健康还能时时被人牵挂着。

"多亏了居家卫士'五件套'设备，让我婆婆逃过一劫。"那一夜惊心动魄的情形，曹颖至今仍历历在目，"当时是一楼的居民家着火，我婆婆住在五楼，屋内的烟雾感知立刻报警，和平区智慧养老服务平台把这一情况快速地通知我们家属，等我们赶到时，已经有人把我婆婆解救了出来。"

五年来，本市大力推进实施居家适老化改造工程和"互联网＋养老"行动，制定实施《天津市智慧健康养老产业发展实施意见（2018—2020年）》等。2022年，民政部办公厅、财政部办公厅公布居家和社区养老服务改革试点工作优秀案例名单，本市和平区的"'智慧＋'让居家养老更安全"案例入选。和平区以"五件套、三平台、一热线"为切入点，建设8910智慧养老服务平台。通过一条热线，构建区、街道、社区三级平台，提供一键求助、可燃气体感知、烟雾感知、人体红外感知以及通话等五大功能。

人工智能陪伴机器人、智慧护理床、远程监测手表……将养老与医疗、健康、信息技术等产业融合发展，天津借助智能技术为独居老人筑起一道"安全网"。

◎ 和平区"弥新"认知障碍干预中心，采用智慧化测评系统为老年人提供失能失智早期筛查和干预等服务

科技赋能，教育信息化也正在成为在园幼儿安全的"守护者"。

98399，这个数字是目前接入天津市幼儿园三级监控系统中的摄像头数量。近 10 万个摄像头，分布在全市 2483 所幼儿园和托幼点中。2019 年，本市启动建设"幼儿园三级监控系统"，如今，从中心城区到远郊区，从滨海新区到山区、库区，全市所有幼儿园和民办托幼点的日常视频信息已成功实现实时采集，为所有幼儿构筑起一道更加密实的安全屏障。

智慧化让"一老一小"的安全更有保障。同时，也推倒了学校的"围墙"，打破了师生距离上的阻碍，为"一老一小"提供了一个无边界课堂，让任何人、任何时间、任何地点、任何终端都可以进行学习。

2022 年，基于新冠肺炎疫情防控需求，本市中小学生开启线上学习。在天津市基础教育资源公共服务平台上，4600 节基础教育精品课程，实时可见，各类课程时长总计超 3 万小时。

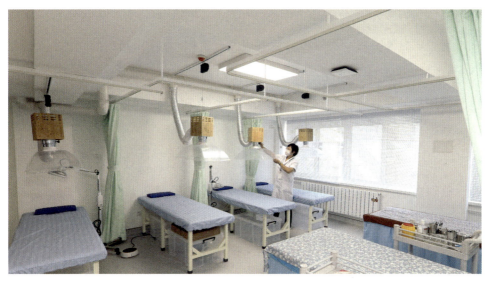

◎ 政企合作为老年人服务

在校园学习平台上，班主任通过学生在线学习的数据报告，了解学生的学情。大数据的背后是老师对每一个学生的精准分析，也是学校对每一位老师教学情况的精准分析。

在天津开放大学，针对老年人开设的在线课程达到 17 门。40 节"跟我一起玩转手机"视频课程，受众达到了 13 万人次。无论是家门口的养老机构，还是线上平台，"手机课堂"都成为老年人最喜爱的课程之一。

智慧化的天津，正在用数字技术为"一老一小"提供精准化的服务、安全的保障和公平的教育。

提升品质化
满足多层次需求赋能幸福生活

少年强，则国强；老年安，则家安。这"一老一小"，是一个家庭需要守护的两端，也是满足人民幸福生活需要的两端。

前不久，《2021年天津市中小学生体质健康监测报告》正式发布，这是本市第二年对外公布中小学生体质健康监测数据。在这份报告的"大排名"中，全市16个区学生体质状况一目了然。"我们希望全社会都来关注孩子的体质，也希望用这种方式，让各区重视起来……"提到公布这样一项报告的初衷，市教委相关负责人说。

少年儿童的身体素质事关个人成长、家庭幸福、民族未来，只有强健体魄、砥砺意志，才会成长为社会主义事业合格建设者和可靠接班人。

学生在校每天阳光体育运动至少1小时，成绩列入体育"中考"；体育课表"亮出来"、课程标准"晒出来"，公布监督举报电话，接受广大师生家长监督；出台体育作业家庭指南，为学生布置体育课后作业和假期体育作业；大力倡导各校组建体育兴趣小组、社团俱乐部和专项运动队，专业运动员进校园指导体育训练，校级、区级、市级各种体育竞赛丰富多彩……一系列真招实招，让学生掌握健康知识和运动技能。

"从2019年至今，本市国家学生体质健康标准达标优良率和合格率持续上升。对比2020年，2021年的优良率上升了23.71个百分点，达到43.64%，合格率上升了5.58个百分点，达到94.56%，中小学生体质健康持续上升。"市教委相关负责人说。

通过教育、卫生健康、体育、市场监管、财政等部门齐抓共管，启动防控近视六大工程，全市儿童近视防控工作同样取得了重要阶段性进展和初步成效。从2018年至2021年，本市儿童青少年总体近视率下降5.12%，平均每年下降1.71%。

提升服务品质，满足多样化需求，天津通过做好服务上的"加法"、负担上的"减法"，让优质养老服务惠及更多老人。

让养老变成一件幸福的事，就是要帮助老年人打通生活上的"堵点""痛点""难点"。一人失能，全家失衡，重度失能人员的护理问题，已成为养老服务中的最痛点。推行家庭养老床位建设，对老人家庭进行适老化改造，将家门口养老机构服务延伸到老人家庭。河北区望海楼街道金田花园张明志，脑梗瘫痪在床多年，送上门的护理服务让老人一家摆脱了"一人失能，全家拖累"的老大难困扰。

"推进养老服务，一定要城乡一体化发展。"这是市委、市政府一直不变的工作思路。兴建幸福大院，开启农村养老新模式。在武清区，85岁的吕敬合老人在晚年过上了老有所养、老有所乐的幸福生活，家门口的幸福大院，从健康讲座到膳食供应，从定期体检到休闲娱乐，托起了吕敬合和老伴儿的幸福养老梦。

"在拓展优质养老服务内容的同时，市委、市政府是真的舍得投真金白银，尽最大努力让每一名老人都享受到专业的养老服务。"市民政局有关负责人介绍，对于困难老年人，按照轻、中、重度等级，分别每月给予200元、400元、600元购买养老服务（护理）；对于80岁以上和特殊困难老年人在老人家食堂就餐时，给予助残补贴；持续实施困难老年人家庭适老化改造工程，将补贴范围由2020年的分散特困对象扩展到低保、低收入救助群体；建立长期护理保险制度，减轻重度失能人员及其家属长期护理事务性和经济负担。与此同时，组织开展"寸草心、手足情"志愿助老行动，通过"少助老""老助老"等形式，擦亮天津志愿品牌，积极促进代际和谐，构建浓厚的养老孝老敬老的社会氛围……老有所养、老有所依、老有所乐、老有所安的美好愿景，正化为一幅幅现实的幸福图景。

"一老一小"美好生活的背后，是市委、市政府的殷殷为民之情，更是这座城市对人民群众最深情的"告白"，努力实现幼有善育、学有优教、病有良医、老有颐养的幸福之策。

用温暖答好民生这张考卷

幸福是什么？

孩子在家门口就能上幼儿园，这是幸福；老人在社区里老有所乐，这是幸福。一个家庭中，老人和孩子最牵动人心。做好"一老一小"服务不仅关乎千家万户福祉，更关系到社会和谐稳定。

"让所有老年人都能老有所养、老有所依、老有所乐、老有所安。""孩子们成长得更好，是我们最大的心愿。"习近平总书记的深情牵挂、殷殷嘱托，蕴含着浓浓的民生情怀。老有所养、幼有所育，是高质量发展题中之义，在奔向美好生活的道路上，一样也不能少。

做好"一老一小"服务是篇大文章，必须千方百计、不遗余力。兴建日间照料中心，开办老人家食堂，连续数年将养老服务设施建设列入20项民心工程，让幸福养老的梦想照进现实；打响学前教育资源建设攻坚战，市级财政投入10亿元，两年新增学位13.4万个，让年轻父母不再忧虑"入园难"……这是一种力度，体现在舍得投入，拿出真金白银打造高品质服务供给，满足群众日益增长的美好生活需求；体现在一年接着一年压茬推进，不断巩固、完善各种服务设施建设，让服务规模越来越大、服务体系越来越完备、服务质量越来越高。行动是最有力的宣言，打通"堵点""痛点""难点"，给老人和孩子带去实实在在的获得感，彰显对"一老一小"这个重大民生问题的深刻理解和务求实效。

浓浓的为民情怀，折射出一座城市的温度。居家养老服务中心里，贴心专业的呵护，让许多老人重新焕发了精气神；开在家门口、保育费不高的幼儿园，为许多家庭卸下了财力和精力上的负担……看起来不大的事，对老百姓而言都是天大的事。把好事实事办到群众心坎上，温暖，就由此而生。

"老吾老以及人之老，幼吾幼以及人之幼"的传统价值观，在今天应具有新的内涵。致力于让群众享受到发展红利，将共享发展理念变为美好现实，从这个角度而言，做好"一老一小"服务就有了更加深刻的意义。用温暖答好民生这张考卷，就要把屁股端端地坐在老百姓的这一面，对群众急难愁盼感同身受，为找出解题良方殚精竭虑，带着亲人般的感情去做决策、定举措，在枝叶关情中提升群众的幸福指数。从健全政策体系到完善市场机制，从不断完善相关配套设施到满足人们多元化、个性化、品质化的服务需求，竭尽全力织密"一老一小"民生保障网，正是为了让人民群众在共同富裕的道路上"一个也不能掉队"。

"让老百姓过上好日子是我们一切工作的出发点和落脚点。"始终牢记中国共产党是什么、要干什么这个根本问题，才能找到民生工作的价值坐标，激发出强劲的服务动力。把人民放在心中最高位置，多谋民生之利、多解民生之忧，就一定能在发展中持续保障和改善民生，不断增强人民群众的获得感、幸福感、安全感，让老人和孩子脸上绽放更加灿烂的笑容。

健全普惠养老托育服务体系
做好"一老一小"民生文章

■ 天津商业大学经济学院院长　梁学平

让人民生活幸福是"国之大者"。养老托育这"一老一小"问题，连接着千家万户，是关系到保障和改善民生、促进社会和谐稳定和促进人口长期均衡的大事。天津市的人口老龄化程度一直处于较高水平，呈现出规模大、程度深、速度快的发展态势，城乡居民对于养老服务的需求越来越大，养老服务供给面临着越来越大的压力；与此同时，随着全面两孩政策、全面三孩政策的相继实施，托育服务的刚性需求日趋强烈，托育服务供需之间的缺口较大。党的十八大以来，我国将积极应对人口老龄化上升为国家战略，将推进"一老一小"发展事业摆在前所未有的重要位置。在此背景下，补齐托育服务"短板"，健全普惠养老托育服务体系就成为天津有效化解养老托育服务供需矛盾、不断实现人民美好生活需求的必然之举。

五年来，天津市委、市政府坚决贯彻落实习近平总书记"做到老百姓关心什么、期盼什么，改革就要抓住什么、推进什么，通过改革给人民群众带来更多获得感"的讲话精神和在天津考察时提出的"着力保障和改善民生"重要要求，聚焦"一老一小"急难愁盼问题主动作为，在推进养老托育事业高质量发展上下功夫，用心、用情、用力织牢多层次民生保障网。

瞄准"一老"民生问题"靶心"，完善与现代化大都市地位相适应的多层次普惠养老服务体系是化解大城市养老服务供需矛盾的关键点，也是天津应对人口老龄化国家战略的必由之路。天津市着眼破解大城市的养老服务难题，积极完善普惠养老服务体系，有利于更好满足城乡居民持续增长的多元化、多层次养老服务需求，促进老年人共享经济社会发展成果。这是贯彻落实习近平总书记强调的让所有老年人都能老有所养、老有所依、老有所乐、老有所安的重要指示的具体体现。五年来，天津市以满足老龄人口需求为导向，每年将养老服务纳入市委、市政府民心工程，通过完善养老服务政策体系、推进居家养老服务改革、发展嵌入式养老服务、促进医养康养服务融合等多项举措，形成了以居家为基础、社区为依托、机构为补充、医养相结合的具有天津特色的多层次养老服务体系，大幅提高了养老服务供给的系统性、精准性和普惠性，显著增强了老龄人口的获得感、幸福感和安全感。

直面"一小"民生问题"痛点"，构建多层次普惠托育服务体系是化解天津城乡居民托育服务供需矛盾的着力点，也是促进人口均衡发展的重要路径。天津市牢牢把握公益普惠的基本方向，加快构建普惠托育服务体系，推动"幼有所育"向"幼有优育"转变，有利于提供充裕、普惠、优质的托育服务，缓解"托育焦虑"和释放生育意愿，壮大托育服务行业带来的经济新动能。这是贯彻落实习近平总书记以人民为中心思想和党的十九届五中全会作出的"发展普惠托育服务体系"重大决策的具体行动。五年来，天津市通过开展普惠托育专项行动、实施保教质量提升项目、加强普惠性幼儿园建设、推进社区托育机构建设、培育普惠托育新业态等措施，形成了主体多元、布局合理、安全健康、规范发展的普惠托育服务体系，大大减轻了城乡家庭的养育负担，积极促进了"托得到""托得起""托得好"目标的实现。

完善普惠养老托育服务体系，增强养老服务事业发展的"活力"，离不开社会力量的广泛参与。推进养老托育服务放管服改革，发挥政策撬动作用，激励和引导社会资本参与养老托育服务，有利于推动普惠养老托育服务向多元化、多样化、多模式发展。五年来，天津市委、市政府因势而谋、顺势而为，下好"一老一小"民生大计的"两手棋"，通过完善多层次普惠托育养老服务体系，实现"老有所养""幼有所育"，为天津高质量发展提供坚实的民生基础和宝贵的民心民气。

办好"为民小事"

反映天津从一点一滴做起，把小事当大事干，下足"绣花功夫"，抓住"关键小事"，民生建设向"细枝末节"聚焦，棚户区"三年清零"，远年房产证难题破解，信访积案大起底……从小细节凸显大情怀，从"小事情"落实"大道理"，精细化精准化保障和改善民生。

一种"小"与"大"的为民之道

——天津强化精细化精准化管理着力保障和改善民生

■ 记 者 张立平

时光的列车满载着沉甸甸的收获，驶入生机勃勃的 5 月。

五年前，在同样的季节，市第十一次党代会铺展出一幅浓墨重彩的民生画卷：民心是最大的政治，百姓的事就是天大的事，围绕"衣食住行、业教保医"等群众最关心、最迫切、最现实的利益问题，着力保障和改善民生，进一步提升老百姓的获得感、幸福感、安全感，让城市生活更方便、更舒心、更美好。

站在时间的节点驻足回望，五年间，这份答卷写在了人民心间——

南开区王顶堤街道美云社区 80 岁的刘兆海和他的老街坊们，享受着全年 150 天的集中供暖，风湿病再也没犯过。

就业"困难户"陈百琴，终于甩掉"没技能"的包袱，当上了金牌月嫂，心里踏实了。

家住红桥区丁字沽一号路的李泳海，从拥挤简陋的旧平房搬进了新小区，全家人的好日子来了。

五年来，天津深入贯彻落实习近平总书记"三个着力"重要要求，秉持

"群众利益无小事",从一点一滴做起,把小事当大事干,踏踏实实,把正在做的事情做好,精细化精准化实施20项民心工程,把财政总支出75%的"蛋糕"切给民生,"以人民为中心"的"大理念",在每一位"小人物"的生活里落地生根;城市发展的"大梦想",与每个市民的"小日子"紧紧相连;一件件"小实事"汇聚成可观可感的"大民生"……

"小"与"大"的为民之道,彰显的是一座城市的信仰、智慧与情怀。

民生小事与"国之大者"

民生之微,衣食住行;民生之大,事关家国。

大国之大,千头万绪的事,说到底是千家万户的事。让人民生活幸福,乃"国之大者"。

红桥区西于庄,曾是市区最大的棚户区。5平方公里密密匝匝蜗居着1万多户、3万多居民,低矮破旧的棚户连成片。

王普在这里生活了50多年,在10平方米的小平房里,娶妻生子嫁女。最多时,这间小屋挤着老少三代5口人。屋内阴暗潮湿,老鼠、臭虫、蟑螂等时常光临。住在西于庄,最怕下雨,屋子比院子低,院子又比马路低,一下雨,雨水倒灌,家家户户锅碗瓢盆齐上阵。冬天更是难熬,房子四面漏风,开着电暖气,还得穿上羽绒服。

"什么时候能住上楼房哟?"拆迁的消息传了一次又一次,王普和街坊们盼了一年又一年。

棚户区是历史欠账,也是"城市伤疤"。改善和保障老百姓的住房,一直是党和政府牵挂的大事。绝不允许在高楼大厦背后还有贫民屋,也绝不能以平均数掩盖一人一户的困窘。

2016年年底,市委、市政府明确提出,用三年时间,完成市区147.33

◎ 2020 年 9 月，位于河北区的盛皓嘉园保障房项目竣工

万平方米、共计 6.24 万户棚户区的改造任务。

"能走的都走了，留下的各有各的难。"市住建委征收管理处相关负责人说，这些项目是多年来数轮改造后遗留的"硬骨头"，房屋建筑密度大、户均面积小，低保残疾等困难群众集中，房屋权属问题、家庭纠纷等错综复杂。

棚改是一场攻坚战，再难，也要把老百姓的事办好。搞民生改善，财力不是最重要的。以人民为中心，就是要破除"怕老百姓占便宜"的念头。

"我们制定了一整套惠民补偿安置政策，对于确有困难的棚改居民，根据方案采取领取困难补助、优先安置孤寡老人、妥善安排就业等措施，另外，对于原住房面积小且他处无住房、补偿款不足以购买最小安置房的，可享受托底安置房一套，不用补交房屋差价。"征收管理处相关负责人说，在棚改中，为彻底解决困难群众的后顾之忧，各区精算发展账、民生账，不搞"大水漫灌"

式补偿，找准突破口、因地制宜、精准施策，三年累计发放各类困难补助近15亿元，约3万人受益。

让发展更有温度、幸福更有质感，一项项民生实事书写出百姓看得见、摸得着的好日子。

2020年11月，天津提前超额完成"棚改清零"任务，30万居民出棚进楼，市区棚户区居民户均面积由原来不足20平方米，提升到65平方米以上。

"这辈子，满足了！"王普一家人搬进了90多平方米宽敞明亮的新居，喜圆安居梦。

心怀"国之大者"，着眼于"为民小事"。以人民为中心，越是在关键时刻，越是考验初衷本心。

2020年年初，一场新冠肺炎疫情突如其来，病毒传播存在很大的不确定性。这既是一场疫情防控的人民战争，也是一场民生保卫战；是一次危机，也是一次大考。

1400万人口的超大城市，一家一户的基本生活有保障吗？肉菜蛋奶供应及时吗？孤寡老人、困难家庭的一日三餐有着落吗？一点一滴，无不关系到老百姓的平常生活。

"社区成立了疫情防控服务队，封控期间，志愿者们每天为我们买菜、买药、买各种生活用品。有些老年人不会用手机，他们就一家一户上门收集购物清单，给老人们买来送到家门口。"2022年1月，津南区咸水沽镇居民刘欣所在的社区曾被封控，居家隔离的日子，她坦言"从来没有担心过"。

安心的背后，是政府"人民至上、生命至上"的责任和担当，是党和政府让每一位群众都过上安稳日子的不懈追求。

在与奥密克戎"硬刚"的日子，津南区在区、镇街、村居设立了三级民

◎ 津南区海棠街"棠心菜站"为居民提供生活用品配送服务

生问题应急保障工作组，通过民生诉求直办机制，切实解决了一批群众反映的紧急热点问题。

与病毒赛跑，市大数据管理中心组建专门团队，在24小时内打造了一套相对稳定成熟的信息录入系统，变"你扫我"为"我扫你"，刷一下身份证就完成登记，几轮核酸大筛越筛越快。

筛查采样点位越设越多，直至"搬"进了居民小区。"别让大家挨冻！"志愿者们一栋一栋喊居民下楼，同时为老人、孩子开设绿色通道，加快筛查进度。

为封控管控区内的高龄孕产妇、残疾人、慢性病患者建立台账，指定专门医院收治常见病患者，"托底"急危重症患者，坚决保障人民群众就医需求。

‥‥‥‥‥‥

致广大而尽精微，这个国家、这座城市在尽最大努力地善待每一户平常家庭、每一位普通百姓。大国与小家，大城市与普通人，"家"与"国"一体，

"市"与"民"同心。

关键小事与发展大局

民生，就是老百姓实实在在的生活。"柴米油盐酱醋茶"是最日常的"小事"，看起来微不足道，却一头连着普通百姓生活，一头关系发展稳定大局。

谁家过日子没有难事、烦心事？运用"底线思维"，坚持底线思维"底"到底，带着百姓关切、怀着为民情怀、挂着群众冷暖，才能真正解决百姓"急难愁盼"的现实问题。

宝坻区中保楼小区是 2000 年建成的老小区，现有居民 1092 户。由于历史遗留问题，小区供电一直未并入国家电网，电费由物业公司代收代缴。

区里为实施民心工程，决定对小区进行电力改造，物业公司为维护自身利益，阻挠施工单位进场施工，中保楼小区售电系统迟迟得不到提升。

"我们每用 1 度电，要比国家标准电费多缴 0.13 元！"居民们对物业公司收取的高价电费不满，一些居民拒缴电费，物业公司干脆断了电。

双方矛盾激化。业主们走上了信访之路。

民生问题大于天。宝坻区高度重视，把其纳入为群众办实事、主动向群众汇报的重要事项，由区主要领导牵头，分管领导重点抓，召集区工信委、国家电网宝坻区分公司、区住建委、派出所、业委会，先后四次专题研究小区电力改造解决方案。

炎炎夏日冒着酷暑，工作组多方奔走。一把手"提锅上灶"，真正把责任扛在肩上、抓在手上、放在心上。

"我们终于享受到了国家统一的售电价格，政府给我们换了新电表，解决了困扰我们二十多年的高价电费问题。"居民们心里亮堂了。

民之所忧，我必念之；民之所盼，我必行之。

信访工作是党的群众工作的重要组成部分,是了解社情民意的重要窗口。"信访工作要为民解难、为党分忧,对于那些时间跨度长、政策限制多、解决难度大的信访积案,各级领导干部带头啃最硬的'骨头',与群众坐在一条板凳上,千方百计推动'事要解决'。"市信访办二级巡视员、综合协调处处长王振刚说。

敢啃硬骨头、敢于主官上、敢于认错纠错、敢于为民做主、敢于依法处置、敢于追责问责。把人民拥不拥护、答不答应、赞不赞成、满不满意,作为化解信访积案的出发点和落脚点,一大批"钉子案""骨头案"得到了化解。

2019 年,全市开展信访积案大化解活动,解决了一大批历史遗留信访问题。2020 年以来,对上级交办本市的两批 7153 件和市矛盾纠纷调处化解中心梳理的 579 件信访积案,全部落实领导包案。各级领导干部坚守为民的大情怀,坚持底线思维、法治思维,认真分析、研判、溯源,努力寻找解决方案,争取群众的理解和支持,努力在"事心双解"上下功夫。

办好群众有感的"关键小事",要时刻把群众冷暖放在心上。细算"民生账",多干让群众得实惠的事,少干、不干好看但不实惠的事,浇水要浇到根儿。

一直以来,历史遗留房屋产权证的办理,是一些群众的"心病"。

2017 年以来,本市迎难而上、创新招法、打通堵点,蹚出了一条远年房房屋产权证办理的"天津路径"。

河西区宁波道 23 号是座独栋小楼,四十多年前由 3 家单位联建。由于年代久远,建设单位多次变更、注销,住在这里的 9 户居民一直没有房本。居民们多次找到有关部门反映,但在市规划资源局和市住建委,都查询不到这栋楼相关规划备案和建设手续。

历史遗留房屋大多情况复杂、矛盾集中。经过近三年努力,本市已经解决了 30 余万户群众历史遗留产权办证问题,但仍有部分房屋或因用地、规划手续缺失,或因土地出让金欠缴、开发主体灭失等原因,没有登记办证。

沉积下来的,都是难题;破解开来的,先是心结。一件件小事背后,是人们对美好生活的期盼。历史遗留房屋产权证的办理需要打破常规,没有担当作为的气魄做不来。

本着尊重历史、面对现实、实事求是的原则，宁波道23号项目由市规划资源局牵头，联合市住建委、河西区政府等部门，和人大代表一起，先后6次专门召开会议协商解决办法。市规划资源局相关部门负责同志说："在产权单位已经灭失的情况下，将宁波道23号的产权划为河西区政府，纳入直管公房管理。后续，这栋房屋由区政府兜底，彻底管起来。"很快，这栋小楼就有了产权证，9户居民顺利领到了盼了近四十年的"大红本"。

对于产权证办理过程中存在的与现行政策不符问题，本着勇于担当的精神，不断创新思路举措，本市制定了10条切实有效的解决措施，最大限度简化办理程序，缩短产权证办理时间。

在"理旧账"的同时，本市还积极"创新招"，推行交房交地交证"三同步"，让群众称心。通过服务前置、优化流程、业务协同、数据共享，首批69个开发企业、86个商品房项目纳入"交房即交证"范围，涉及购房群众近5万人。目前，"交房即交证"已进入常态化，已有23个项目、11078户购房群众"交房即得证"，吃下"定心丸"。

城市小细节与管理大视野

一座城市的管理水平，直接关系到市民的获得感、幸福感和安全感。

"人民城市人民建，人民城市人民管。超大城市的城市管理，既包罗万象，也具体而微，既需要大视野，也要彰显小细节。"市城市管理委被人们称为"民生办"，副主任郝学华这样说。

"这小公园不错！我每天早上买完菜都在这儿歇歇脚，等车的时候，还能欣赏周围的风景。"河西区体北公交站前的街边游园，是李连江大爷每天必到的"打卡地"。

这个小公园是本市利用边角地、闲置地建设的一个"口袋公园"，改造

◎ 2021 年 11 月，北辰区小淀体育文化公园对外开放

前这里是一片杂乱的边角地，垃圾很多，还有围挡，现在绿地清整了，围挡打开了，增设了座椅，方便来往的居民遛弯、休闲。

方寸之间有天地，细微之处见乾坤。2021年，本市共建设完成28个社区公园、街头公园、"口袋公园"，作为大型城市公园的补充，总面积约为26.35万平方米。

"这些口袋公园，是按照地块本身的形状、特点顺势而为建成的，最小的只有100多平方米，目的就是利用一切可以利用的空间，将不讨喜的旮旯犄角打造成老百姓家门口的绿色走廊，让老百姓开窗即可赏景，出门即可游玩。"市城市管理委园林建设处处长曹勇说。

2022年，本市将充分利用现有绿地资源，计划再提升改造50个社区公园、街头公园、"口袋公园"，进一步提升区域绿化品质。300米见绿、500米见园，这些见"缝"插绿、"小而美"的袖珍公园，融入了百姓的生活，扮靓城市

203

的"绿色度",为人们增添了休闲、健身的好去处。

寻常巷陌,百姓门前,关乎民生福祉。推进城市管理向背街里巷延伸、向"细枝末节"聚焦,精细化、精准化的管理提升了城市温度。

"道路是否干净,光靠'看'不行。"市城市管理委环卫处处长焦春宝说,"我们推行'以克论净',对'干净'进行了量化、定出了标准,每平方米路面积尘量小于 10 克为达标 80 分,小于 5 克为 100 分。"

2021 年本市对全市 16 个区 5248 条(次)道路进行了"以克论净"考核,采集点位 36736 个,平均达标率为 86%。

这背后是 2.6 万环卫工人、2900 辆机扫车团队的辛勤付出。目前全市 4146 条道路、1.34 亿平方米路面,全部实现精细化清扫保洁作业,2801 条可机扫水洗的道路实现 100% 机械化作业,清扫面基本实现了"主动脉"和"毛细血管"全覆盖。实现了主干道路及重点地区 18 小时、次干道路及支路 14 小时、里巷小路 12 小时清扫保洁的作业标准,可见垃圾在路面上的滞留时间一般不会超过 15 分钟,这样市民走在路上才有"干净"的感觉。

难看、难闻、难找、难用,公厕"四难"曾受市民诟病。随着本市"厕所革命"的深入推进,不仅公厕环境日益改善,而且功能也更加完善,二类及以上公厕免费提供洗手液、厕纸,增加了小挂钩、语音播报、Wi-Fi、无障碍设施以及第三卫生间。目前全市 4208 座环卫公厕全部实行标准化管理,特别是在新冠肺炎疫情防控期间,增加了消杀频次,提升了作业标准。通过"天津公厕"微信小程序、津心办"找公厕"功能、高德地图等途径,市民和游人可以快速找到附近的公厕。

一城之美,始于颜值,归于管理。小细节的背后,是城市管理的大视野。以绣花功夫管理城市,关键在于要将"针尖"真真切切地对准"疑难杂症",解决百姓所需——

路灯照明不佳,实施路灯"1001"工程,对全市 941 个小区 18969 盏高耗能

◎　供热期前，供热单位认真巡视，积极准备，让全市人民温暖过冬

路灯和71条道路1241盏高压钠灯改造升级，同时通过路灯监控平台实现无线监测，调光、节能一举两得。新建的路灯杆标有了"身份"，光源故障可及时报修。

为确保市民温暖过冬，连续六年每年投入十几亿元提前、延后弹性供暖，同时"冬病夏治"，将供热旧管网改造纳入民心工程，在每年50公里改造任务的基础上，2021年市城市管理委组织有关区将改造任务增加至115公里，为96个小区解决了供热管网隐患突出问题。

市委、市政府高位推动垃圾分类，《天津市生活垃圾管理条例》于2020年12月1日实施，与此相配套出台20余个制度文件，目前全市5217家公共机构建设了分类设施，3864所大中小幼儿园将垃圾分类纳入教学体系，近4000处投放站点提升改造，撤桶定点建厢房，全市生活垃圾分类覆盖率达到90%以上。

停车难是大都市的通病。"十四五"期间，本市将对机动车停车泊位进行大数据管理，构建"停车一张图"，覆盖全市停车场。

…………

一角绿地、一条马路、一间公厕、一盏路灯、一个垃圾箱，都与百姓的生活息息相关。像绣花一样精细，从一针一线"绣"起，用细心、耐心、巧心，用细密的"针脚"，天津绣出了城市管理的精细化，也绣出了百姓生活的高品质。

民生改善没有终点，只有连续不断的新起点。立足新发展阶段，天津将坚持把人民放在最高位置，倾心倾力打造民生建设的"升级版"，努力让群众的操心事、烦心事变成放心事、暖心事，让更多人实实在在分享高质量发展的成果，共同建好富强民主文明和谐美丽的新家园。

把群众利益高高举过头顶

　　群众利益无小事。站稳人民立场、坚持为民宗旨，写在党的旗帜上，体现在共产党人的行动中。

　　"哪里有人民需要，哪里就能做出好事实事，哪里就能创造业绩。""对老百姓来说，他们身边每一件琐碎的小事，都是实实在在的大事，有的甚至还是急事、难事。"……习近平总书记的温暖话语、真挚感情，彰显深厚的人民情怀，诠释中国共产党人不变的价值追求。

　　想群众之所想，急群众之所急，把所有精力都用在让老百姓过好日子上。改造供热燃气管网，增建便民商业设施，连续十一年将养老服务设施建设列入20项民心工程……一项又一项暖心举措，凝结成津城百姓的幸福密码；提升改造老旧小区及远年住房，完成农村困难群众危房改造任务，市区棚户区改造"三年清零"行动兑现了"不漏一户、不落一人"的庄严承诺……把百姓急难愁盼之事抓实抓细，党员干部对人民群众的赤子情怀，转化为让老百姓过上好日子的不懈奋斗。

　　利民之事，丝发必兴。兜"老事"、解"烦事"、创"新事"，民生服务跑出"温度"，天津不仅着力优化不动产登记服务，解决历史遗留产权证办理问题30余万户，实现依申请应发尽发，更创新招法、打通堵点，跑出改革"加速度"，依托不动产登记信息系统，让数据"跑"起来、信息"连"起来，全面实现房屋过户与水、电、气、热配套设施联动变更，让群众"零跑腿"。

思路的创新、有力的执行，这一切的背后，折射出的不仅是"甘为孺子牛"的为民情怀，也是主动靠前、积极担当的力度与智慧，更是畅通服务群众"最后一米"的知心、贴心与细心。

流转的是岁月，不变的是初心。灯亮了，路通了，下水道不堵了，群众的"微心愿"满足了；解难题的速度快一些，办好事实事的力度强一些，人民群众的获得感、幸福感和安全感就会多一些。民生是最大的政治。人民群众的一件件"小事"，就是国家的大事，就是党员干部发力之处。将心比心、以心暖心，从"小事""琐事"做起，把好事办实、实事办好，就能让笑容绽放在群众的脸上，让更多暖意流进百姓的心田。

时间的车轮滚滚向前，为人民服务的手段与方法也在与时俱进、不断革新。从线下到线上，人民的需求在哪里，我们的服务就跟进到哪里。从"趾间"的走访，到"指尖"的问政，数据多跑路、服务再提速，让问需问计变得愈发精准，把连通社会方方面面的"智慧网"，变成人民满意的"暖心网"。从社区约吧，到村民议事会、吐槽大会……与群众相知相守，倾听意见建议，主动发现问题，时时与百姓需求对标，让工作顺应群众需要，打开的不仅是为民服务的更多窗口，也给民生工作增添了亮丽而又温暖的色彩。

不弃微末、不舍寸功，将破题解题、担当作为的信心决心对准群众的急难愁盼，对准百姓生活的"细枝末节"，始终把群众的利益高高举过头顶，就一定能不断提升百姓幸福指数，在新征程上创造更加美好的未来。

胸怀"国之大者"
办好"为民小事"

■ 天津市社会科学界联合会专职副主席　袁世军

习近平总书记对天津工作提出"三个着力"重要要求，其中强调要着力保障和改善民生。市第十一次党代会以来，天津坚持抓住"关键小事"，从一点一滴做起，下足"绣花功夫"，精细化精准化保障和改善民生。这种以"小事情"落实"大道理"的思路做法，充分体现了天津秉持的"小"与"大"的为民之道。

坚持胸怀"国之大者"。习近平总书记强调，对"国之大者"一定要心中有数，要时刻关注党中央在关心什么、强调什么，深刻领会什么是党和国家最重要的利益、什么是最需要坚定维护的立场。我们党从来没有自己特殊的利益，在任何时候都把群众利益放在第一位，这是作为马克思主义政党区别于其他政党的显著标志。我们党要巩固执政地位、完成执政使命，就必须始终把实现好、维护好、发展好最广大人民根本利益作为一切工作的出发点和落脚点，不断解决好人民最关心最直接最现实的利益问题，努力让人民过上更好生活。天津着力保障和改善民生，坚持从人民的根本利益出发思考问题，打大算盘、算大账，是不折不扣抓好中央决策部署天津实施的具体体现，也是增强"四个意识"、坚定"四个自信"、做到"两个维护"的实际行动。"国之大者"内涵丰富，究其根本就是必须坚定人民至上的政治立场，说到底就是"让人民生活幸福"。对"国之大者"了然于胸，才能真正把人民至上的执政理念落实到想问题、定政策、办事情各环节全过程，自觉把地区和部门的工作融入党和国家事业大棋局。

坚持"群众利益无小事"。大事里面往往包含着许多小事，许多小事集合起来也就成了大事，这是大事与小事的辩证法。毛泽东同志早在1934年就强调，"解决群众的穿衣问题，吃饭问题，住房问题，柴米油盐问题，疾病卫生问题，婚姻问题。总之，一切群众的实际生活问题，都是我们应当注意的问题。""都应该把它提到自己的议事日程上。"天津树立"不怕老百姓占便宜"的理念，聚焦群众"急难愁盼"问题，把小事当成大事办，千方百计解决老百姓的烦心事、揪心事，群众的获得感、幸福感、安全感更加真切更加实在。习近平总书记指出："大国之大，也有大国之重。千头万绪的事，说到底是千家万户的事。"对老百姓来说，他们身边每一件琐碎的小事，都是实实在在的大事，有的甚至还是急事、难事。要得到群众的拥护，就要关心群众的痛痒，真心实意地为群众谋利益，办好老百姓家长里短的"小事"。

坚持走好新时代群众路线。我们党来自人民，密切联系群众是党的最大政治优势，脱离群众是党执政后的最大危险。必须始终把人民放在心中最高位置。"政策好不好，要看乡亲们是笑还是哭"，是习近平总书记对党的初心使命的最好诠释，彰显了共产党人一切为了人民、一切依靠人民的价值底色。天津强化群众观点、站稳群众立场、走好群众路线，从"海河夜话"到"早看窗帘晚看灯"，从关注高楼大厦背后群众的甜酸苦辣到"向群众汇报"，体现了心中有民、务实为民的真挚情感和扎实作风。习近平总书记深情地说："民之所忧，我必念之；民之所盼，我必行之。"生活过得好不好，人民群众最有发言权。了解群众疾苦、倾听民意民声，摸清群众生活的难处和感受的痛点，就得扑下身子、放下架子、迈开步子，走出机关大院，到车间码头，到田间地头，到社区街头，到群众炕头，亲身体察、现场体验、真情体悟，身上带着土、脚上沾满泥，脑子里才有实招、工作上才有实效，才能得到群众的认可、信任、拥护。

保障和改善民生没有终点，只有连续不断的新起点。应该辩证把握"小"与"大"的为民之道，既时刻挂念人民对美好生活的新期待，又能够聚焦老百姓的"衣食住行、业教保医"，坚持将大事作于细小，不断把民生"问题清单"变成百姓"幸福账单"，切实让广大人民群众及时共享改革发展成果，携手走在共同富裕的康庄大道上。

联系服务群众

反映天津各级领导干部为民服务融入日常、抓在经常，形成长效机制，完善市、区、街镇三级联点访户制度，推广向群众汇报、"和平夜话""五常五送"、入列轮值、"早看窗帘晚看灯"等经验，打通联系服务群众"最后一米"。

一套"常"与"长"的服务机制

——天津创建"向群众汇报"机制打通为民服务"最后一米"

■ 记 者 程彦龙 宋德松

"群众的事同群众多商量，大家的事人人参与。"

党的十九大以来，天津牢固树立以人民为中心的发展理念，用心用力用情念好"人民大学"，创新党建引领基层治理，创建"向群众汇报"机制，引导组织广大党员干部深入群众、扎根基层，听民声、察民情、纾民困、解民忧，做好全天候的"服务员"、党和群众的"连心桥"，把党的政治优势转化为强大的治理效能和深厚的群众基础。

"向群众汇报"机制催生一系列创新实践：从繁华市区的"和平夜话"到遍布全城的"海河夜话"，从南开区"扎根网格、血脉相融"到河北区"来家坐坐、向您汇报"，从北辰区"五常五送"到红桥区"十个一"工作模式……各区互鉴互学，各单位、各部门创先争优，广大党员和各级干部深化了宗旨意识，真正把人民放在心中最高位置；创新了工作方法，变"坐等上门"为"主动下沉"；锤炼了过硬作风，始终同人民群众融在一起、想在一起、干在一起，津沽大地汇聚起万众一心、团结奋进的澎湃力量。

海河夜话
"8小时之外"的服务"不打烊"

"面对来访群众，我认真倾听，主动向他们汇报解决问题的思路和举措，赢得了支持和理解。"2019年10月，市委领导同志深入社区指导第二批"不忘初心、牢记使命"主题教育，一位干部在座谈中说。

来自基层的智慧，得到了市委领导同志的充分肯定。干部"向群众汇报"，而不是"通知"，更不是上级对下级的"通报"，体现了对人民群众的恭敬之心。

"向群众汇报"——如何汇报？汇报什么？在哪里汇报？让干部当好公仆，要有为民初心、赤子情怀，也需要"应用场景"，呼唤"实践创新"。

天津借鉴新冠肺炎疫情防控期间干部下沉社区的经验，市、区、街道各级干部以包联的社区、服务领域、服务对象为重点，主动入列基层，通过串门聊天、联系商户、参加活动等灵活多样的方式，为群众解难题、办实事。

"海河夜话"是群众的"主场"——

"入山问樵、入水问渔。"

2020年，初夏傍晚，凉风送爽，和平区的党员干部来到社区居民身边，坐在小板凳上，唠家常、听意见、加微信、交朋友，拉开了"和平夜话"的序幕。

永丰里社区津中里小区是和平区的老旧小区。这里设施老化、道路坑洼不平、车辆乱停乱放，小区居民多有抱怨。社区党委书记、居委会主任王静敲门入户，躬身问计。

"小区废弃的电线杆早该拆了，车辆经过特别不方便。"

"小花园可别荒废了，这次得好好利用起来。"

以往，群众有事上机关，有的事不难办但难说清，干部想办事，又不了解实情，问题沉淀在基层。如今，干部找上门来，聊天聊地，掏心掏肺。"夜话"改变了沟通模式，变"窗口办件"为"促膝谈心"、变"被动解答"为"主动问需"，干部敞开心扉、群众畅所欲言，聊清了社区痛点，聊透了问题症结，也聊出了解题思路。如今，津中里小区拆除了废弃建筑，绿化后的花园面积扩大到557平方米，花园中新建了圆形凉亭，铺设了塑胶跑道，居民们畅享惬意时光。

一个小板凳，"把屁股端端地坐在老百姓的这一面"。从"和平夜话"到"海河夜话"，群众在哪里，"夜话"到哪里，群众始终是主人，百姓永远在"C位"。

"海河夜话"是百姓的大实话——

"老人冬天在家洗澡有困难，出门洗澡怕摔倒，咋办？"

"我们小区供热设施老化，坐家里看电视还得穿棉袄，咋办？"

"家里老人80多岁，长期需要人护理，我们俩是双职工，条件有限请不起护工，能给想想办法不？"

不问不知道，群众反映的问题还真不少。别看都是"鸡毛蒜皮""家长里短"，对于老百姓来说，这些都是影响生活、生计的大事。平时除了抱怨两句也不知道该咋办，现在党员干部到身边来了，闲谈中脱口而出，事情还真的就列入了政府工作日程。

"不要害怕唠叨声，唠叨声里有期待。"在拉近彼此距离的同时，党员干部准确把脉社情民意，也吸取了群众智慧，发现了工作短板，特别是便于发现苗头性的、共性的问题，可以及早化解，或从政策机制上整体解决。

"海河夜话"是基层"吹哨声"——

"唠叨声"是基层"吹哨声",也是党员干部"集结号"。

关键"小事"解决更快。和平区劝业场街兆丰路社区居民郭大娘反映,自己家门无法正常关闭,对生活造成极大影响。社区干部视频连线"吹哨",房管站现场勘查、修门装锁一气呵成,仅用了一个小时,解决了原本两天才能解决的问题。

久拖"难事"解决更顺。和平区南市街、区住建委等部门"提锅上灶",走访了同方花园全部452户购买车位的居民,用两个月时间解决了困扰居民十余年的小区地下车库扬尘问题,实现了征求群众意见和群众满意度两个100%。

便民实事惠及更广。2022年初,天津发生新一轮疫情,和平区党员干部迅速下沉社区,逐人逐户走访,开展60岁以上人群新冠病毒疫苗接种攻坚行动,对全区近10万户,30余万居民开展敲门排查,为疫情大筛、群防群控奠定坚实的基础。

海河夜话,用的是"8小时之外"的时间,体现的是"不打烊"的为民情怀。不到两年时间,仅和平区就开展活动35万余次,解决百姓实际困难8.2万余个,一大批涉及养老、医疗、教育、兜底保障等领域的民生难题得到有效破解。"'和平夜话'实践活动是我们巩固提升'不忘初心、牢记使命'主题教育成果一次生动实践,是对全区近年来服务群众好经验、好做法的继承和升华。"和平区委副书记李斌说。

"海河夜话"打破了时空限制,拓展了干群交流交心交朋友的渠道,也拓展了惠民便民的内容。天津各区针对自身特点,相继推出了法律夜话、文化夜话、民生夜话、红色夜校等,"海河夜话"已经成为品牌项目,让津门夜色充满温情,"愈夜愈美丽"。

扎根网格
温暖城市的"神经末梢"

治国安邦，重在基层。

习近平总书记要求，要深入研究治理体制问题，深化拓展网格化管理，尽可能把资源、服务、管理放在基层，使基层有职有权有物，更好为群众提供精准有效的服务和管理。

2019年，天津市委将"战区制、主官上、权下放"作为"一号改革创新工程"，构建"区、街镇、社区（村）、网格"贯通联动机制，确保党建引领"一根钢钎插到底"。全市2万多个网格快速响应，成为连接城市"神经末梢"的一线"指挥部"。

一本工作手册，牵连"万家灯火"——

小事不出网格，大事不出街，难事不出区，矛盾不上交。

2020年7月8日，南开区启动"扎根网格、血脉相融"实践活动，全区2900余名党员干部入列12个街道、175个社区的1464个网格，构筑为民服务担当奉献的新平台。

1名社区网格员，2名机关党员干部和街道干部，"N"个在职党员、楼门长、辖区单位党员、社区志愿者等网格服务骨干——"1+2+N"红色网格服务队活跃在南开区社区里弄、小巷深处。

区委统战部干部魏萌手里，有一本兴南街红色网格服务队工作手册。手册里，绿色代表常住户，橘色代表租户，黄色代表党员，棕色代表企业，特殊群体像残疾人、低保户用紫色代表，独居者用蓝色，孤老户用红色……按色检索，辖区内情况一目了然。

"这是我们在疫情防控中探索的'6+1'分色管理法经验，通过编制网格分色管理图，可以让下沉干部尽快熟悉了解、进入角色，顺利开展走访，及时了解社情民意。"南开区委组织部相关负责人表示。

海河夜话，敲开了百姓的"门"。

扎根网格，扎下了干部的"根"。

一张"明白纸"，成了"履职清单"——

2020年夏，河北区铁东路街道宁湾家园党群服务中心，一张大大的圆形桌旁，围坐着来自社区11个楼门的居民代表。

"最近咱这楼道里可又有堆破烂儿的啦，纸盒子、破瓶子，既不卫生又影响通行，会过日子是好事儿，可是咱这大高层的防火通道要是堵上了，可是安全隐患。"7号楼代表吕世成说。

"咱这自来水一打开就有股味儿，还挺浑浊。尤其是早上，用它刷牙都呛得慌，咱这水箱是不是得查查？"业主代表李志反映。

"来家坐坐，首先得有地方坐。我们将会议室改建成圆桌大厅，购置了直径2.5米的超大圆桌，邀请居民常来坐坐。"宁湾家园社区党委书记、居委会主任王森坦言，大家看到"圆桌会"不只是摆设，问题解决了，归属感增强了，党群服务中心离居民的心更近了。

河北区专门制作了一张"来家坐坐，向您汇报"的活动示意图，也就是干群联系"明白纸"，全区10个街道118个社区及各相关部门的7000多名党政机关干部人手一份。

示意图上，除了务实惠民的活动，还画出了"问题处理流程图"，列出了问题收集机制、协商议事机制、分级处置机制、反馈评价机制等四个保障机制，形成"问题收集、梳理汇总、工作分派、交办承办、会办协商、督办落实、结果反馈、回访评价"的完整闭环。

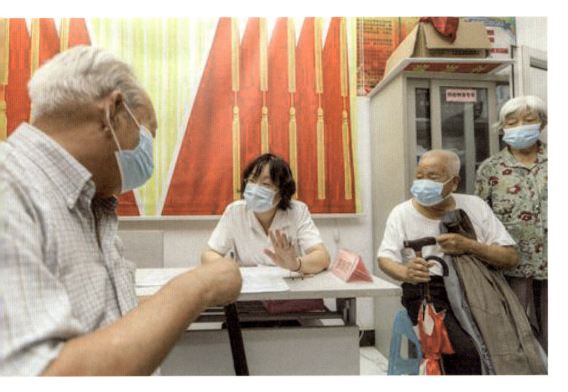

◎　本市各区各街道为民办实事，为老年人提供疫苗接种服务

　　"有了这张'明白纸'，居民有问题该找谁，干部到基层干什么怎么干，各个部门之间如何配合协作，都一目了然。"基层街道干部表示，拿着这张"纸"，遇事心不慌。

　　群众的"愿望清单"，成为党员干部的"履职清单"。

融入日常
打通服务群众"最后一米"

　　党的最大政治优势是密切联系群众。

　　2013年5月，习近平总书记在天津视察时殷殷叮嘱："要充分发挥党的政治优势，全面做细、做实、做好群众工作，充分激发人民群众的积极性、主动性、创造性。"

政贵有恒，治须有常。社会治理面大工作细，难在千头万绪、巨细无遗，需要下足"绣花功夫"，需要耐心恒心、大仁大爱，需要融入日常、做在经常，春风化雨、润物无声。

一套工作法，做居民离不开的"贴心人"——

常敲空巢老人门、嘘寒问暖送贴心，常串困难群众门、排忧解难送爱心，常叩重点人群门、沟通疏导送舒心，常守居民小区门、打防管控送安心，常开休闲文明门、和谐追梦送欢心——"五常五送"工作法首创于北辰区。

林则银，北辰区瑞景街道宝翠花都社区党总支书记、居委会主任。作为社区的"管家"，曾经因为工作忙碌，错过了给一位103岁的独居老奶奶送玫瑰花，林则银泪流满面。她说，服务群众，要像孝敬父母一样，需趁早，不能等。

敲门、串门、守门，"早看窗帘晚看灯"。在林则银的带动下，宝翠花都社区与周边高校联手成立"织梦桥"服务队，为大学生们提供社会实践机会，志愿服务空巢老人、困难家庭；建立了护宝、护老等6个"妇女微家"，帮助"4050"失业女工和单身母亲就业；实行"网格员＋党员"的"二对一"帮扶，提供送菜上门、免费洗衣、情绪疏导……

"五常"体现联系群众的密度，"五送"体现服务群众的温度，"五常五送"在北辰区全面铺开，也在全市街道社区落地生根。北辰区委书记冯卫华说，"五常五送"工作法，好就好在把党员干部的心和群众的心紧紧地贴在一起，始终怀着对人民群众的深厚感情。

一部"直通车"，"我为群众办实事"制度化——

2021年，党的百年华诞。天津严格落实中央要求，结合开展党史学习教育"我为群众办实事"实践活动，既立足眼前、解决群众"急难愁盼"的具体问题，又着眼长远、完善解决民生问题的体制机制，为民服务"直通车"

直抵民心。

"我为群众办实事"实践活动覆盖全体党员。天津 120 多万党员，就是120 多万面旗帜，直插基层一线，聚焦群众共性需求和普遍性问题、制约发展的痛点难点问题、长期未能解决的民生历史遗留问题，制定办实事清单和群众诉求清单，确保清单项目条条落实、件件落地、事事见效。

"孩子终于可以上学了！"好消息让库尔班·艾散悬着的心终于落了地。

库尔班在河北区经营烧烤生意，由于自己语言交流有困难，不了解天津小学招生政策，女儿错过了前一年上学的机会。眼看着新一年小学招生工作开始了，库尔班遇到了下沉社区的公安河北分局民警。

"虽然在语言交流上有点儿困难，但从说话的神情可以看出他急迫的心情。"民警一刻没有耽误，列入"我为群众办实事"实践活动项目清单，主动帮着跑手续、到相关部门开具证明。通往校园大门的路从遥不可及到近在咫尺，库尔班感激不尽："我要教育孩子们，让他们知道天津人的热心，要把天津当成自己的第二故乡。"

河西区以民情民意工作室、社区问政面对面、"十百千"为民项目、下沉社区入列轮值"四轮驱动"，倾力打造"民意直通车"工作品牌，着力打通为群众办实事的"最后一米"。畅通民意诉求渠道，改变诉求"一转了之"，通过听、谈、查、访、析等方式，从群众反映到渠道受理，从网格汇总分流到部门解决，从反馈群众到督查考核，一套工作闭环保障长效机制。

联系群众、服务群众不搞一阵风，不能"雨过地皮湿"，而要持之以恒、久久为功。2022 年 1 月 6 日，天津召开党史学习教育总结会议。会议重申，要推动"我为群众办实事"常态化、长效化，建立联系群众、服务群众的长效制度机制，着力解决群众"急难愁盼"问题，兜牢民生底线，推动共同富裕取得更为明显的实质性进展。

改善民生没有终点，惠民"直通车"永不停歇。

一场"民考官"，压实百姓问政的"责任闭环"——

干得好不好，群众说的算。

2018年2月26日，一档电视栏目《百姓问政》首次推出，政府职能部门"一把手"与"市民考官"面对面，即席提问，当场回应，"向群众汇报"成了直观具象的"民考官"。

"棚户区的改造如何进度更快""建议学校图书馆对外开放""嘉陵道地区排水不畅"……节目中，市民代表单刀直入、辛辣提问，"考生"有红脸出汗、有坦言不足，但不讲空话、不讲套话，直面问题、郑重承诺。

市民参与、市民评说、市民监督。《百姓问政》突出高站位、督履职、促发展、惠民生，就交通出行、教育医疗、食品安全、文化惠民、环境整治、社会管理等民生议题，现场督促"一把手考生"汇报工作进展、承诺解决方案。"百姓问政"问出了"政民零距离"，节目配合便民服务热线12345、热线电话23602222、津云客户端、北方网等渠道，受理基层群众的诉求，推动有关部门将治庸问责与改善民生紧密结合，成为连接政府与百姓的"直通桥""知心桥""连心桥"。

2021年年末，由市政府办公厅、市网信办、海河传媒中心联合推出的《公仆走进直播间》栏目中，来自市城市管理委、市住房城乡建设委、市交通运输委、市民政局、市卫生健康委、市医保局等部门主要负责人走进直播间，面向全市百姓回答年终"考卷"。

天津连续六年延长供暖，让更多群众身暖心暖。对于温度不达标的群众反映，市城市管理委把上一个采暖期群众反映的问题提前"施治"，入户解决12483户供热问题，老旧管网改造115公里，"访民问暖"满意率99.8%。

市民政局坚持"民"所指，"政"所向，进入社区走访慰问特殊困难群众9万多人，解决个案问题2167个；将15202名困难群众纳入常规保障范围，发放临时救助金15684万元。

萝卜白菜，哪儿挑哪儿买？市商务局汇报，2021年新建改造提升菜市场达到16个，累计建成标准化菜市场322个，智慧菜市场17个，让更多群众放心买、舒心挑……

向群众汇报，让人民满意。天津党员干部走好走实党的群众路线，体现在解难题、办实事的实践中，彰显在招法务实、效果扎实的行动中，融汇在服务群众常态化、长效化的制度里，形成了"风在地上刮、气在地中起、根在土里长、热血与热血相融、心和心贴得更近"的强大正能量，推动天津基层社会治理现代化迈向更高水平。

服务是最好的治理。如今，"海河夜话"的柔柔灯光温暖着津城百姓，"早看窗帘晚看灯"的细细温情浸润着千家万户，"向群众汇报"的拳拳赤诚汇聚了党心民心……这一切都让这座城市更有质感、更有温度、更有力量。

联系服务群众贵在常态化制度化

全心全意为人民服务，时刻把群众安危冷暖放在心上，是中国共产党人的情怀所在，更是使命所系。

"要像爱自己的父母那样爱老百姓，为老百姓谋利益，带老百姓奔好日子。""永远保持同人民群众的血肉联系，始终同人民想在一起、干在一起，风雨同舟、同甘共苦。"……习近平总书记的深情话语，指引我们坚定站稳人民立场、为实现人民对美好生活的向往不懈奋斗。

为民服务的情怀，蕴含着一座城市的温度。始终坚持以人民为中心，千方百计满足群众的所思所想所盼，就要把为群众办实事融入日常、抓在经常，用温暖绘就这座城市最动人的底色。融入群众，把根扎下，将温暖定格，关键在主动。和平区深化"和平夜话"实践活动，党员干部利用"8小时之外"，与百姓拉家常、聊心事，精准服务解难题；南开区深入开展"扎根网格、血脉相融"实践活动，干部下沉入列，纾民困、暖民心；宁河区推动党员干部"脚印万家"，敲万家门、解百姓忧……扎根群众、服务群众，展现了主动为民服务的力度和精度，也诠释了优良作风的纯度和硬度。"无论多忙，都要抽时间到乡亲们中走一走看一看"，与人民群众打成一片，主动向群众汇报，才能知民之所想、察民之所虑、为民之所需。主动沉下去，把问题捞上来，让服务精准对接群众需求，打通群众生活中的痛点、难点、堵点，群众的"强烈呼声"也就变成"竖起来的大拇指"。

为民服务只有进行时，没有完成时，要始终如一、一以贯之，必须在常态长效上下功夫、见成效。2020年，市、区两级机关干部到社区"入队入列"，推动疫情防控和复工复产取得积极成效，这一做法随即被作为制度固定下来；2021年，建立市、区、街镇三级"联点访户"制度，各级领导干部帮助联系户解决实际困难，做到"群众在哪儿，我们的领导干部就要到哪儿去"……深化完善服务群众长效工作机制，锲而不舍、久久为功，把为民服务变成一生的事业去做，把党的温暖送到群众心坎里。

为民服务不仅要"身入"，更要"心至"。"心至"，是发自内心的情感和动力。到群众中去并不难，真正难的是心到情到，是否用心用情倾听心声、研究问题，决定着办事的效果和力度，也检验着担当精神和主动作为的态度。"早看窗帘晚看灯"，250多位空巢老人的生活起居，北辰区宝翠花都社区网格员都有一本"细心账"，他们总结出的"五常五送"工作法，是当好人民群众的知心人、贴心人的真实写照，是用真情服务群众、用实意打动群众的生动注脚。脚下有多少泥土，心中就沉淀多少真情。带着感情做事，群众看得见、摸得着、体会得到，是一种温暖。想群众之所想，急群众之所急，用心用情用力解决好群众的"急难愁盼"，就能让服务既有力度又有温度，夯实党的执政之基。

让人民生活幸福是"国之大者"。永远与人民同呼吸、共命运、心连心，推动为群众办实事制度化、规范化、常态化，真正把高质量发展、高效能治理的成果体现到人民群众的高品质生活上，一件接着一件办、一年接着一年干，我们信心坚定、矢志不渝。

为民服务要立足常态实现长效

■ 中共天津市委党校教授　天津市中国特色社会主义理论体系研究中心研究员　倪明胜

群众路线是我们党的生命线和根本工作路线。树牢群众观点，走好走新走实群众路线，要义在于坚持联系群众、服务群众，不断提升为民服务的综合能力水平。当前，充分发挥和运用党的最大政治优势，不断探索加强改进作风建设、密切党群干群关系的新方式、新路径，关键是要构建一套践行群众路线、为民服务的长效制度机制，把为群众办实事、解难事、做好事的有效经验做法坚持下去，持续打通联系服务群众"最后一米"，以服务群众的实际成效取信于民。

万物得其本者生，百事得其道者成。群众工作的实质，说到底就是要服务群众、为民造福、为民谋利。建立践行群众路线、为民服务的长效制度机制，要始终坚守立党为公、执政为民的本质要求，把为老百姓谋福祉、带老百姓过好日子作为制度机制构建的逻辑起点和价值追求，不断回应和满足人民群众对美好生活的需要。因此，秉持"民有所呼、我有所应、民有所求、我有所为"的工作理念，主动作为、靠前服务、提质增效，着力构建一套办实事、办好事、办成事的长效机制，需要我们立足经常性、注重实效性、着眼长效性，不断建立、健全和优化抓工作落实的闭环机制，从而确保群众诉求件件有回应、事事有着落。

非"常"不足以治本，非"长"不足以巩固。践行群众路线，为民办实事，切忌做表面文章、跑偏作秀、走过场，决不能让形式主义、政策盲点空隙和行动上的偏差寒了百姓心。因此，遵循群众路线运行的内在逻辑、规律，探索建立服务群众长效机制，亟须全面系统构建长效化制度机制链条，特别是要建立健全密切联系群众机制，完善利益协调机制，建立服务保障机制和群众监督机制，完善考核评价机制。天津近年来通过倾心倾力走好群众路线，以创新为民服务制度机制，及时总结经验、建章立制，有效推动为民服务精细化、常态化、实效化。

当好人民群众的知心人、贴心人、领路人，真心实意为群众办实事、解难题、惠民生，需要我们用好"常""长"二字辩证法，要立足"常态"实现"长效"。通过将碎片化的做法经验制度化、规范化，持续发挥和激活长效机制的激励、约束作用，使践行群众路线成为党员干部的行为习惯，把党的群众路线转化成为民服务的具体行动。

要持续推进常态化为民服务。实现常态化，关键要在"平常与经常"上下苦功夫，这需要党员干部常怀为民之心、常听为民之言、常思为民之策。通过多行点滴之事、多建尺寸之功，真正把"大道理"落实于"小事情"，以经常抓、深入抓、持久抓的态度和决心，不断回应人民群众对美好生活的新期待，切实把民生福祉扛在肩上、放在心上、落在行动上，从而以量变达到质变，在日积月累中厚积薄发，让百姓的幸福指数不断提高。

要持续推进长效化为民服务。实现长效化，需要我们坚持问题导向，践行"群众想什么，我们就干什么"的原则导向，注重解决百姓关切的实际利益问题，脚踏实地、久久为功，通过构建长效制度机制和创新举措，特别是要契合各地区各部门实际，完善优化民情反映机制、民主决策机制、投入保障机制、责任落实机制、监督考评机制，切实打好民生保障的持久战，确保为民服务的力度不减、尺度不变、温度不降，让民生福祉细水长流。

总之，站稳人民立场，念好"人民大学"，做人民利益的守护者、践行者，需要我们立足"常态"实现"长效"，既要立足眼前、解决群众"急难愁盼"的具体问题，又要着眼长远、完善解决民生问题的体制机制，通过融入日常、抓在经常，用心倾听民声、用情体悟民意、用力化解民困，真正在"走心、走实、走深"中着力解决好群众的操心事、烦心事、揪心事，不断增强为民服务的预见性、系统性、精准性、普惠性，从而不断提升群众的获得感、幸福感、安全感。

良法与善治

反映天津发展全过程人民民主，在全国率先出台多项地方法规，全面推进科学立法、严格执法、公正司法、全民守法，深化依法治市实践，加强法治天津建设，形成良法与善治互动互促的生动局面。

一场"法"与"治"的创新实践

——天津坚持以习近平法治思想为指引谱写依法治市新篇章

■ 记 者 徐 丽 韩 雯

"法者，治之端也。"一个现代化大都市，必须是一个法治城市；城市要走向现代化，必须走向法治化。

党的十九大以来，天津认真学习宣传贯彻习近平法治思想，切实将习近平法治思想贯彻落实到全面依法治市全过程各方面。在市第十一次党代会上，"民主法治"被列为"五个现代化天津"目标任务之一，全面依法治市开启了现代化大都市建设的崭新篇章。

五年来，天津全面推进科学立法、严格执法、公正司法、全民守法，依法治市实践成果更加丰硕。法治服务和保障高质量发展推出新举措，法治固根本、稳预期、利长远的重要作用更加充分彰显。解决人民群众反映强烈的法治领域突出问题取得新进展，人民群众获得感幸福感安全感更加充实、更有保障、更可持续。

◎ 2021 年 12 月，滨海新区法治文化广场在小王庄镇小苏庄村落成并投入使用

把牢正确航向 ——
站在坚定捍卫"两个确立"、坚决做到"两个维护"的政治高度，持续推动学习宣传贯彻习近平法治思想走深走实

2020 年 11 月 16 日至 17 日，党的历史上首次召开的中央全面依法治国工作会议，将习近平法治思想明确为全面依法治国的指导思想。

高举思想旗帜，扛起使命担当。天津站在坚定捍卫"两个确立"、坚决做到"两个维护"的政治高度，聚焦学习宣传贯彻习近平法治思想和中央全面依法治国工作会议精神这一主线，坚持在学懂弄通做实上下功夫见实效，全面系统准确领会习近平法治思想的重大意义、科学内涵和实践要求，始终做习近平法治思想的坚定信仰者和忠实实践者。

把握坚持党的领导这个根本——

"把'运用法治思维和法治方式'能力考核作为绩效考核的重要内容"。

"完善政务服务标准化，公布'网上办''一次办'等事项清单"。

"实现一般社会投资工程项目取得施工许可时间压缩至 40 个工作日，在全国率先推行施工许可电子证照"。

…………

2022 年 5 月，市委全面依法治市委员会召开扩大会议，8 个区和 8 个市级部门的主要负责同志进行现场述职，认真总结抓法治建设工作的经验成效，坚持问题导向，深入查找差距不足，明确今后努力方向。

习近平法治思想核心要义的"十一个坚持"中，第一个就是坚持党对全面依法治国的领导。

对此，市委明确提出，要坚定不移走中国特色社会主义法治道路，切实把党的领导贯彻到依法治市全过程和各方面。要压实党组织书记第一责任人责任，以全面从严治党的力度构建法治建设责任闭环。

市委多次召开常委会会议、全面依法治市工作会议、人大工作会议，第一时间传达学习中央全面依法治国工作会议精神和习近平总书记重要讲话、重要指示、重要批示精神，研究加强全面依法治市顶层设计，把天津各项事业纳入法治化轨道。

抓住领导干部这个"关键少数"——

市委主要负责同志率先垂范，坚持从市委常委会抓起，从市级部门严起，从各区委区政府做起，把法治建设作为"一把手"工程，对重要工作亲自部署、重大问题亲自过问、重点环节亲自协调、重要任务亲自督办。坚持把习近平

◎　和平区南营门街矛盾纠纷调处化解中心工作人员介绍工作流程

法治思想纳入党校(行政学院)和干部学院教育培训计划,先后举办市管干部、政法系统学习贯彻习近平法治思想等专题研讨班,分层分级开展法治工作队伍全战线、全覆盖培训轮训。

　　天津将学习宣传习近平法治思想作为全民普法的头等大事,纳入"八五"普法规划,纳入国民教育、干部教育和社会教育体系,在本科高校法学专业逐步开设习近平法治思想必修课,推动习近平法治思想进企业、进农村、进机关、进校园、进社区、进军营、进网络,促进习近平法治思想入脑入心、家喻户晓。

以良法促善治 ——

把有限的立法资源用在"刀刃"上,提高立法质量和效率,加强重点领域、新兴领域立法

　　有"良法",方能"善治"。习近平总书记指出,人民群众对立法的期盼,

已经不是有没有，而是好不好、管不管用、能不能解决问题；越是强调法治，越是要提高立法质量。

市第十一次党代会以来，天津立法突出地方特色，坚持立好法、立良法、立务实管用之法，共通过了 98 项地方性法规和法规性决定，包括市人民代表大会通过的 3 项；涉及新制定法规 63 件，修改地方性法规 103 件次，废止地方性法规 17 件，总计 183 件次。

特别是在文明行为促进、禁食野生动物、预防和治理校园欺凌、促进碳达峰碳中和等方面创造了多项"全国首次"。立法机制愈加完善，立法质量稳步提高，立法权威逐步显现，立法实效显著提升，开创了地方立法工作新局面，实现由"有法可依"到"良法善治"的重大转变。

主动适应经济发展新要求——

2018 年 12 月，通过促进大数据发展应用条例，天津成为全国第二个制定相关法规的城市，为加快构建数字经济和智慧城市提供了法律依据。

2019 年 7 月，在直辖市中率先制定了《天津市优化营商环境条例》。同年 9 月，《天津市知识产权保护条例》通过，是全国首部省级知识产权保护的综合性地方性法规。

2020 年，作出推进实施国土空间发展战略的决定，通过《天津国家自主创新示范区条例》。

2021 年，制定全国首部促进智能制造发展条例，推动天津制造向天津智造转变。出台推进北方国际航运枢纽建设条例，围绕打造世界一流的智慧港口、绿色港口，明确健全现代航运服务体系。

2022 年，天津市人大常委会又先后通过关于促进和保障制造业立市推动高质量发展的决定、关于促进和保障构建"津城""滨城"双城发展格局的决定……这些法规为推动天津高质量发展提供了有力的制度支撑和法治保障。

持续强化精神文明立法——

"一致通过！"2019年3月29日14时39分，天津市十七届人大常委会第九次会议全票表决通过了《天津市文明行为促进条例》，与《天津市促进精神文明建设条例》形成立法姊妹篇，以法治的刚性和硬度积极推动市民文明生活方式和行为习惯的养成。

这是一次"全过程人民民主"开门立法的生动实践。2018年12月向全市发布制定条例信息；2019年1月通过津云客户端发起文明行为调查征集活动，网页访问量超50万次，网上留言超10万条；2019年3月将征求意见稿向社会公布，收到意见建议260余条，并就执法机制创新、制度创新、措施创新等难点焦点问题进行专题论证……

"有事好商量、众人的事情由众人商量，找到全社会意愿和要求的最大公约数，是人民民主的真谛。"按照习近平总书记指引的民主发展法治路径，天津畅通社会各界参与立法渠道，共设立17个基层立法联系点，健全落实市人大代表分专题全程参与立法机制。

不断加强生态文明立法——

生态无小事，蓝天、碧水、净土，不仅关系到城市的生存和发展，更关系到每个人的生命与健康。经过持续不懈思考、研究、探索，天津市人大常委会将生态环境领域法规提交权威性更高、影响力更大的代表大会审议。天津市十七届人大二次会议、三次会议，继市十六届人大历次会议后，又连续通过《天津市生态环境保护条例》《天津市机动车和非道路移动机械排放污染防治条例》，使生态环保制度和观念在更广范围内达成共识。

以法治护航绿色生态屏障建设，天津市人大常委会会议还先后通过关于

◎ 津南区八里湾生态屏障

加强滨海新区和中心城区中间地带规划管控建设绿色生态屏障的决定、绿色生态屏障管控地区管理若干规定，并在全国率先制定碳达峰碳中和促进条例，推动经济社会全面绿色转型。

　　"立法是法治建设的首要环节，良法是善治的前提和基础。"天津市社科院法学研究所所长刘志松表示，近年来，天津立法工作扎实推进、成效显著，成为天津法治建设的重点和亮点。坚持科学立法、民主立法、依法立法，以提高立法质量为重点，从天津实际出发，不断突出重点领域立法，推动高质量立法，加快立法工作步伐，为天津的改革发展稳定提供了坚实的法治保障。

以法治护航发展——

坚持依法治市、依法执政、依法行政共同推进，将对法治的尊崇和践行一以贯之

循法而行，依法而治。

"坚持依法治市、依法执政、依法行政共同推进。"市委坚决贯彻落实党中央关于全面依法治国的重大决策部署，将对法治的尊崇和践行一以贯之，并进行了一系列的探索实践。

运用法治思维和法治方式推进治理现代化——

2020年，天津对"历史问题"不闪、不躲、不推，下定决心消灭"飞地"。全市上下纵横联动、强力推进，打响一场"飞地"治理攻坚战。

职责交叉、责任不清，"飞地"如何走出管理"真空"？坚持依法依规，运用法治思维和法治方式推动"飞地"治理。

严格落实属地管理责任。在制定《天津市部分行政区域界线变更方案》的过程中，邀请公众参与，经过专家论证、风险评估、合法性审查、集体讨论等法定程序，并经市委常委会和市委全会审定后向社会公告，最终，变更8个区、7块接壤"插花地"行政区域界线，把管理的权责一致起来，彻底理顺体制机制障碍，564处"飞地"终于"落地"，认领"责任田"，"飞地"治理按下"快进键"。

建立科学民主依法决策机制；出台重大行政决策程序规定；市级党政机关全部设立公职律师，区级党政机关全部实现公职律师工作全覆盖。柴婕婷是市人社局法规处的一名工作人员，在取得公职律师的身份后，她将其业务专长和法律专长结合起来。她说，市人社局在制定行政规范性文件时，还有

◎　滨海新区法治文化广场

在推进社保制度改革时，都会邀请公职律师参与其中，发表意见、提供法律建议。让公职律师当好依法行政的法律参谋和法律助手，促进政府部门依法办事，天津打造高效规范阳光政府。

还有一项数据指标，折射出天津以刀刃向内的决心推进法治政府建设。2021年，全市行政机关负责人出庭应诉率达到93.64%，同比上升22.24%。"告官能见官"，让依法行政更具刚性。

"法治政府建设是良法转化为善治的必要环节，法治政府建设首先要依法行政，其次要推行重大行政决策法治化，避免决策的随意性，天津以法为纲，用法治的缰绳驾驭权力的奔马，这是涵养风清气正政治生态的源头活水。"天津工业大学法学院教授付大学说。

以法治"固根本""稳预期"——

"法治是最好的营商环境。"法治环境是衡量一个地区营商环境好坏的关键指标，聚焦全力保护市场主体合法权益，全力提供更加优质法治保障，营造稳定公平透明、可预期的法治化营商环境，天津从立法、执法、司法、守法四个环节全面发力，用法治保障经济社会高质量发展。

除了在直辖市中率先出台《天津市优化营商环境条例》外，还出台《天津市营商环境建设评价实施方案》，将"法治良好"作为营商环境建设的重要指标。推出《加强全市法治化营商环境建设15条措施》，每一条措施以打造"一流营商环境"为目标，以更好地服务和保障市场主体生产经营为宗旨。

元气森林是时下饮料市场的"网红品牌"，该品牌的北方生产基地就坐落在天津西青区。作为天津首个"拿地即开工"的成功案例，元气森林见证了天津优化法治化营商环境的"速度与激情"。

当得知企业希望早开工早投产，西青区立即成立专项服务组，深挖政策法规要求，优化审批流程，推演审批结果，绘制了一幅"拿地即开工"的审批路线图，同时还为项目提供全程代办的"保姆式"服务。项目签订承诺书后，区规划资源局在土地挂牌公示期间（30天）对项目方案进行审查和公示，缩短审批时间；区政务服务办并联开展前期工作，为项目单位开展勘察设计招标、施工图审查等提供依据；区发改委、区住建委、区人防办等部门主动对接，对项目建设实行承诺制审批。在各部门通力合作下，该项目在取得土地证的同时取得了施工许可证。

着眼于企业所思所需、所想所盼，在司法实践中解决企业堵点、难点。依法从严从快打击涉企违法犯罪活动，营造安全稳定发展环境；加大知识产权、环境资源、涉外海商事等审判力度，营造公平公正社会环境；开展

"法治体检"专项行动，把法律服务送上门，帮助企业防范风险，受益企业 4849 家，挽回经济损失近 6000 万元；执法单位推行市场轻微违法行为免罚清单，秉持"包容审慎"的原则，在企业"逆水行舟"的关键时刻，"拉一把""扶一把""推一把"，用法治护航营商环境，天津为经济厚植发展土壤。

以人民为中心——
依法惠民生、依法保民安、依法解民忧，始终用法治保障人民群众安居乐业

从脏乱差到创建美丽社区，河东区陶然庭苑社区的华丽蜕变，离不开法治的保障和引领。

"曾经我们小区有近万平方米的违建。" 2017 年 11 月，张丽被派选到陶然庭苑社区当书记，上任之初，当头一棒就是如何解决"比着盖"的违建。

百姓的"急难愁盼"问题，再难也得干！"网格＋警格"依法治理，让违建在两个月的时间内全部拆除。"那段时间，我们网格员与社区民警一起配合工作，对小区内的全部违建调查摸底，户主是谁？住的是谁？违建多大面积？一户一张表格，都得建立台账。不愿意拆除的，我们邀请律师进社区讲违建的危害，以及拒绝拆除违建的不利后果，有理有据，法情兼顾，化解了冰冷的隔阂。"张丽说，2018 年 3 月 10 日，陶然庭苑社区成功拆除了第一家违建，到当年的 5 月，所有的违建全部拆除。

以法治增强群众获得感幸福感安全感，陶然庭苑社区是天津用法治守护人民美好生活的一个缩影。

法治安邦，方有人民安居乐业，这是一座城市始终如一的底色。

以法治之力筑平安之基——

借款5万元，只给3.5万元，1个月后连本带息要还40万元，稍有不从便威胁恐吓、关狗笼……2018年8月，全国首例"套路贷"涉黑案件在本市红桥区人民法院公开审理。

安全感是获得感、幸福感的前提和基础，黑恶不除，百姓难安。在为期三年的扫黑除恶专项斗争中，天津以雷霆之势铁腕扫黑、重拳除恶。市委结合天津实际，以务实的精神，担当的勇气，又提出了创建"无黑"城市的目标，这是对本市扫黑除恶专项斗争要求和标准上的自我加压，也是对津城百姓的庄严承诺。

"打击'套路贷'，为咱老百姓办了一件大实事。"来到红桥区翠西园社区，多位居民告诉记者，身边就有邻居被"套路"过，那时经常看到不三不四的人上门，还用红漆在门口喷"欠债还钱"等字样，弄得人心惶惶。扫黑除恶后，这种事再没发生过，生活又恢复了平静。

"以前送孩子上幼儿园，2公里路得走一小时。"北辰区居民肖胜光家门口的路曾被陈立敏黑恶势力的违法建筑堵了多年，"现在，路通了，心也敞亮了。"

从2018年到2021年，天津累计打掉涉黑组织28个、恶势力犯罪集团78个、涉恶犯罪团伙514个，战果超过去10年总和。

扫黑除恶成效如何？人民群众最有发言权。99.7%的受访群众对本市扫黑除恶专项斗争拥护支持，98.7%的受访群众认为社会治安有了明显改善。

除了以强大攻势洗涤黑恶，群众痛恨什么，就严厉打击什么。持续深入开展打击非法集资犯罪专项行动，发案数、投资受损人数、涉案金额均大幅下降。老百姓深恶痛绝的电信网络诈骗犯罪，立案数同比下降28.8%，下降幅度全国领先，破案同比上升154.2%，有效遏制了"电诈"案件高发势头。

让安全防范"跑"在风险前面，着力强化社会治安防控体系标准化建设，深入实施道路交通安全"六大提升工程"，道路交通死亡事故数下降 10.1％，死亡人数同比下降 9.8％。

2022 年 5 月 1 日起，《中华人民共和国反有组织犯罪法》正式实施，以法为循，天津推动常态化扫黑除恶沿着法治轨道走深走实，全面宣传贯彻《反有组织犯罪法》，全面启动教育、医疗、金融放贷、市场流通行业领域整治，紧盯线索核查以及"打伞破网""黑财"处置，坚持边打边治边建，天津正在构筑防治有组织犯罪的铁壁铜墙。

以法治之公护平安之城——

平出于公。公正是人民对美好生活向往的重要内容。

"公正是法治的生命线"，天津把习近平总书记的重要讲话精神转化为行动力，朝着"让人民群众在每一项法律制度、每一个执法决定、每一宗司法案件中都感受到公平正义"的目标，笃定前行。

2022 年年初，中央依法治国办发布关于法治政府建设实地督察发现的典型经验做法的通报。其中，《天津市实行"优差双评"实现执法队伍"五个有力提升"》的"天津经验"作为八个典型案例之一在全国通报推广。

实现公平正义，归根到底要靠过硬的队伍来实现。为深入推进严格规范公正文明执法，有力整治执法不作为乱作为问题，自 2019 年起，本市创新开展行政执法"典型差案"评查和"示范优案"评选，"示范优案"是正面标杆，通过典型经验和创新做法正向引领；而"典型差案"则是反面教材，让执法者及时发现并纠正行政执法工作中存在的问题和短板，提升执法能力。通过以差为镜，给政府公权力"戴上紧箍"，不断提升行政执法监督效能。

天津打造了全市统一行政执法监督平台并不断升级，涵盖 841 个行政主体，2.4 万余名执法人员，深化行政执法体制改革，推动综合行政执法领域专业化规范化，市级层次组建或调整 12 个领域综合行政执法队伍，全市街镇均实现"一支队伍管执法"。持续推进司法责任制、法官检察官员额制、以审判为中心的刑事诉讼制度改革，全面加强执法规范化建设。猛药治疴，针对群众反映强烈、影响执法司法公信力的一些顽瘴痼疾，大刀阔斧整治，解决了一批执法不公正、司法不廉洁、遇事不担当问题。环环相扣剑指执法司法权力"任性"，维护社会公平正义的根基不断夯实。

以普法学法助力法治天津——

法治的真谛，在于全体人民的真诚信仰和忠实践行。民众的法治信仰和法治观念，是依法治市的内在动力。

每逢周末，家住滨海新区汉沽的李玉都会带着儿子到汉沽东滨里法治广场转上一圈。"享受亲子乐趣的同时，还能学到不少法律知识。"李玉竖着大拇指称赞。

"小曦姐姐"是河西区中小学生心中的"网红"。多年来，这个"善沟通、爱沟通、好沟通"的检察官姐姐，通过"河西未检"微信公众号平台，以讲故事的形式，向未成年人普及了很多法律法规方面的知识。"一个个鲜活的案例故事，让法律不再那么神秘和遥远了。"学生们都觉得"小曦姐姐讲故事"拉近了自己与法律的距离。

将法治文化阵地作为扩大法治文化覆盖面的有效载体，不断创新形式、拓宽领域、丰富内容，多措并举推进阵地建设，有效发挥"有形"阵地的"无形"作用；法治教育从娃娃抓起；领导干部要带头学法，以"考法"促"学法"……在润物无声、潜移默化中不断增强法治文化的影响力、渗透力和感染力，这是天津多年来在普法道路上的坚持与坚守。

将法治观念播撒到群众心田，如何推动形成办事依法、遇事找法、解决问题用法、化解矛盾靠法的社会环境？

　　建立市、区、街乡镇三级社会矛盾纠纷调处化解中心，让群众就近依法化解操心事烦心事揪心事。全面升级改造诉讼服务中心，构建"一站式""一次办"诉讼服务平台，让司法红利最大限度地惠及人民群众。优化法律服务，探索建立热线转办法律援助与热线转办事项导入区矛调中心工作机制，努力打通服务群众"最后一公里"。加强妇女、老年人、残疾人等特殊群体法律援助，优先受理、极速办理农民工讨薪案件，有力解决农民工"燃眉之急"。

　　群众法治意识不断提升，就地解决矛盾机制日益完善，覆盖城乡的公共法律服务平台网络已初步建成……一系列强有力的举措和成效，让法治信仰日益深入人心，法治氛围日益浓厚，法治天津的基础日益稳固。

　　"到 2025 年，法治建设先行区建设取得明显成效。"朝着《法治天津建设规划（2021—2025 年）》提出的明确目标，一个新时代更高水平的法治天津正在向我们走来。

书写良法善治的时代答卷

改革发展稳定，离不开法治护航；经济社会发展，有赖于法治赋能；百姓平安福祉，靠的是法治守卫。以良法促进发展、保障善治，既是推进城市治理体系和治理能力现代化的重要依托，更关乎人民群众对法治建设的获得感、满意度。

"当前，我国正处在实现中华民族伟大复兴的关键时期，世界百年未有之大变局加速演进，改革发展稳定任务艰巨繁重，对外开放深入推进，需要更好发挥法治固根本、稳预期、利长远的作用。"推进全面依法治市，最根本的是学深悟透习近平法治思想，坚定不移走中国特色社会主义法治道路，为全面建设社会主义现代化大都市提供有力法治保障。

法律是治国之重器，良法是善治之前提。更好推进依法治市，必然要求不断提高立法质量，织密法治之网。从实施文明行为促进条例，到以"舌尖上的禁令"严惩滥食野生动物；从出台促进大数据发展应用条例推动构建智慧城市，到施行全国首部"双碳"地方性法规助力实现碳达峰碳中和目标……既注重发挥立法引领和推动作用，又牢牢抓住提高立法质量这个关键，天津紧扣经济社会发展目标任务，聚焦"津城""滨城"双城发展、加强绿色生态屏障保护、推行生活垃圾分类等重点领域，具有地方特色的创制性立法亮点频闪，一部部好法、良法、务实管用之法绘就全面依法治市新篇章。

"法治是最好的营商环境。"以良法促进发展，需要不断健全社会创新发展的法治保障体系。优化营商环境条例、社会信用条例、国家自主创新示范区条例、加强全市法治化营商环境建设"15条"等地方性法规和政府规章相继实施，"法治良好"成为天津营商环境建设重要标准，"开办企业""市场监管"指标入选全国营商环境标杆城市，打造市场化、法治化、国际化一流营商环境，赢来企业来津投资兴业的好口碑，进一步激发市场活力和社会创造力。

依法治国、依法治市最广泛、最深厚的基础是人民，必须坚持为了人民、依靠人民。从立法前调研到立法中参与，再到立法后评估，群众广泛参与、良性互动，全过程人民民主贯穿始终。坚持开门立法、广集民智，切实聚焦百姓"急难愁盼"，才能最大限度凝聚社会共识，答好时代考卷、反映人民意志、得到人民拥护。

"天下之事，不难于立法，而难于法之必行。"法律的生命力在于实施，统筹推进科学立法、严格执法、公正司法、全民守法，一方面要坚持有法必依、执法必严、违法必究，善于运用法治思维和法治方式深化改革、推动发展、化解矛盾、维护稳定、应对风险；另一方面，还要推动全社会尊法学法用法普法，只有内心尊崇法治，才能自觉遵守法治、坚定捍卫法治，办事依法、遇事找法、解决问题用法、化解矛盾靠法氛围的形成，有助于制度优势更好地转化为治理效能，使人民共享法治社会建设成果。

民之所望，政之所向。把体现人民利益、反映人民愿望、维护人民权益、增进人民福祉落实到全面依法治市各领域全过程，让人民群众在每一项法律制度、每一个执法决定、每一宗司法案件中都感受到公平正义，让法治精神浸润人心、法治风尚蔚然成风，就能切实提升群众的获得感、幸福感、安全感。

发展全过程人民民主
良法善治互动互促

■ 天津师范大学副校长　天津市中国特色社会主义理论体系研究中心
天津师范大学基地研究员　佟德志

中国共产党天津市第十一次代表大会提出了全面建成高质量小康社会，建设社会主义现代化大都市的总体要求，并据此规划了五个"现代化天津"的奋斗目标。加快建设"民主法治的现代化天津"就是其中之一。五年来，在中共天津市委的领导下，全过程人民民主得到全面发展，全面依法治市得到全面落实，民主法治的现代化天津建设卓有成效，在党委领导、人大立法、政府治理、政协协商等各个方面创新实践，取得了一系列成果，形成了良法与善治互动互促的生动局面。

以立法促进高质量发展，在关键领域注重急用先行，不仅提高了立法质量，而且使得立法在推动高质量发展的过程中起到了实效。以立法促进和保障制造业立市战略，天津率先在全国推出首部智能制造发展条例，为天津智能制造的转型升级提供了法治保障。为了进一步加强对外开放，出台了推进北方国际航运枢纽建设条例，为打造世界一流的智慧港口、绿色港口提供了制度和法治的保障。为推进生态文明建设，天津在全国率先制定碳达峰、碳中和促进条例，有力地推动了经济社会全面绿色转型。天津市人大还与北京、河北人大协同联动，授权政府规定临时性行政措施，确保冬奥会顺利进行。其他如乡村振兴促进条例、市场主体登记管理规定、深化公共卫生领域立法、安全领域立法等都是抓住了发展的关键领域，解决了核心问题，推动了良法与善治的结合。

建设基层立法联系点，搭建"全覆盖"的"民主之网"，推进民主立法。早在 2015 年年，天津市就率先建立全国的基层立法联系点，并在 2017 年得到进一步扩大。2021 年，为进一步加强基层立法联系点的工作，推动本市立法工作高质量开展，市人大常委会又新增了 8 家基层立法联系点，并制定完善了工作规则。如今，基层立法联系点成为全过程人民民主的典范得到习近平总书记的赞誉，发展全过程人民民主也成为提高立法民主性的不二之选。围绕加强党的领导这一根本，紧扣全过程人民民主这一中心，天津逐渐创造出高效运转、简便易行的制度和机制，营造出广泛参与的浓厚氛围，不仅开创了新时代基层立法联系点工作的新局面，还为全过程人民民主打下了基础。据不完全统计，近三年来，各基层立法联系点先后就 30 多部地方性法规征求意见和建议，归纳整理提出修改完善的意见和建议 182 条，真正将立法的高质量发展与地方治理联系在一起，将全过程人民民主的制度优越性转化为治理效能。

发展全过程人民民主，通过立法改善民生，提升基层治理，成为 "法"与"治"的创新实践的结合点。通过惠民立法、"和平夜话"等多种形式，知民情、解民忧、办实事，把民主的精神、立法的质量同治理的效能结合在一起，不仅极大地提高了立法的民主性，而且提升了治理的效能。围绕着民心工程，天津市各区、乡镇人大在党委领导下，形成了"群众提、代表定、政府办、人大督"的机制，将全过程人民民主落到实处，形成了"全链条"的人民民主。和平区的机关干部深入到社区，做到"入网入格入户"，通过"向群众汇报""夜话""大走访"等接地气的形式，走进百姓家唠家常、加微信、交朋友，不仅践行了全过程人民民主，还能把居民群众的期盼和要求落到实处，真正地把人民对美好生活的向往作为天津工作的目标。据不完全统计，"和平夜话"活动划定了"办实事清单"690 项，切实解决了群众的"急难愁盼"，将民主、立法与治理有机地统一起来，将人民民主的制度优势转换为治理的效能。

　　天津始终坚持以习近平法治思想为指导，全面发展全过程人民民主，全面依法治市，推进法治天津、法治政府、法治社会一体建设，并将民主与法治建设与天津的高质量发展、治理现代化有机统一在一起，以一场"法"与"治"的创新实践将民主法治的制度优势转化为治理效能，在建设民主法治的现代化天津过程中迈出了坚实有力的步伐。

多元调解化心结

反映天津坚持新时代"枫桥经验"，健全落实矛盾源头预防、排查预警、多元化解机制，在全国率先建立三级社会矛盾纠纷调处化解中心，让老百姓"只进一扇门、解难化心结"，形成党建引领的"大调处"格局。

一扇"矛"与"盾"的调解之门

——天津坚持新时代"枫桥经验"创新社会矛盾纠纷化解机制

■ 记 者 耿 堃

20世纪60年代，"发动和依靠群众，坚持矛盾不上交，就地解决，实现捕人少、治安好"的"枫桥经验"，成为基层社会治理样板。

斗转星移，几十年过去，社会利益多元化，群众诉求多样化，社会矛盾复杂化，小问题处理不好，失民意，也能化身尖锐的"矛"，威胁社会的长治久安；大难题化解得当，赢民心，反倒铸就坚实的"盾"，维护安全发展。如何跟上新时代的步伐，丰富、发展、创新"枫桥经验"？

天津给出了自己的答案：2020年5月20日创建三级社会矛盾纠纷调处化解中心（以下简称"矛调中心"）——市委坚持以人民为中心的发展思想，把全面加强党的领导作为破解难题的关键，发挥社会矛盾纠纷调处化解综合机制优势，运用平安天津建设和党建引领基层治理机制、信访联席会议、"大调解"机制，建立党委领导、政法委主抓、信访办和司法局主责的工作体系。以实现"事心双解"为目标，出台《矛盾纠纷调处化解中心闭环工作流程》等配套文件，整治"只接不办""只转不办"，让群众"只进一扇门、解难化心结",切实把矛盾解决在萌芽状态、化解在基层。

霹雳手段
拔"钉子案"啃"骨头案"

市矛调中心成立之初,即按照市委、市政府"向着大问题,向着'一把手',向下向基层"的部署要求,从全市三级矛调中心接访事项中,梳理出1227件重点矛盾纠纷事项,集中开展攻坚化解行动,切实解决群众集中反映的"急难愁盼"问题和历史遗留的"钉子案""骨头案",推动案结事了、"事心双解"。

张玉珍和王红这对老姐妹借此东风,解了愁难。

2022年4月20日,谷雨。

上班时间刚到,滨海新区矛调中心门口已经排起了队。如同春逢谷雨晴的好天气,排队的群众神情轻松平和,有说有笑。来这儿的不都是顶着一脑门子官司吗?

"大伙儿今天是来签调解协议书的。"68岁的王红告诉记者。

时钟倒拨回一年前的春天,王红和75岁的老同事张玉珍感受到的却是阵阵倒春寒。她们起诉滨海某公司未支付安置费的诉讼请求,依据有关司法解释,法院未予立案。

"当时失望极了。"张玉珍对记者说,自从发现企业改制后公司应支付的安置费一直没到位,她和退休的老同事们自2016年起一直通过多个渠道反映问题,寻求解决办法,无果。2021年3月,她和王红决定起诉该公司,结果却是不予立案。同样失望的,还有多位起诉公司不成的老同事。

张玉珍、王红和同事们茫然无助之际,滨海新区矛调中心主动伸出援手。不到半年时间,张玉珍等人就与公司签署了调解协议书,预计到2022年7

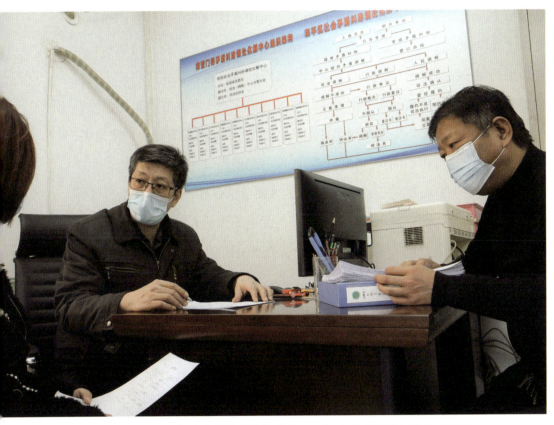

◎　和平区南营门街矛盾纠纷调处化解中心工作人员了解群众提出的问题

月5日，400多名当事人及其家属将全部完成与公司调解协议书签署工作。

"这批干部负责任、有担当。"张玉珍给滨海新区矛调中心的干部点赞。

负责任，当事人看到的是，滨海新区矛调中心以"1（矛调中心）+2（当事双方）+X（属事单位、律师、人民调解员等）"方式多次召开的交流协调会，区信访办、调解服务中心人员条分缕析地讲解、引导；没看到的是，会议以外他们的大量走访调查，将该公司的固定资产状况摸得一清二楚，连公司远在内蒙古自治区的房地产投资情况都了然于胸，确认其有能力支付这笔安置费，最终协调双方就安置费数额、给付方式、时间限定达成一致意见。

有担当，当事人想不到的事，滨海新区矛调中心、调解服务中心替他们处置周全。"仅仅签署调解协议书,对于公司没有法律约束力。我们想到了依据《人民调解法》到法院申请立案,请求对调解协议书进行司法确认。这样如果公司未按约定给付安置费,可以通过对其资产进行法拍等形式,支付安置费。"滨海新区调解服务中心主任王滨告诉记者,"先签调解协议书,然后我们与双方一起到法院申请立案,陈述案情,最后法院出具民事裁定书,对调解协议书进行司法确认。每份调解协议书都要经过这个程序才能得到法律保护。相同的程序,我们要做400多遍,把方便留给百姓,把麻烦留给自己。"

"这是一个人的立案申请材料。"参与此项工作的人民调解员孟庆华,拿着十几张纸给记者看,其中包含立案申请人身份信息、调解协议书等内容,"都是我们负责打印、复印的。"

"以法律的形式保护当事人对某公司的债权,这是我们坚持法治思维,以法律方式解决问题的体现。"滨海新区信访办副主任、矛调中心副主任李全鑫说。

"我们十几岁就进了企业,干了一辈子,到老了,安置费都拿不到,就是觉得不公平。"张玉珍、王红等几位阿姨说到动情处,红了眼圈,"大伙儿觉得不合理,要出这口气。现在心里头舒坦了。"

谷雨断霜。2022年,张玉珍和老同事们感受到了春之明媚。

"他们的怨气没了。事情的解决增强了党和政府的公信力。"孟庆华说,当事人高兴了,自己也高兴。

菩萨心肠
解死扣儿化冰坨

多少年越系越乱、越系越死的扣儿,为何三级矛调中心成立不到两年的时间,就解开了几百个?

一切源于创新。

◎ 滨海新区社会矛盾纠纷调处化解中心工作人员介绍工作流程

创新机制。构建"一站式"平台，让矛调中心服务真正走进老百姓心中。过去老百姓遇到问题，找了东家找西家，跑了南城跑北城，见得到的管不了，管得了的见不到。建立三级矛调中心，不但要让群众"有说话"的地方，更要让群众反映的问题有人管，还要一管到底。在天津，突出"战区制、主官上"，党委总管、主官主责的矛盾纠纷调处化解格局基本形成，各级党政"一把手"进中心上手解决问题。工作中，条块结合，属事属地联动；调解优先，多元化解联合；类案指导，政策资源联通。让进门时一肚子怨气的群众，出门时心平气和。

"好多常年上访的人说，矛调中心让他们有了说话的地方。"河东区信访办副主任李函露告诉记者，"上访者常说'我们现在知道到哪儿说事儿了'。

矛调中心变'来访'为'约访'，确定时间，属事属地部门和当事方共同协商，一站式接收，一揽子调处，重点案件还有包案的局级领导到场。"虽然不少人的问题尚在调解处理中，但是上访者到了矛调中心不吵不闹，询问工作人员问题处理进度，与其他上访人拉拉家常，下雪了，一起清雪。疫情防控期间，上访者还会帮助工作人员维持排队秩序，协助测温。

创新积案化解路径。转换角色定位，突出公正化解。创新发展矛盾纠纷"四方"调处机制，引入人大代表、政协委员、律师、调解员等第三方力量，变矛盾"双方"为主持人、信访投诉方、事件相关方、观察方"四方"，凸显调处化解的公开、公平、公正。释放政策善意，突出灵活化解。以个案个性化解决为指引，遵循法理本意、政策本源"对症下药"，拓展化解空间。提升情感温度，突出和谐化解。优化矛盾纠纷处置方式，变"被动处置"为"主动调处"，用真情实意温暖群众。

合理合法解决"张玉珍们"的陈年积案，事结案了是天津各级矛调中心的第一步，融化他们因多年上访郁结于心的冰疙瘩，做到"事心双解"是最终目标。

"来我家吃稳居的喜面啊！"82岁的赵建华搬入新居后，向河东区矛调中心老吴工作室负责人吴文兴发出邀请。谁能想到她曾经是让信访干部头疼的"名人"。自1997年3月房屋拆迁以来，由于对拆迁政策不满，二十多年来，赵奶奶及其老伴儿、子女多人到各级部门上访700余次，诉求也是越提越高，甚至到了无解的地步。

河东区矛调中心成立后，开展"百日攻坚"专项行动和对重点人群的"融冰行动"。赵奶奶的事，是"百日攻坚"要啃的"硬骨头"，赵奶奶的心，哪怕是石头做的，"融冰行动"也要焐热乎。

由于机构改革，负责拆迁的政府部门二十多年来变动大、负责人变动大，曾经的调解意向都未落实，赵奶奶对政府工作人员不信任。融冰，就从建立信任开始。主要调解涉及住建委信访案件的老吴，带领老吴工作室的工作人员每次都热情周到地接待来访的赵奶奶：每周约访，经常家访；老人病了，老吴到医院看望；春节，老人准能收到老吴的拜年电话。逾百次敞开心扉的交流，老人和家属的气顺了，愿意坐下来好好聊聊。在充分考虑了赵奶奶家庭居住困难，通过横向参考现行拆迁政策，纵向比较当时的安置标准，本着既尊重历史又考虑现实的原则，制定了化解方案，最终达成协议。赵奶奶的小女儿李兰对河东区领导说："你们对我们已经上访了二十多年的案情重新梳理，还原客观事实，暖了我们的心。你们提出的解决方案明明降低了我的诉求，我却心服口服，不好意思坚持原诉求。"

问题解决后，李兰成了矛调中心志愿服务的积极分子。

"群众有理，工作有失，问题有解。这是我们做好矛盾纠纷调处化解的'三有推定'。"河东区信访办主任、区矛调中心常务副主任陈治光说，该区矛调中心处理问题时，以"三有推定"为出发点，坚持每周必调度、每案必包保、每日必约访、每案必督查、每日必通报的"五每五必"工作法，化解了大量积案难案。为确保案件处理质量，河东区要求各部门派精兵强将到区矛调中心工作，区委组织部安排干部在提拔任用前，必须到区矛调中心锻炼，优秀年轻后备干部也要到这里锤炼。一套组合拳打下来，区里将一些重点难点工作放到矛调中心这个平台上解决，全区信访工作在全市从后进生跃为优等生。

大医精治
防在"早"化在"小"

大医治未病之病。清历史积案、解上门难题，治的是已病之病，甚至沉疴重疾，如何将关口前移，将矛盾化解在源头，治将病之病，甚至未病之病，创建新时代"枫桥经验"？

抓基层、打基础，源头防范、及时预警把风险化解在市域。以基层化解为首要，加强源头预防、前端化解、关口把控，坚持分级处理、一体联动，用好"吹哨报到"机制，实现市级统筹、区级统管、街镇统办、社区统收、网格统报工作闭环，确保小事不出社区、大事不出街镇——天津创建三级矛调中心之时，就已经确立这样的方式方法。

2022年1月21日，滨海新区塘沽街新城家园13号楼强电井突发火灾，造成全楼居民无电使用。该区矛调中心第一时间召集相关单位，研究处置措施，及时组织抢修，恢复全楼供电。

区级矛调中心如何在未接到来访信息的情况下，牵头处置紧急事件？"网格员上报啊。"滨海新区矛调中心副主任李全鑫告诉记者。

本市三级矛调中心创建之初，全市数万名专兼职网格员就开展矛盾纠纷滚动排查、就地化解、及时处置，把问题化解在域内。

滨海新区更进一步，在新河街道所辖社区试点设置矛调中心，打造"三级平台调处"。社区作为一级平台，负责矛盾纠纷的发现和预警，化解一般的矛盾纠纷；社区难以解决的问题，上报到街道二级平台；依然难以解决的，上报到区级矛调中心这个第三级平台。

新河街南益社区就是创新尝试的受益者。小区业主对于停车场使用、收费等问题多次拨打投诉电话。滨海新区调解服务中心主任王滨带领团队，深入社区调研，加入到每一栋楼的微信群中，了解业主想法，向大家详细解释法律规定，指导社区矛调中心工作，制定调解方案。最终持不同意见的各方业主，接受了矛调中心的调解方案。

"三级平台调处"机制仿佛医院分级诊疗，小病在社区医院治，重病大病转到三甲医院，资源有效整合，效率明显提升。

一级平台又像哨兵，发现隐患，及时预警。"我们在南益社区走访调查，梳理出了有关物业的十几个问题，交给社区居委会，督促物业公司及时整改，避免小毛病拖成大问题。"王滨说。

一级平台又是治未病之病的大医。"王主任耐心地向居民讲解法律知识，我们在一旁听，也学到了很多，后来再讲给其他居民听，好多事大家就明白该怎么办了。"南益社区党委书记张凤梅，在社区里一座张贴着《民法典》宣传展板的"普法凉亭"内告诉记者。

这样的法治宣传阵地，在新河街的大部分社区都能看到，帮助居民树立法治观念，让法治思维、法治方式融入基层社会治理。南瑞社区78岁的居民刘大爷，因楼上邻居施工导致他的房屋漏水，双方沟通达不成一致。刘大爷看了社区法治宣传阵地的法律知识介绍，有了底气，在人民调解员的帮助下，找到楼上邻居，讲理讲法，双方最终就如何赔偿达成一致意见。

2021年度，新河街及社区共调处各类矛盾纠纷800多件，接待群众2300余人，涉及金额2300万元。

"小事不出网格，大事不出社区村，矛盾不上交。"滨海新区在区内有条件的街镇推广"三级平台调处"机制，重心下移，加强指导，助推矛盾化解。

春风化雨，润物无声。本市三级矛调中心成立以来，群众到信访接待场所集体访比率下降了，把各类风险隐患化解在市域的能力水平明显提升了。国家统计局2020年度调查，群众对天津平安建设满意度名列全国前茅。2021年11月市统计局调查，全市居民群众对天津社会治安状况满意度达99.1%。2021年至今，全市各级矛调中心共接访群众73552批次，办结71202批次，办结率96.81%。三级矛调中心的创建为建设高水平的平安天津，筑牢首都政治"护城河"发挥了重要作用。

（注：文中张玉珍、王红、赵建华、李兰均为化名）

用更有温度的方式化解群众"心结"

问题是时代的声音，一切事物都有矛盾。新时代是高质量发展的时代，人民对美好生活的要求不断提高。我国正处于改革发展的关键时期，经济体制深刻变革、利益格局深刻变动、价值观念深刻变化，很多新情况、新动态衍生社会新矛盾、新问题。基层是社会和谐稳定的基础。基层群众矛盾纠纷，处理得好，就能进一步凝聚人心；处理得不好，就会影响党群干群关系，影响党的执政基础。

2020年3月，习近平总书记在浙江安吉县社会矛盾纠纷调处化解中心调研时指出，让老百姓遇到问题能有地方"找个说法"。两个月后，本市建立市、区、街道（乡镇）三级社会矛盾纠纷调处化解中心，在社区（村）设立调解室，对矛盾纠纷进行全科受理，形成"一站式接待、一揽子调处、全链条解决"工作模式，让老百姓解决矛盾纠纷"只进一扇门"。三级矛调、四级调处，层层贯通、全市覆盖，成为全国首创。

"只进一扇门"彰显治理格局的新突破。天津强化党建引领"大调处"格局，把全面加强党的领导作为破解难题的关键，市委高位推动，运用"战区制、主官上"工作机制，压实党政第一责任人责任，抓准了制约发展的"结"，破解了群众闹心的"难"。

各部门以常驻、轮驻、随驻方式，一门进驻矛盾纠纷调处化解中心，集中办公、集约管理、集成服务，变信访部门的"独唱"为信访、司法、民政、城管、住建等部门的"合唱"，配合检察官、法官、律师、人民调解员、心理咨询师的"伴唱"，从制度层面保障矛盾纠纷化解的机制手段，推进了基层社会治理现代化。

"只进一扇门"彰显为民服务的大情怀。"善治病者，必医其受病之处；善救弊者，必塞其起弊之原。"基层问题宜疏不宜堵，宜解不宜积。及时，问题就不会积累；就地，矛盾就不会上行。矛盾不解决，只会小问题拖大、大问题拖炸。基层矛盾纠纷往往涉及群众切身利益。解决矛盾纠纷的态度，体现的是对群众的态度、对民生问题的感情。"只进一扇门"，把矛盾纠纷化解机构建到老百姓的家门口，强化群众视角，站稳群众立场，推心置腹，换位思考，带着真情、及时就地解决社会问题，让矛盾化解只进一扇门、最多跑一地，让群众办事更方便、更舒心，体现了诚挚为民的温度和力度，凝聚了党心民心。

"只进一扇门"彰显迎难而上的铁担当。大事难事看担当，顺境逆境看襟怀。面对问题这个"试金石"，是"多一事不如少一事"，还是"百姓利益无小事"；是能拖就拖、能推就推、千难万难，还是提锅上灶、雷厉风行、千方百计；是当"泥瓦匠""打太极""踢皮球"，还是当"打铁匠"、"勇"字当头、遇"难"亮剑？前者，群众求告无门，矛盾不断积累，埋下了隐患，增加了风险；后者，敢啃"硬骨头"，勇破"拦路虎"，以铁肩膀硬肩膀履职尽责，为党分忧、为民解难，当好维护社会稳定的"第一道防线"。

治政之要在于安民，安民之道在于察其疾苦。有效化解社会矛盾纠纷，是一场社会治理的统考。基层矛盾问题绕不开躲不过。唯有践行党的宗旨，坚持和发展"枫桥经验"，以深厚情感为民解难，以强烈担当勇担重任，以创新举措突破难局，才能切实将矛盾纠纷化解在基层、化解在萌芽状态，以解决问题、解开"心结"的实效增强群众获得感幸福感安全感，坚决筑牢首都政治"护城河"。

架构矛盾纠纷大调处格局
实现"事心双解"好效果

■ 中共天津市委党校法学教研部副主任、副教授　天津市中国特色
社会主义理论体系研究中心中共天津市委党校基地特约研究员
张红侠

"天下顺治在民富，天下和静在民乐"，习近平总书记要求既要下大力气解决好人民群众切身利益问题，还要健全平安建设社会协同机制，从源头上提升维护社会稳定的能力和水平。市第十一次党代会以来，天津市委、市政府厚植为民情怀，强化政治担当，不断创新社会治理体制机制，以矛盾源头预防、排查预警、多元化解为抓手，在全国率先架构起党建引领下"只进一扇门，解难化心结"的矛盾纠纷大调处格局，走出践行群众路线"新路子"，体现了社会治理工作的创新性，打造出"枫桥经验"的津招牌，筑牢了首都安全稳定"护城河"。

走出践行群众路线"新路子"

群众路线是认识论、实践论、方法论，其核心要义是以人民为中心，把满足人民群众对美好生活需要的过程，作为推动社会进步的过程。市第十一次党代会提出"加快建设民主法治的现代化天津"，将维护人民权益、保障社会和谐安定作为全面推进治理体系和治理能力现代化的实践抓手。矛盾纠纷大调处格局是这一实践的重要组成，深刻体现了人民立场的坚定性。"只进一扇门"

是办群众所需，采取"一站式接待、一揽子调处、全链条解决"集中调处矛盾纠纷模式，为人民群众打开疏淤解难之门。"解难化心结"是想群众所想，打出以矛盾化解为明线、心理疏导为暗线、"化解矛盾"与"解开心结"相结合的组合拳，让人民群众在每一起调处中感受到公平正义，提升获得感。

体现了社会治理工作的创新性

社会治理创新是以维护社会稳定、满足人民群众对美好生活需要为目的，对社会运行体制机制进行的适应性重构。市第十一次党代会提出"加强和创新社会治理"，"只进一扇门，解难化心结"矛盾纠纷大调处格局是市域治理创新的重要举措。社会矛盾纠纷调处化解中心采取主官负责、上下联动、部门联办、社会参与的运行机制，市领导高位指挥，各相关部门一把手"包难案""清积案"；上级部门协调推动、下级部门持续推进，各相关职能部门共享信息、共同研判、密切协作、共同解决；各专业性、行业性、专门性调解组织和律师事务所等组织通力合作；法官、检察官、人民调解员、专业律师、法律明白人、心理咨询员积极参与，形成了纵向善治指挥链、横向共治同心圆，切实增强了矛盾纠纷化解制度的执行力。

打造出"枫桥经验"的津招牌

"枫桥经验"是党领导人民创造出来的社会治理经验。"枫桥经验"的基本内涵是就地化解矛盾纠纷，使矛盾不激化、不扩散，不上交、不上行，不累积、不集聚。"枫桥经验"具有鲜明的与时俱进精神，在发展中不断适应不同历史时期的治理需要，同时全国各地在治理实践中也在不断发展"枫桥经验"。天津在治理实践中架构起符合大都市特点和治理规律的矛盾纠纷大调处格局，将法治元素融入"枫桥经验"，制定《天津市行政调解规定》，推进"矛盾纠纷多元化解条例"等"大调解"地方法律制度建设，坚持依法规范调解，不断提升调解法治化水平；将科技元素融入"枫桥经验"，借助互联网、大数据、人工智能等新技术手段，为社会和谐稳定安上科技稳压阀，打造出"枫桥经验"的津招牌和升级版。

五年来，天津以舍我其谁的责任感积极推进平安建设，实打实地担起了"卫"的责任，筑牢了拱卫首都安全稳定的防线。在全面建设社会主义现代化大都市的新征程上，天津正在努力打造法治建设先行区，先后印发《法治天津建设规划（2021—2025 年）》《天津市法治社会建设实施纲要（2021—2025 年）》《天津市法治政府建设实施纲要（2021—2025 年）》，明确规定要"加强社会矛盾纠纷调处化解中心建设，健全'一站式'纠纷解决服务平台"，进一步运用系统思维、法治思维、底线思维不断提升天津治理体系和治理能力的现代化水平。

"飞地"彻底落地

　　反映天津大力推进基层社会治理属地化，对546处城中村、插花地、责任不清地带开展集中治理，压实属地责任、排除安全隐患、兜底民生保障，让"无主"成"有主"，让"飞地"彻底落地，解决几十年历史遗留的痼疾顽症。

一场"无"与"有"的管理覆盖

——天津集中治理"飞地"全力推进基层社会治理属地化

■ 记　者　刘雅丽

每一块"飞地",都有属于自己的故事。

每一块"飞地",都要找到管理的归属。

2020年4月起,一场自"浅"入"深"的发掘梳理、由"点"及"面"的综合治理、从"无"到"有"的管理覆盖在津城有序有力展开——天津坚持人民至上原则,秉持历史主动精神,把"飞地"基层社会治理属地化作为推进市域社会治理的重要切口,作为密切联系群众、服务群众的重要途径,聚焦问题导向,采取科学方法,创新体制机制,锐意攻坚克难,大力度集中根治"飞地",积极破解基层社会治理职责交叉、责任不清和治理真空等问题,努力探索超大城市现代化治理新路子。

267天,不舍昼夜,清仓见底。天津算陈年账,算民心账,算长治久安的政治账,涉及中心城区6个区、环城4个区,546处"飞地"平稳"着陆"、"倦鸟"归林,逐一明确属地"责任田",夯实了党的执政根基和基层基础,坚决筑牢首都政治"护城河"。

不能让"有故事"的"飞地"，
成为有事故隐患的"是非之地"

推进国家治理体系和治理能力现代化，必须抓好城市治理体系和治理能力现代化。习近平总书记指出，要着力完善城市治理体系和城乡基层治理体系，树立"全周期管理"意识，努力探索超大城市现代化治理新路子。

天津作为超大城市，在加速现代化进程中，基层管理体制同样存在条块分割、各自为战、权责脱节、效能不高等问题。"飞地"，指行政区划和管辖权不统一地带，是城市进化的产物，是基层治理的难点，也是绕不过的时代考题。

前进村，就是一处"飞地"，地处北辰区，日常管理属河北区，产权则是铁路部门。

20世纪50年代，北辰区普济河道北、铁东路以西建起16排平房，最早搬入的是铁路职工。于秀安老人，当年就出生在这儿，三个月大时生了一场病，病后"前进"一步都难，再没有离开过这里。

老于见证了前进村的变迁：当初，这里像"世外桃源"——西边挨铁路，中间隔挡板，外头风驰电掣，里头无声无感。一年又一年，老住户分批往外搬，租户不断往里换，一起跟进的还有"圈占"，就连公厕、垃圾池都被砌平占了，问题渐渐多了起来。

买趟菜，几十米路，总有几处臭水拦路，绕不掉。老于出门穿的一双系带步鞋，湿了干，干了湿，干脆不刷了，回家一扔，臭就臭着。环境差，谁住谁闹心，最闹心的是违建堆物，挤得路曲曲折折。

前进村出路难，难在"飞"着。"类似你家地，'飞'人家地里去了。"

老于感慨，想向上反映，但多方管辖职能交叉，不知哪事推哪扇门，就算碰对门，也是按下葫芦浮起瓢，问题接二连三。

每一块"飞地"，都有不同的起源、不同的轨迹。当初，有多少美好的愿望；如今，就有多少"成长的烦恼"。

——历史上多次区划调整，环城区一些地划入中心城区，可城市化不彻底；

——在环城区开发的小区，颁发了紧挨的中心城区房产证，即使中心城区管着，也缺乏法律支撑；

——环城区集中安置了中心城区拆迁的户籍居民，安置地没挨中心区，配套跟不上；

——还有些责任不清地带，例如单位产、企业产等，配套不被认可，交的交不过去，接的没接到手。久而久之出现管理"无主"问题，形成"飞地"乱象。

陈年账，盘根错节；理旧账，难上加难。共产党人守的是人民的心，历史交办的，再难也接，接了就要办好，不能让"有故事"的"飞地"，成为有事故隐患的"是非之地"。

2020年4月9日，市委常委会扩大会议聚齐了10个相关区的书记、区长:

"有困难吗?"

秒针滴答作响，心气儿骤然升腾。

"好，都没问题。"

…………

"要从夯实党的执政根基、打牢基层基础的高度，从践行初心使命、为人民谋福祉的高度，深刻认识解决'飞地'问题的重大意义。"以上率下，压实责任，再重的担子也要用铁肩膀扛起来。

扩大会议当天，全市启动"飞地"治理。时间的钟摆，似乎骤然提速。

◎　"飞地"治理为居民用气安全保驾护航

区里主办、市里督办。4月23日,督办方案印发,明确总体要求、基本原则、组织领导等。在市委、市政府领导下,市党建引领基层治理体制机制创新工作领导小组成立解决本市"飞地"基层社会治理属地化有关问题专项工作组(以下简称"市专项工作组"),市专项工作组下设工作专班(以下简称"市工作专班"),8个市级部门参加。治理任务涉及哪个部门,哪个上阵,最终增加到11个部分。

方案还给出进度安排,5月10日前深入排查核实,月底相关区成立各区的工作专班等。5月10日"交作业",全市总计排查出"城中村"、接壤的"插花地"、不接壤的"插花地"、责任不清地带四类"飞地"546处。

定下时间表，明确作战图，攻坚战全面打响。

以人民为中心是最大的理，想清这个理，"飞地"就必须治理

"飞地"从哪里来？把历史的难题留给历史。

"飞地"归哪里管？现实的课题必须直面回应。

"基层社会治理属地化是总原则"一锤定音。市委下定决心，"对症下药"，彻底根治"飞地"问题。

属地化总原则，就是行政区划所在区承担起本地区基层治理、服务、管理责任，应管尽管。历史遗留问题，原区原单位解决。

四类"飞地"，分类施治——

城中村，落实属地管辖权，依法依规推进撤村建居。

责任不清地带，落实权属单位责任，明确属地基层组织管理责任。

治理"插花地"，"'药'两种，要么'线'调过去，要么调过来。"市工作专班办公室人员打比方。

线，一指行政区域界线，一指管辖权。"接壤，A和B挨着，A管着，都认可，但地在B内。方法就是，接壤了把'线'依法调到A。不接壤，管辖权该归位的归位。"

调"线"要尊重历史现实，方便管理，更要"顺百姓的意"。拿不接壤"插花地"双环邮来说，管辖权从中心城区划到环城区，全国没先例，相关区和部门把人民利益举过头顶，提出"三籍不变"建议：房产登记、户籍、学籍不变。会不会产生新的职责不清？拟定协议，反复论证，责任谁担，一一写清。若有特例，加上"两办对两办"问题解决机制，区委办公室对区委办公室，

区政府办公室对区政府办公室。

"飞地"治理，前进村是开头，开头就啃"硬骨头"。

2020年5月16日，前进村清理整治指挥部成立。清理、整治、归位刻不容缓，北辰区天穆镇"接令"接管。北辰区、河北区迅即交接行政、治安管辖权。市级层面几次跑北京，找产权单位沟通。……"雷霆之势，3万多平方米违建十多天拆完。"天穆镇人大主席、前进村党支部第一书记阚胜勇，带领党员突击队重温入党誓词，以实际行动践行初心使命。拆违前，队员分组入户摸底。

月落日升又一天，挡板忽地拆了，前进村豁然开朗。

多年憋屈，一朝难平，没真情实意拆得了真墙拆不了心墙。老人们做梦都没想到"公家"上门给理发。大娘套披肩坐炕头，"盼哪盼哪盼来啦"，说着说着，眼泪哗哗；理着理着，大伙眼窝都变浅了。

一名精神疾病患者，别人离远远的，前进村"新管家"辽河园社区干部天天走访："得管，她家真困难。"

"困难"，紧紧抓到各组手里。周末，阚胜勇手机铃响，李家大哥打来电话，对方申请廉租补贴的事行了，他媳妇得再找自己问问，"违建里没钱找住处的，前期我们凑点儿，后期能享受的政策都帮他们用足。"阚胜勇说，能解决的，区级层面基本解决了，没招儿了，就用上"吹哨报到"，喊市级部门处置，还不行，直通市领导……

到6月8日，违建变绿地，在无一处补偿的情况下无一人上访。眼瞅着公厕有了，路直了、宽了、干净了……老于终于气顺。如今回访，忆及清理整治，老人依旧"没半点儿不满意的"。

风雨若同舟，"三尺寒冰"能焐透。天津拿出整治资金1.6亿元、拆迁安置资金3.4亿元，用上了10个区、11个市级部门骨干力量，压实属地责任、兜底民生保障。

治理期间，记者曾随市工作专班查访组到前进村暗访，走进仓库改建的指挥部，迎面大字十分醒目——"不忘初心、牢记使命"。墙上挂着居民送的锦旗——"共产党好"。

"飞地"治理，市委和市政府负首责、总责，相关区负主体责任和第一责任人责任。市级相关部门密切配合。市级明确工作标准、建立督办制度、督查验收机制等。上下联动，部门协同，"一盘棋"攻坚。各区党员突击队冲锋在前，"下看上，你看我，我看你，干劲比拼，就没甩手的"。

"飞地"治理，锤炼了干部作风——

2020 年 9 月，记者走进设在市委政法委的市工作专班办公室。一间屋，满满是报结点位"答卷"，546 个点位"一地一册、一地一策、一地一档"，4 个大柜里是待完善的，桌上是正在审的，还有已转走督办的。"是不是都落实要求了，不能光纸上见，要实地查去。"办公室工作人员态度坚决。

读懂"实地"，才能读懂"飞地"治理。市专项工作组带工作专班、督办组实地暗访，各区党政主要负责人深入基层点位调研推动。"领导直插一线，与我们一块儿吃盒饭、一块儿干，感觉很不一样。"辽河园社区干部感慨。

"飞地"治理，摸清了基层隐患——

从启动治理，到年底"飞地"落地，267 天一同摸爬滚打，接真地气，就真接地气。

接真地气，就真出力。"过道，最窄处仅容一人，万一着火，想跑都难。"东丽区万新街接管沙柳北路 64 排时，时任街道党委书记王雪冬刚到任，办公室落了个脚，就跟区领导冲过去。"进去一看，立马有了整治紧迫感。"64 组消防器材、357 个烟感报警器放进去，垃圾堆物大清理，"一米过道"拓宽了……

"飞地"治理，密切了干群感情——

河东区担起刘台片区治理属地责任，不仅管公共空间，"居民家中院落地砖、电表、塑钢门窗，我们都给换新。"区专班工作人员王风潇说，"不要怕老百姓占便宜，里外都干净，大家才能爱惜，卫生才能保持。"

做到"家"不算，还得细。"家家户户铺地砖，我老头偏不喜欢。"老伴儿身体不好，情绪还差，眼瞅铺到自家铺不下去，刘慧英干着急，"后来人家特意给铺成石灰地。党和政府真心为咱，咱不能在家干坐。"她见工作人员没热水喝，就天天烧一大壶送去。

鸣蝉鸣、秋韵浓、雪漫漫，刘台风景三季变，刘大娘的热水壶还了送、送了还……

"飞地"落地不停留于责任落地，
后续"精细化治理"永无止境

城市要发展，治理要精细。习近平总书记要求，城市管理应该像绣花一样精细。

每座城市的发展，都是有机进化的过程。天津集中治理"飞地"，不是一劳永逸，而是用发展的办法解决前进中的问题，特别是像"绣花"一样，既理清楚前半程的"区域归属"，更做好后半篇文章的"精细化治理"。

"绝不允许高楼大厦背后有棚户区！"2017年起，天津启动实施市区147万平方米棚改三年清零任务。三年棚改，红桥是重头。

和苑街，应棚改而生的街道。"这里住的主要是红桥区西于庄等棚户区改造定向安置居民，有了棚改才有了和苑。"街道党工委书记张凌说。

和苑街行政管理属红桥，地在西青，被归为接壤"插花地"。2020年底，

和苑街行政区划变更为红桥区，同时新纳入和苑 C 地块等。随后，这处涉及 3 个涉农集体经济组织的市级挂牌督办平房区，纳入民康园社区管理。

针对"难中难"，开启接、改、管，前两年前两步走完。58 岁的刘艳芬在此住了二十多年，早年"两大难"：一难是下雨积水，路面积水比屋里高。二难是飞线团团乱，她记得有天晚上快到家了，突然头被一根垂下的线撞了一下。"现在环境变好了，我特知足。"刘艳芬说。

"2021 年，这里实施架空线路、积水点位和基础设施专项整治后，和苑 C 居民感受很深。"民康园社区党总支副书记贾艳介绍。

"飞地"治理属地化，"理"清楚行政区划，是为了"治"明白管理责任。从以往不能"治"、不便"治"或不想"治"，到如今主动"上"、靠前"管"，坚决扛起管理责任。

如今，红桥区依托"三级平台、四级网格"，持续深化党建引领基层治理"十个一"工作机制，和苑街作为最早建成运行的试点区域，通过信息技术实现辖区内人、地、事、物、组织全覆盖。

"硬件提升了，可谁也不敢保证雨下大没点儿积水，下一步就靠基层治理，随时发现随时清理。"民康园外鸿明道上，抬头一组摄像头。张凌说："这样的技防设施和苑有 315 部，如果发现积水，平台坐席可随时呼叫有关部门，网格员和居民也能上传照片到平台处理。"

和苑街建立了 7 类志愿服务队。民康园居民王桂鹏是为老服务类志愿者，这天见着李大爷，"晒太阳呢？需要帮助吗？"唠完嗑，后填表，服务对象类别：独居；颜色：黄色；联系方式：见面……"我们实施'红橙黄绿四色探视机制'，覆盖新纳入地块老年人，确保重点人群有人问有人管。"王桂鹏说。

后续治理"要坚决坚持抓到底"。有"主"了，工作顺了，问题和难题不是停了歇了，而是压实主体责任、依法依规治理的新起点。和苑"答题"

并非"特写"，和平、河西、南开、河北、津南等各相关区点位"连连看"，"赶考者"不断迈出新步子，群众盼着奔着更好的日子。

"天津坚持人民至上，知重负重，以机制建设释放治理动能，以雷霆之力砸'虚焊'去'淤结'。"深入研究过"飞地"的天津社会科学院法学研究所所长刘志松认为，"飞地"治理，治了"无主"，"理"出一条可复制推广的超大城市治理路子。

"飞地"治理经验受到中央政法委、民政部等部委的关注和推介。民政部在相关报告中提到，天津市积极解决"飞地"问题，压实了基层治理属地责任，实现了基层党建和服务管理双覆盖，维护了行政区划在治国理政中的法治权威。

用历史主动精神破解"历史难题"

基层治理既是城市治理的"最后一公里",也是人民群众感知公共服务效能和温度的"神经末梢"。基础打得牢,社区治理好,不断夯实基层社会治理这个根基,城市发展的大厦才能更加稳固。

作为城市化进程中的特殊产物,"飞地"由于行政区划和管辖权不统一,给基层治理带来了潜在风险和现实难题。2020年起,一场"飞地"基层社会治理攻坚战在津沽大地打响:天津以雷霆之力砸"虚焊"去"淤结",去繁就简、拨云见日、明责赋权,原本的垃圾堆积地,改造成健身广场;以前的违建,变身如今的绿地……546块"飞地"告别无主之地的困扰,体制机制理顺了、属地责任压实了、民生保障兜住了,人民群众的获得感、幸福感、安全感更多了。从"无主"到"有主",天津"治"出了责任边界,填补了管理真空,实现了区域治理体系的全面覆盖,"理"出一条可复制推广的超大城市治理之路。

历史的人要干历史的事。但历史的事不完全透亮如镜、明白如话,很多掺杂了岁月"尘埃"、信息"噪音",或人为因素的"干扰项",经年累月,渐渐成为"陈年旧账""历史难题"。"飞地"现象之所以延续日久,有的存在数十年,很多是因为时过境迁、物是人非,也有后来者认为"新官难理旧账""多一事不如少一事",历史的线头越缠越紧,治理的责任主体若有若无,说不清理还乱，知其然不知其所以然，更不想释其然。直面历史遗留问题、勇于破解难题和困局，不仅需要智慧和谋略，更需要魄力和勇气，需要定力和静气，需要强烈的历史主动精神。

"治国有常，而利民为本"。"飞地"治理关乎基层治理效能，关乎百姓切身利益，关乎社会稳定大局。基层治理，关键在"心"，这颗心，就是服务群众、造福群众的真心。在推进基层治理现代化建设的过程中，必须坚持以人民为中心的发展思想，始终站在百姓立场想问题、作决策、办事情，让"人民"二字的分量体现在工作成效中。如今，一排排老旧居民区刷新了"颜值"，提高了群众的生活品质；一批批重点帮扶人员纳入台账，帮助困难群众解决实际问题；在群众关心关切的户籍、学籍等问题上，最大限度保障群众利益……带着感情为群众办实事、解难题，是一场以心换心的考验，需要倾心倾情倾力作答。只要我们以人民群众的根本利益为根本坐标，从人民群众最关心最直接最现实的问题入手，不断创新社会治理、激发基层活力、提升治理能力，就一定能维护好群众安居乐业、社会安定有序的良好局面。

痛点难点，就是工作的切入点、着力点。治愈一个痛点，就是打开一种工作局面。无论是牢牢抓住"属地化管理"这张"方子"，明确权责边界，严格落实责任，破解"飞地"治理之难，还是聚焦群众的大事小情，构建网格化、精细化、信息化的基层社会治理服务平台，都需要以问题为导向，以效果为导向，哪里有"症结"，就着力攻克哪里，着眼于解决民生难题、化解基层矛盾、提升服务能力。广大党员干部唯有发扬历史主动精神，拿出"迎着问题上、追着问题跑"的状态和"一竿子插到底"的作风，精准施策、攻坚克难，把工作做到位、做到底，才能进一步提升基层治理的效能，跑好历史的这一棒，开创工作的新局面。

"飞地"治理是建设人民城市的有力举措

■ 南开大学中国政府发展联合研究中心　赵聚军

党的十九大以来，天津市持续优化基层治理，在建设人民城市的道路上取得了一系列新突破。从近年来的实践来看，属地管理作为化解基层条块分割的有效手段，已成为各地优化城市治理、防范化解风险矛盾的普遍举措。同样，天津市在新冠肺炎疫情防控工作中，基层属地责任的全面压实，已然成为抗疫取得阶段性胜利的重要保障。作为行政区划与基层治理的交叉接合部，"飞地"盘根错节的存在形态显然是全面落实抗疫属地责任、完善城市空间治理体系的明显羁绊。在此背景下，天津市2020年率先在全国展开了"飞地"集中治理工作。治理工作直指"飞地"引发的基层管理权属混乱问题，着力破除基层管理和服务职责划分零碎化、无序化、交叉化的治理梗阻现象，是以人民为中心的发展理念在城市治理场域的生动呈现。具体来看，集中治理工作体现出三点鲜明的特色。

第一，将理顺"飞地"引发的行政区划归属与管理权限不统一问题作为主要目标，强调行政区划调整服务于优化基层治理的现实需求。本质上看，"飞地"遵循的是"属人"管理的原则，与遵循"属地"管理的行政区划设置存在严重的背离。尤其是在基层，"飞地""你中有我，我中有你"的存在形态，往往导致相关区域的管理权属划分模糊不清，成为引发基层治理堵点、盲点的重要根源。党的十八大以来，党中央持续强调全面发展观、愈发重视基层治理。在此背景下，可以发现当前的行政区划管理工作，尤其是基层行政区划调整，正在明显地经历着由单纯的强发展导向到发展与治理并重导向的转型。天津市的"飞地"集中治理工作从基层治理与行政区划的接合部切入，明确将落实属地责任、补齐基层治理短板作为调整的主要目标，适应了新时代行政区划调整工作指导逻辑的转变，是建设人民城市的重要举措。这与以往"飞地"治理中单纯强调的经济发展导向，形成了鲜明的对比。考虑到"飞地"在国内大中城市的普遍存在，显然具有很强的标杆示范效用。

第二，将人民群众的合理诉求置于工作首位，切实践行了以人民为中心的发展观，有效降低了社会风险。由于行政区划调整属于全局性的行政建制改革，涉及的利益关系非常复杂，利益权责的协调程度是顺利推进调整工作的主要影响因素。"飞地"集中治理作为 2020 年以来天津市优化基层行政区划设置的重要举措，虽然本身就是为了解决基层交叉管理、责任不清等历史遗留问题，但由于牵扯各方的利益诉求，因此能否获得涉及区域居民的广泛支持和理解，将直接影响调整的风险程度。鉴于此，整治方案坚持以保障居民的合理要求，保证居民的既得利益不受损为前提，对可能的社会风险作出了全面的评估和预案，确保了治理工作的顺利推进。例如，在个别市内六区并入环城四区的调整中，针对居民关心的户籍、教育等重要事项，治理方案明确承诺行政区划调整而户籍、学籍不调整。对涉及的行政村，亦明确承诺集体土地的性质和产权保持不变。此外，对于集中治理工作可能触及的一些深层次矛盾关系和利益纠葛，在条件不具备时，不贸然突进，而是采取"小步慢跑"形式，审慎推进。

第三，强调治理方案的合法合规性，工作规范透明。长期以来，由于针对性法规不完善且相对滞后，导致我国的行政区划管理工作一直存在随意性大、规范性不强、审批后落实不力、违规追责机制缺失等问题。2019 年和 2020 年相继颁布实施的《行政区划管理条例》和《行政区划管理条例实施办法》，对行政区划调整的原则与方针、变更程序与权限、监督与管理、追责机制等作出了详细的规定，已成为规范行政区划调整的基本依据。在天津市"飞地"集中治理工作中，无论是前期的政策定调、针对利益相关各方的社会调查和政策宣传，还是后期的政策论证、专家评估、对居民意见的反馈，均非常规范透明，有效保障了工作的顺利推进。

夯实执政根基

反映天津加强基层党组织建设，在全国率先实现100%成功换届、100%实现"一肩挑"，招录农村专职党务工作者，站稳"脚跟之立"，加强"钢钎之固"，确保党建引领"一根钢钎插到底"，不断夯实党的执政根基。

一项"立"与"固"的夯基工程

——天津坚持党建引领提升基层治理效能

■ 记 者 李国惠

为党的事业做了什么？为天津百姓干了什么？为子孙后代留了什么？

党的十九大以来，面对新时代新考题，天津加强基层党组织建设，实现村（社区）100%成功换届、100%"一肩挑"，连续五年面向全国招录农村专职党务工作者，站稳"脚跟之立"，加强"钢钎之固"，确保党建引领"一根钢钎插到底"，不断夯实党的执政根基。

津门极望，鲜红的党旗正乘着新时代的浩荡东风，在渤海之滨、海河之畔高高飘扬！

把好党建"方向盘"——
筑牢信仰之基，补足精神之钙，把稳思想之舵

九层之台，起于累土。

市委坚持以习近平总书记对天津工作提出的"三个着力"重要要求为元

◎ 蓟州区出头岭镇官场村乡村大舞台成为乡村精神文明建设阵地

为纲，坚决扛起管党治党政治责任，坚定不移加强党的全面领导，以党的政治建设为统领，把好党建"方向盘"，不断提高党的建设质量，推动党的领导、党的建设全覆盖、全贯穿、全落实。

以上率下压实党建之责——

"教者，效也，上为之，下效之。"市委带头落实全面从严治党主体责任，每年根据中央党建工作要点，结合天津实际，召开专题会议研究全市党建工作，细化工作措施，明确部门职责，推动各部门各单位抓好贯彻落实。

每年初，围绕重点任务制定党建工作任务书，落实全面从严治党主体责任任务书，市委常委会和市委书记、副书记、其他各位常委同志分别制定责任清单，明确所承担的责任，以上率下带动各级党委（党组）逐级对标制定责任清单，健全工作台账，实行销号管理，一项一项推动落实。

"真刀真枪"筑牢党建之基——

严字当头立标尺，直面问题深剖析，上评下议增压力……市委把各级党组织书记抓基层党建述职评议考核工作，作为推动全面从严治党向基层延伸的重要抓手，市委常委会抓自身带全局，率先听取各区各系统党委（党组）书记述职，市委常委、党员副市长分别听取分管部门书记述职，推动各级书记就存在问题、重点任务明示承诺，实现述职横到边、纵到底全覆盖。

述职的书记主动亮丑揭短、直面问题——

"我抓得不及时、不深入，在明责上缺乏硬性指标，在督责上不够持续经常，在追责上没有坚持较真碰硬，问责上也不够严厉，致使基层党建工作'上热中温下冷''水流不到头'。"

"我感到脸红心跳、如坐针毡，我对自己的工作标准还不高，对一些情况了解不够全面，一抓到底的劲头还不足。"

领导点评见人见事、直击问题——

"抓党建工作关键是压力传导要到位。发现问题就要拿起执纪问责的利器，把'板子'打下去……"

"要担当起第一责任人的责任，不能荒了自己的'责任田'，下田犁地，脚上沾泥。"

"两代表一委员"现场发言、评说问题——

"这个述职会新风扑面。基层党建做得深不深、细不细、实不实，直接影响党在人民群众心中的形象。"

◎　倾听群众"知心话"，唱响服务好声音

述职不是"终点"，整改须见实效。对述职中提出的问题，本市坚持列出清单，建立台账、挂牌督办，督促各级党组织把整改落实牢牢抓在手上，确保真改实改。

凝心铸魂补足精神之"钙"——

"对于目前的党务公开目录，大家还有什么看法？"

"我感觉第六项不能只对党员公开，更应该让百姓知道我们做了哪些工作，建议改成向全体村民公开。"

…………

这并不是农村党支部大会，而是天津市党支部书记学院首期培训班实训课现场。

"基层党组织书记是党在基层执政大厦的'钢筋'和'柱石'，是基层群众的主心骨、贴心人，既要接好'天线'，学懂悟透中央精神，又要接好地气，让党的方针政策落地生根，任务十分艰巨。"市委组织部相关负责人介绍，自2020年6月天津市党支部书记学院成立以来，每年分领域举办农村、社区、机关、国企、事业单位和"两新"组织等领域基层党组织书记示范培训班，以专题讲座、案例教学、书记论坛等形式，讲授基层党组织书记需要掌握的基本理论、基本制度、基本工作、基本能力，设置了实训课，将理论和实践相结合。截至2022年5月，共举办92期，直接培训各领域党组织书记、党务骨干等12000余人。

坚定的理想信念，始终是共产党人安身立命的根本。本市始终坚持把学习贯彻习近平新时代中国特色社会主义思想贯穿党内集中教育全过程，推进"两学一做"学习教育常态化制度化，以干部学带党员学促全民学，推动党的创新理论在内心深处铸魂扎根。

此外，天津还把健全理论学习长效机制抓在日常，制定《关于市委常委会带头把学习贯彻习近平新时代中国特色社会主义思想不断引向深入的意见》，带动各级形成常学常新、常悟常进、知行合一的长效机制。

全面推行"一肩挑"——
选出好干部，换出精气神，跑出加速度

基层是党的执政之基、力量之源。抓牢了基层，就夯实了根基。

基层党建关键在"建"。基层党建强，基层治理就强；基层党建弱，基层治理就弱。

革故鼎新、攻坚克难的一次基层换届——

时间追溯到2018年，这是本市全面贯彻落实党的十九大精神的开局之

年，全市村（社区）也迎来党的十九大胜利召开后的首轮换届。

换届前，85%左右的村、19.5%的社区不是"一肩挑"，"两委"不合、互相掣肘现象屡见不鲜；近半数村委会主任、24%的居委会主任不是共产党员，党的领导弱化、虚化、边缘化问题时有发生。长此以往，党的路线方针政策无法贯彻落实到"神经末梢"，"脱贫攻坚奔小康"也只能停留在口号上。

"全面推行'一肩挑'！"市委一声令下，一场关乎全市基层党组织建设的"硬仗"正式启动，市委和各级党委组织领导之坚强有力前所未有，换届工作标准之高前所未有，思想发动和矛盾化解之到位前所未有，程序要求之严格前所未有，对各类破坏选举的违法行为打击力度之大前所未有。

有信念，就不怕山高；有旗帜，就无惧路远。

历时几个月集中会战后，本市全面实现村（社区）党组织书记通过法定程序兼任村委会主任，100%"一肩挑"，全面提升了基层组织建设质量，有力增强了基层组织的凝聚力和战斗力。

学历、年龄实现"一升一降"的高质量基层换届——

迈入2021年，这是中国共产党成立100周年，也是实施"十四五"规划、向第二个百年奋斗目标进军的第一年。

在这个特殊年份、关键时刻，天津市迎来了新一轮换届。

市委主要负责同志全程指导、把关定向，7次会议提出要求，10余次作出批示，5次深入一线调研推动，带动各级党委书记"提锅上灶""升温加力"。

市委组织部主要负责同志先后4次召开会议部署推动，11次到32个难点村（社区）暗访调研，切实把换届工作牢牢抓在手上。

全市上下勠力同心，高标准高质量实现100%"一肩挑"，党组织领导地位持续巩固提升。

两次换届，配出了好班子，换出了精气神——

蓟州区出头岭镇官场村"一肩挑"张志聪既是见证者，也是亲历者。

白墙灰瓦、碧水绿竹、荷叶点点……沿着仿古门楼漫步，仿佛置身江南水乡。

"谁能想到，几年前这里还坑洼不平，沙子堆、石头堆、柴火堆乱放，一到夏天就臭水满地、蚊蝇乱飞。"看着村民叫苦不迭，张志聪牵头修建"仿古一条街"，将以前的垃圾坑变成了水上的大舞台，将堆放建筑垃圾的空地建成了休闲广场。

古稀老人张世友每天都会赏赏花、看看鱼、健健身："环境美，心情好，七十多了还不觉得老。"

除了改善村庄面貌，张志聪还整合村内600余亩土地流转给种植大户，鼓励村民发展设施农业，每年可为村集体增收5万余元，为村民提供就业岗位50余个。

"群众富不富，关键在支部；队伍强不强，全靠领头羊。"实践证明，一个基层党组织，一定要有一个好的带头人。

在和平区新兴街土山花园社区党群服务中心，一面墙的锦旗格外引人注目。"这不仅凝结着居民对社区工作的认可，也印证了社区基层治理的成效。"2021年3月，35岁的姜楠顺利当选土山花园社区"一肩挑"。

上任以来，她以党建为龙头、文化为支点、服务为纽带，创建了"三进、三听、六服务、六事民情"的"3366"党建特色品牌，制定为民服务解难题清单，结合"和平夜话"和"我为群众办实事"实践活动，打通服务群众"最后一公里"，切实把民生实事办好办实。

带头人选出来了，这只是万里长征走完了第一步，如何跟进做好"后半篇文章"？

本市分批次举办培训班，直接对新一届村（社区）"一肩挑"全员轮训；完善村干部备案管理，健全任职资格联审联查机制，推动"九不能""五不宜"抓在日常；规范"四议两公开""六步决策法"程序，建立上级监督、同级监督、群众监督的三级监督机制，织密履职行权制度笼子。

办好群众"心头事"——
听民声解民忧暖民心，提高百姓"幸福指数"

金杯银杯不如老百姓的口碑，这奖那奖不如老百姓的夸奖。"民"字当头，不断提高百姓的"幸福指数"，这是市委、市政府对基层党建工作的基调。

基层治理实打实地干——

基层治理是基石，基础不牢，地动山摇。

能不能解决好居民的烦心事，考验着"一肩挑"的治理智慧。

"小区车位是老大难，要我说，这种按楼栋分布的规划挺好。"

"确实，一楼的住户能理解车位紧张的情况，楼上的住户也有地方停车了。"

…………

4月16日一早，河西区越秀路街港云里社区红色议事厅里热潮涌动，代表们正在协商社区规范停车问题。

作为相对老旧的准物业居民小区，港云里社区规模"小"、分布"散"、密度"高"、配套"低"、权属"杂"，改善整体环境、提升治理水平的呼声十分迫切。

港云里社区"一肩挑"孙茜告诉记者："我们只有实打实地干，才能赢得大家的信任和支持。"孙茜带领社区工作人员建立了"325"基层治理工作机制，发挥社区党组织轴心作用、基层网格主力军作用，提升群众助力效能，强化社区三种耦合力量，依托"群众汇报会"和"协商议事会"两大居民自治平台，进一步激活社区"微细胞"，提升自治"新动能"。同时，在推进"民忧菜单"、完善"民情地图"、制定"民意闹钟"、设立"民声板凳"、交付"民心钥匙"五大基层治理项目上落细、落实，让群众的"烦心事儿"变成"顺心事儿"。

面向全国广发"英雄帖"——

提高党建的活力，从事党建的人是关键。

一个不容忽视的问题：近年来农村党务工作者队伍年龄结构日趋老化，"七个党员八颗牙"既是笑谈，也是现状。

如何破题？

本市连续五年面向全国广发"英雄帖"，每年好中选优招录千人，把农村作为培养锻炼的"赛马场""大熔炉"，引导大学生党员到基层一线锤炼党性、砥砺品格、增长才干。

作为第一批农村专职党务工作者，2018年，李广丞在宁河区东棘坨镇毛毛匠村开始了扎根基层、服务百姓、实现梦想的新起点。

在村党支部书记的带领下，按照"首抓稳定，再谋发展"的思路开展工作，他开始"走街入户"，以村为家。"经过努力，小村庄从'后进'变成'先进'，我也从一个听不懂宁河话的'异乡人'变成村民眼中的'家里人'。"因为表现优异，李广丞成功当选廉庄镇西岳村"一肩挑"。

"本地书记都管不好，这外地人能管得了吗？"面对村民质疑，他夹着铺盖卷搬进村里："一定干出个样来。"加强党建、走街入户、访贫问苦、处理难题……经过两年的努力，如今的西岳村风景秀美、乡风淳朴，原来的臭水沟变成了"荷花池"，老旧的旱厕也被高标准的负压式厕所替代。

事上看、事上练，"金鞍配于骏马身"。对于想干事、能干事的专职党务工作者，天津构建了"村'两委'—副书记—书记—乡镇事业编干部—乡镇领导班子成员"的培养链条和成长通道。

在农村摸爬滚打几年后，随着"善作为"的招法越来越多，"能扛事"的肩膀越来越硬，2021年7月，李广丞成为俵口镇副镇长。"我会将手中的权力转化为服务群众的动力，以忠诚于党的信念和服务于民的行动，践行新时代新青年的责任与担当。"他说。

星级管理成为基层治理有效抓手——

上边千条线，下边一根针，党组织政治功能强不强、党员干部觉悟能力高不高、干好干坏是不是一个样……要想解决这些问题，还得充分发挥考核的"指挥棒""助推器"作用。

那么，如何用一根根"绣花针"，绣出理念之变、状态之变、作风之变的全新画卷？

从2018年下半年开始，市委组织部先后起草形成了《天津市村党组织和村民委员会干部管理办法（试行）》和《天津市社区评星定级工作办法》两个制度性文件，并指导16个区分别制定完善了村（社区）评星定级实施细则。2022年，本市制定下发《天津市村社区星级管理办法》，将行之有效的经验做法用党内法规固化下来。

进步升星，退步摘星，表彰奖励先进，激励鞭策后进……截至2022年5月，本市先后为195名符合条件的五星村（社区）"一肩挑"解决事业编身份，181名高星或升星优秀"一肩挑"招录为公务员。2021年换届，分别有1382个村和906个社区"一肩挑"因考核成绩不佳或工作不力等原因被调整下来。

"群星"闪耀基层，星级管理已成为推进村（社区）党建工作和基层治理的有力抓手。

"百姓腰包鼓了，生活幸福了，干劲更足了。"站在熠熠生辉的"五星"标识牌前，津南区北闸口镇正营村"一肩挑"苏利军动情地说。

长期以来，正营村集体收入来源单一。2019年，在市、区、镇部署支持下，正营村瞄准评定标准，大力开展农村集体经济产权制度改革，成立了正营村股份经济合作社，全村1428户全部入股，实现统一经营管理，选择优势产业小站稻种植业作为壮大集体经济、促进产业振兴的着力点。

"连续两年被评为五星村，评星定级指挥棒作用得到充分发挥，村'两委'班子干事创业积极性更高了，发展方向更明确了。"苏利军介绍，2021年，村集体收入达到了570.4万元，是2019年的5倍。随着村集体经济的发展壮大，村里陆续设立了子女升学奖励、高龄老人祝寿、老年人生活补贴等惠民制度。

…………

让细水流到地头，让小事照见初心。他们只是天津基层党建的一个缩影。

在深入开展"我为群众办实事"实践活动过程中，本市以深化"向群众汇报"制度为抓手，创新"四个起来"实践载体。截至2022年5月，各级党组织书记和党员干部走访群众957万人次，解决急难愁盼问题25.7万个，42万名在职党员到社区报到，2万余支志愿者队伍、近百万人次对接需求提供贴心精准服务，线上线下一体化服务平台接诉即办346.6万件群众诉求，在服务万家中树牢群众观点、密切党群关系。

初心如磐，使命在肩；红色动力，澎湃不息。

又踏层峰望眼开，在"红色引擎"的驱动下，海河儿女奏响了高质量发展"进行曲"，正用初心和激情，书写着"立"与"固"的"天津答卷"！

"战斗堡垒"凝聚奋进力量

一个城市的发展，离不开"基层"这个"地基"；筑牢基层基础，基层党组织要成为群众的"主心骨"。

正如习近平总书记所强调的，只有基层党组织坚强有力，党员发挥应有作用，党的根基才能牢固，党才能有战斗力。城市是一个生命体、有机体，基层是这个肌体中的"神经末梢"，基层党组织是贯彻落实党中央决策部署的"最后一公里"，天津坚持大抓基层的鲜明导向，上下贯通、一抓到底，全面增强基层党组织的政治功能和组织力，让党的旗帜在基层一线、在群众心里高高飘扬。

100% 实现村（社区）党组织书记、村（居）委会主任"一肩挑"，基层党组织的领导力持续巩固提升；连续五年在全国招录农村党务工作者，培养高素质干部队伍，为乡村振兴注入活力……一个个"战斗堡垒"凝聚起干事创业的奋进力量，一份份亮眼的"红色答卷"跃动着"根深叶茂、本固枝荣"的有力脉搏。生动现实一再证明，党的工作最坚实力量在基层，最强大血脉在基层，最活跃源泉也在基层。让党组织的凝聚力、号召力、战斗力深入每一个城市细胞，在为民服务、破题解题中发挥"主心骨"的力量，就能让党的领导"一根钢钎插到底"，发展也因此拥有深厚的力量源泉。

找准精度，才能在最基层发挥"钢钎"的力量。习近平总书记考察天津时指出，社区工作是具体的，要坚持以人民为中心，摸准居民群众各种需求，及时为社区居民提供精准化精细化服务。在北辰区瑞景街道宝翠花都社区党群服务中心，28张色彩斑斓的社区"民情图"特别显眼。其中，红色代表独居老人，紫色代表空巢老人，绿色代表楼长和党小组长，网格员对照民情图，念好"网格经"，对不同人群精准服务；在南开区万兴街金融街社区党群服务中心，墙上挂着党员分布图，4000余户居民中"闪烁"着1000余颗红色小星星，"这就是我们党组织服务百姓的根基和力量"……抓基层党建，绣花功夫必不可少。一幅幅民情图、分布图，一次次贴心的服务，串起的是党员干部和群众的密切联系，也体现着基层党组织的凝聚力和战斗力。就像一位社区工作者所说："党组织像一块磁铁，把大家的心都聚在一起。"小网格撬动大治理，靠的是精益求精、精心绣花的细心贴心，更是"红色引擎"在基层迸发的强大力量。

让党旗高高飘扬在最基层，还要有一插到底的"穿透力"，把党建引领贯穿基层治理的各方面和全过程。组织行为学中有一个"动车组理论"，即一个组织的高效运行，离不开"火车头"的牵引、定向作用，也需要激发每个层级、每个单元甚至每个人的内在动力，实现"动力叠加"。在基层工作中，发现问题、分析问题、解决问题，是一个完整链条，考验着我们协调各方、消除"痛点"的智慧和招法。路灯坏了、水管旧了……一旦群众有呼声，街道迅速响应，吹响"哨子"，职能部门闻"哨"而动，协同破解。本市做实做细"吹哨报到"工作机制，汇聚成解决老百姓急难愁盼问题的强大合力，真正做到"群众的需求在哪里，基层党建实践就推进到哪里"。党的先进性、党员的先锋模范作用，就通过一声声哨响，深深刻印在百姓心里，化作"跟党走"的坚定信念。

一个支部就是一座堡垒，一个党员就是一面旗帜。在全面建设社会主义现代化大都市的新征程中，抓好基层党建、引领高质量发展，是工作要求，也是职责担当。更好地解决基层困难事、群众烦心事，更高水平地推动发展，把基层党组织锻造得更加坚强有力，由此而焕发出的人心凝聚、共赴美好生活的信心豪情，必将在津沽大地激扬起更加澎湃的发展动力。

全面落实"一肩挑"
夯实党的执政根基

■ 中共天津市委党校中共党史教研部副主任、副教授　　杨　肖

基层党组织是党在基层阵地上的堡垒，是全部工作和战斗力的基础。市第十一次党代会提出，坚持强基层打基础，推进基层党组织建设全面进步、全面过硬。五年来，天津加强基层党组织建设，在全国率先实现100%"一肩挑"、实现100%成功换届，站稳"脚跟之立"，加强"钢钎之固"，不断夯实党的执政根基。

筑牢党的执政基础，率先全面实现"一肩挑"。全面推行"一肩挑"是贯彻落实党的十九大精神，加强基层组织建设，确保党的路线方针政策和决策部署在基层贯彻落实的重要举措。实行"一肩挑"后，村（社区）党组织书记兼任村（居）委会主任，有利于村（社区）党组织全面领导村级各项事业，巩固党在农村（社区）的执政基础，有利于促进"两委"成员心往一处想、劲往一处使，使决策快速实施，提高了工作效率。天津市全力推进并率先完成"一肩挑"，是新时代贯彻落实习近平新时代中国特色社会主义思想的生动实践。

高标准做好换届工作，确保"一肩挑"落实到位。确保"一肩挑"部署在基层得到全面贯彻落实，关键是做好村、社区"两委"换届工作。天津坚持把加强党的全面领导摆在"两委"换届工作首位，贯穿到换届工作全过程、

各环节。市委主要负责同志高度重视，多次暗访调研、作出批示，以上率下带动各级党组织书记认真践行第一责任人职责，形成书记抓、抓书记，一级抓一级、层层抓落实的工作格局。各级党组织和广大党员干部强化法治意识和法治思维，严格依照法律法规，细化规范操作流程，确保换届工作政策合法、程序合法、结果合法。注重把严格程序、依法办事、发扬民主有机结合起来，广泛听取党员、群众意见建议，充分保障党员、群众参与权、知情权，高质量完成了换届工作，全面实现了"一肩挑"。

选好"当家人"，抓住"一肩挑"关键所在。实施"一肩挑"，重点是要选优配强基层党组织的"当家人""领头雁"。天津坚持把功夫下在选举前，全面贯彻新时代好干部标准，坚持德才兼备、以德为先，突出政治标准，建立多维评价体系。对"一肩挑"人选进行全面考察，突出考察政治表现，重点考察工作实绩和群众口碑，特别是在脱贫攻坚、扫黑除恶、疫情防控等重大任务中的担当作为情况。严把人选政治关、品行关、廉洁关、能力关，通过采取多项举措，选出了群众满意的"当家人"，优化了村、社区"两委"成员学历结构、年龄结构。

真抓实干出成效，"一肩挑"赢得群众好评。实施"一肩挑"后效果如何，群众是否满意，关键看成效。换届后，"当家人"在党的建设和基层治理上发挥了关键作用，带好头、作表率，勇担当、善作为，坚持迎难而上，攻坚克难，带领群众打赢脱贫攻坚战，稳步推进乡村振兴，积极开展社区治理，以基层党建高质量推动了经济社会高质量发展，交出了一份实打实的"成绩单"。实施"一肩挑"后，基层党组织作出的实实在在的业绩，赢得了群众的支持和好评，巩固了党在基层的执政基础，使党在基层的政治优势进一步彰显。

做好"后半篇"文章，构建"一肩挑"长效机制。实施"一肩挑"后，组织落实了，效果出来了，天津没有喘口气、歇一阵，而是坚持问题导向、精准施策，确保带头人带着百姓过上好日子，推动基层党组织建设整体提升、全面过硬。通过持续深入开展村级组织换届"回头看"，确保村干部队伍干净纯洁。积极创新党建引领基层治理体制机制，在全国率先全面推行行政村、社区星级管理。根据党建工作、基础设施、环境卫生、乡风文明等情况，加强对党支部书记、村（居）委会主任的培训，实施全员化轮训、常态化培训，切实增强支部书记履职本领，使"一肩挑"们将培训收获转化为干事创业的动力。

让干事者有舞台

反映天津加强干部作风建设，坚持能者上、平者让、庸者下、劣者汰，持续开展不担当不作为专项治理，为担当者担当，让有为者有位，切实营造干部"能上能下"的良好氛围，激发干部队伍的生机活力。

一场"上"与"下"的作风洗礼

——天津狠抓作风建设汇聚干事创业强大气场

■ 记　者　李国惠

　　爬坡过坎、滚石上山。咬定高质量发展不放松，考验历史耐心和战略定力，也检验担当精神和队伍作风。正如逆水行舟，"一篙松劲退千寻"，天津闯关夺隘需要干事创业的"宽肩膀"，需要攻坚克难的"铁肩膀"，还需要警惕不堪重负的"软肩膀"。

　　党的十九大以来，天津坚持以习近平新时代中国特色社会主义思想为指导，深入贯彻习近平总书记关于选人用人的重要论述，锲而不舍狠抓党员干部作风建设，选树"宽肩膀"、锤炼"铁肩膀"、鞭策"软肩膀"，大力推进干部能上能下，大力治庸治懒治无为，推动形成能者上、优者奖、庸者下、劣者汰的鲜明导向，以"上"的动力和"下"的压力激发"干"的活力，激励广大党员干部埋头苦干、担当作为，有力推动全市各项事业蓬勃发展。

　　让干事者有干劲、让"躺平者"躺不平。如今，党风政风新气象犹如徐徐清风，吹遍海河两岸、各行各业——

◎ 和平区青年商会与工商联全体机关干部到社区开展"敲门行动"，动员广大老年人积极参与新冠疫苗接种

能者上，让干事者有舞台

"国家存亡之本，治乱之机，在于明选而已矣。"如何把忠诚、干净、敢于担当的干部选出来，把想干事、能干事、会干事、干成事的干部用起来？

天津坚持"赛道相马、终点定局"，着眼全面建设社会主义现代化大都市需要，从干部选拔任用"供给侧"着力，进一步优化干部育选管用工作。

严把选人用人政治首关——

首关不过，余关莫论。

近年来，天津制定修订《领导干部政治素质考察办法》，明确16个"是否"情形和10种具体考察方式，"一人一档"健全完善领导干部政治素质档案，制定7类干部政治素质反向测评表，使政治素质考察具体起来、鲜明起来、落得下来。

同时，坚持组织工作情况半月报制度，围绕落实市委关于"重事功"的要求，改进干部考察方式，加强干部在重大事件、重要关头、关键时刻等"事功"的场景考察，既看人又看事，全方位多渠道掌握干部"活"情况。

时光回溯到庚子之春，新冠肺炎疫情突如其来。天津出现首例确诊病例后，市疾控中心专家张颖第一时间带队深入"雷区"，进行流行病学调查、密接判定追踪、病家终末消毒、组织分析研判，连续工作30多个小时。新闻发布会上，尤其是宝坻区百货大楼出现聚集性感染病例后，她条分缕析，梳理疫情传播链，娓娓道来，说清防护硬道理，被网友称为"福尔摩斯·颖"。

答好"疫"考卷，人民打高分，上！

◎ 市疾控中心张颖讲解新冠肺炎疫情流行病学调查的视频在网络广泛传播，一场场"教科书式"流调分析让她被人们亲切地称为"福尔摩斯·颖"

张颖被"火线提拔"为市疾控中心副主任。

能者上，张颖只是一个缩影。2021 年在区级领导班子换届中，37 名党员干部因在疫情防控、对口支援和东西部扶贫协作工作中表现突出得到提拔重用。

坚持事业为上以事择人——

多年来，天津坚持新时代好干部标准，拓宽选人用人视野，大力选拔适应天津高质量发展需要的干部。

推进市场化选人用人和薪酬分配制度改革，搬走"铁交椅"、破除"铁工资"、打破"铁饭碗"势在必行。截至 2022 年 5 月，市管一级企业经理层成员全部实行任期制和契约化管理，21 家一级企业经理层成员实行聘任制，19 家一级企业和 323 户二、三级企业共选聘 891 名职业经理人，一大批全国优秀人才扎根津城。

天津城投集团经过 17 年的改革发展，已成为全国资产规模最大、具有较高知名度和影响力的城投企业。随着政府投融资平台职能的消退，经营性收入与资产规模不相匹配等问题日益凸显。天津城投集团党委副书记、总经理潘伟说："作为国企职业经理人，要有战胜困难的决心和坚强的意志，破解历史存量与现实增量问题，新官要理旧账，打好'逆风球'、走好'上坡路'。"

任职一年来，潘伟以思想破局带动行动突围，加大与金融机构和投资人的沟通对接，统筹改革与风险防范，创新融资手段，带领团队牢牢守住资金链安全底线，引来"金融活水"支持天津国企发展。落实"城市综合运营服务商"新定位，以新设立注册资本金 100 亿元的城市更新公司为主体，全力推动总投资 400 余亿元的 3 个城市更新试点项目落地实施。

大力培养选拔优秀年轻干部——

"人事有代谢，往来成古今。"培养选拔年轻干部，事关党的事业薪火

310

相传，事关国家长治久安。

天津深入学习贯彻习近平总书记的一系列重要讲话精神，专门制定印发了《关于进一步做好年轻干部培养选拔若干具体工作的通知》和7条加强年轻干部管理监督的工作措施，建立起区、乡镇（街道）和市、区所属部门、单位三级党组织书记每年与年轻干部谈话等制度机制，切实加强监督管理，促进年轻干部健康成长。

2021年，天津高标准高质量完成区级领导班子换届工作。16个区党政班子中45岁左右的干部有96名、占38.6%，其中"80后"干部33名。

"班子战斗力怎么样，既要干部过硬，更要'配方'科学。"一位区委书记表示，新配的班子成员要学历有学历，要能力有能力，经历比较丰富，岗位匹配度高，体现了从事业发展的"需求侧"配班子，形成了精兵强将向地区集聚的态势。

此外，天津还加强源头建设，每年面向全国部分"双一流"建设高校定向招录选调生300多名，全部安排到基层培养锻炼。

一时间，"千里马"竞相奔腾，津沽大地正气充盈，士气旺盛。

充分发挥考核"指挥棒"作用——

考核是检验干部的"试金石"。要想考得好，必须干得好。

天津坚持以高质量发展的业绩和作为"论英雄"，持续深入开展推进承接北京非首都功能疏解、新动能引育、优化营商环境等12项全市重点工作任务专项考核，2020年以来，先后对年度考核为优秀等次的371名市管干部给予嘉奖，对连续三年为优秀等次的28名市管干部记三等功；对8个"一般"等次的领导班子责令向市委报送书面整改报告，督促整改落实。

"既不鞭打快牛，更不迁就后进，让干多干少、干好干坏都不一样。"市委组织部相关负责人表示，五年来，天津一直在深化各单位内部绩效管理上下功夫，积极推行绩效奖励差异化分配，目的就是为了更好地激励广大干部履职尽责、担当作为。

庸者下，让"躺平者"躺不平

推进领导干部能上能下，重点在"下"，难点也在"下"。

为官不为，何以为官？天津以"金刚怒目""壮士断腕"的决心勇气，以"刮骨疗毒""开刀问斩"的铁腕重拳，着力破解干部"能上不能下"顽疾。

强化政治担当，压实"下"的责任——

市委坚持在用人导向上，以有为论位，无为者无位、小为者不能大位、平者不能"要"位。

市委书记和市长每年约谈全面从严治党主体责任考核结果靠后的单位主要负责人，要求深刻反思、知耻后勇，进一步增强政治责任感，匡正选人用人导向，着力修复净化政治生态，一以贯之扎实推进全面从严治党。将推进干部能上能下情况作为巡视和选人用人专项检查的重要内容，与干部选拔任用工作同督查、同报告，对工作不力的，严格追究责任。

全市各级党委（党组）按照中央部署和市委要求，认真履行全面从严治党责任，强化政治担当，敢于动真碰硬，结合干部工作实际，落细落实相关制度规定，以正确用人导向引领干事创业导向，形成了一级抓一级、一级带一级、层层抓落实的工作格局和强大合力。

坚持严字当头，加大"下"的力度——

严字当头，就是把尺度、力度、硬度和强度都卡在最严处。

天津始终保持"严"的主基调，坚决把那些身居其位不谋其政、不担当不作为、能力素质不适应的干部调整下来。

"不等了"，推进能上能下！

近年来，市委坚持激励和约束并重，着力营造想担当、能担当、敢担当的干事创业氛围。但仍有一些干部执迷不悟，抱残守缺、恋旧厌新、得过且过，奉行"不求有功，但求无过"。

市委要求，对不担当时代赋予的责任，不融入时代、因慢而落伍的干部，天津等不起，不等了，要坚决整治，绝不当"收容大队长"。

市委组织部在深入开展综合研判的基础上，对因慢而落伍的市管干部，采取调离岗位、改任职级、免去现职等方式坚决进行组织处理。比如，某区一名干部开会讲原则话，以批转文件代替抓落实，上级来了文件或任务，不组织研究，不提出具体措施，被免职。有两名快到龄的副局级干部存在"人到码头车到站"的思想，工作"推一推、动一动"，缺乏干劲，被免去现职，提前退休。

2021年，天津区级领导班子换届期间，坚持该换就换、该调就调，火候不到、回炉再炼，向党员干部清晰地表明没有只进不退、只升不降的"丹书铁券"，释放了干部晋升"不搞单向道，也没有单向道"的强烈信号。

许多领导干部纷纷表示："这充分说明市委'不等了'的决心和力度，要将此作为镜鉴，切实以担当诠释忠诚。"

深化选人用人制度改革，推进能上能下！

天津港集团走马换将后，智慧港口建设加快推进，集团改革发展呈现新气象。同时，克服新冠肺炎疫情不利影响，实现集装箱和港口货物吞吐量逆势双增长，在全球前十大港口中增幅位居前列。

全面推行滨海新区各开发区法定机构改革，原有开发区管委会副主任全部"起立"，面向全国先后公开选聘副主任39名，中层及以下干部全员重新竞聘上岗，充分发挥"野战军"作用，用改革的方式推动"脱胎换骨"。

天津开发区管委会相关负责人表示："干部不再是'能上不能下'，而是三年为一个聘期，如果不担当不作为，甚至连三年都难坐稳。如此一来，最大限度激发了干部队伍内生动力。"

开展不担当不作为专项治理，推进能上能下！

2017年，市委在全市开展了不担当不作为专项治理，之后又开展了不担当不作为问题专项治理三年行动，坚持重病用猛药、牛筋用利刀，久久为功、持续用力，以疾风厉势向不担当不作为行为宣战。

仅2020年，全市就查处不担当不作为问题823起，处理1311人。市卫健委原二级巡视员王某，在疫情防控中严重失职失责，造成严重不良影响，被给予政务撤职处分。

完善政策措施，规范"下"的程序——

如何以制度刚性确保"下"得到落实，让执行者有"底气"、被执行者能"服气"？

天津制定推进领导干部能上能下实施细则，进一步明确具体标准、调整程序、配套措施，对干部作出客观公正评价和准确认定，使干部下之有据、下得服气。

在新出台的一系列干部管理文件中，都对干部"下"的情形和方式等作出明确规定，推动"下"的制度体系更加完善，推进干部能下常态长效。

"上""下"协同，激活"一江春水"

"上"与"下"只是手段，不是目的，最终目标是以"上"的动力和"下"的压力共同撬动"干"的活力，激活改革创新发展的"一江春水"。

天津在注重干部"上"和"下"的同时，健全完善从严监督管理体系，进一步做好干部教育培养、管理监督、激励保障等各个环节工作。严格监督，强化约束，制定《关于加强干部选拔任用工作监督检查的实施意见》，将干部履职尽责、担当作为情况作为选人用人专项检查重要内容，树立鲜明用人导向。开展违反任职回避规定问题专项整治"回头看"，对违反任职回避规定的情形全部按规定进行规范。在严管的同时，加强关心关爱，通过对市管干部开展家访，进一步了解领导干部的社交圈、生活圈、朋友圈，在传递全面从严治党要求的同时，把组织的关怀送到干部和家属心中，让领导干部感受到组织的信任和关心，激发做好工作的内生动力。

"上"了，从严管理监督，能营造干事创业强大气场。"下"了，"后半篇文章"如何做？

面对"跌倒"的干部，有一道选择题：一种是听之任之，任其发展；另一种是帮其知错改错，重新站起来。

天津果断选择了第二种。制定《受到处理或者处分党员帮扶回访工作办法（试行）》《天津市受处理处分干部管理办法》，认真落实干部"下"后的任职管理、考核奖惩、帮扶回访等规定，坚决防止一"下"了之。

"处分决定下发后，感到特别迷茫。这次回访，让我知道组织没有放弃我，在我最困难的时候给了我温暖和力量。"一名受到党内严重警告处分的干部感慨地说。

"受到处分后，感到压力很大，吃饭走路都躲着人。经过回访教育，自己的思想和行动得到矫正，干工作也有了精神。"某校一中层干部因违反工作纪律受到政务警告处分，在组织的回访教育下，他时刻自我警醒，更加努力工作，因表现突出，在受处分期满后，经过组织考察被提拔任用。

苦口婆心未必有用，一剂猛药换来了幡然醒悟、回头是岸。

"作风是干事之基，也是成事之本。大量事实反复证明，一个地方的事业，兴在干部作风，衰也在干部作风。"市委党校群团教研部副教授王素娟说，经过这场正本清源的作风洗礼，庸者"靠边""下课""歇菜"，闯将、干将、猛将担当大任，一项项重大工程、重点项目吹响集结号，一件件群众"急难愁盼"的民生问题得到彻底解决，统筹疫情防控和经济社会发展在上下合力、系统联动、同频共振中按下"快进键"，为建设"五个现代化天津"积聚了澎湃动能。

…………

用一贤人则群贤毕至，惩戒一例则警醒一方。一场思想、作风的深刻洗礼，让"下"的干部"服气"，"上"的干部"鼓气"。作风建设已经成为时代符号，深深植根于海河儿女心中，催生党风政风之变、带动社风民风之清，汇聚干事创业的强大气场，推动天津高质量发展之路风正帆悬、蹄疾步稳。

激发大担当铁担当真担当

勇于担当、敢于斗争，是中国共产党人的鲜明政治品格，也是我们党不断从胜利走向胜利的重要法宝。越是在爬坡过坎、攻城拔寨之时，越需要"先锋""尖兵"冲锋陷阵，越需要为担当者、干事者营造良好的干事创业氛围。

正如习近平总书记所强调的，干事担事，是干部的职责所在，也是价值所在。建功新时代，需要的是坚定者、奋进者、搏击者。"有为"才会有位、"无为"必会"失位"。能者上、庸者下、劣者汰，津沽大地亮出干部优与劣的标尺、"上"与"下"的准绳，吹响锐意进取、干事创业的集结号。

深入开展不作为不担当问题专项治理三年行动，对在工作中存在"庸懒散浮拖"等问题的部门和领导干部进行严肃问责，对于不担当责任、工作不在状态、因慢而落伍的干部，天津坚决"不等了"。以"刮骨疗毒"的勇气、"开刀问斩"的铁腕，坚决打赢根治顽瘴痼疾的攻坚战。

问责是手段，负责是目的，激励与惩戒两手都要硬。天津制定《关于充分调动干部积极性激励担当作为创新竞进的意见》及系列配套措施、出台《天津市干部干事创业容错免责操作规程》……用好选人用人"指挥棒"，健全容错免责机制，旗帜鲜明地为那些敢于担当、踏实做事的干部撑腰鼓劲。为担当者担当，让不作为不担当者"下课"，重实绩、求实效、尚实干的导向树得更鲜明，敢担当、能担当、善担当的气场营造得更加强大。

千难万难，担当就不难。一支敢于担当、勇于作为、善于落实的干部队伍在实践中不断得到锻造、锤炼。在抗击疫情第一线，广大党员干部以担当赴使命，用大爱护众生，构筑起守护生命的铜墙铁壁；在创新发展各领域，广大党员干部夜以继日、拼搏创造，津版"国之重器"、创新创业平台不断涌现，让创新的活力不断迸发。

在民生服务最前沿，越来越多的党员走进社区、走到群众身边，解难题、办实事，用汗水和奉献托起群众的幸福生活。大战大考、火热基层是担当作为的试金石和磨刀石，千千万万党员干部以拼搏奋斗激荡生机盎然的发展新气象。

"我们做人一世，为官一任，要有肝胆，要有担当精神"。在稳增长的同时推动高质量发展，坚持不懈促进经济社会发展全面绿色转型，在更深层次上推进共同富裕……这些工作，都不是轻轻松松就能完成的，都需要不惧风险、敢闯敢试。继续发扬担当和斗争精神，在机遇面前主动出击，在困难面前迎难而上，在风险面前积极应对，挺起脊梁、冲锋在前，我们就能牢牢掌握发展主动权。

业绩都是干出来的，真干才能真出业绩、出真业绩。干事创业并非空有一腔热血和抱负就能所向披靡，恒心、耐力和付出是实现目标的关键。真抓实干，意味着咬定目标不松劲，重事功、练事功、善事功，提升发展之能、苦练成事之功，以不懈的奋斗去达成目标。以"为"定"位"、能者上庸者下的浓厚干事创业氛围，必将为全面建设社会主义现代化大都市汇聚起磅礴力量。

新时代是奋斗者、担当者的时代。激发大担当铁担当真担当，以越是艰险越向前的精神奋勇搏击、攻坚克难，我们定能把生动实践写在美丽的渤海之滨，创出更加精彩的未来。

加强干部作风建设
激励干部担当作为

■ 中共天津市委党校马克思主义学院副院长　孙明增

社会主义是干出来的，新时代是奋斗出来的。天津各项事业发展是一代接着一代干出来的、一棒接着一棒接力跑出来的。现在和过去相比，变的是干着不同的事情、解决不同的问题，不变的是艰苦奋斗的作风、一往无前的斗志。习近平总书记指出，领导干部作风不过关，不过硬，党风社会风气就不可能好。市第十一次党代会以来，天津把干部作风建设作为加强党的建设的一个重要内容来抓，激励干部敢于担当、主动作为，为"十四五"开好局、起好步，为全面建设社会主义现代化大都市提供坚强作风保障。

不担当不作为是党和国家事业发展的大敌。天津把治理不担当不作为问题作为干部作风建设的一个重要题目来做，坚持能者上、平者让、庸者下、劣者汰，持续开展不担当不作为问题专项治理，打出一套治理不担当不作为的"组合拳"，让有为者有位、无为者无位、小为者不能大位、平者不能"要"位，切实营造干部"能上能下"的良好氛围。

立好选人用人"风向标"，塑造苦干实干的竞进态势。习近平总书记指出，选什么人就是风向标，就有什么样的干部作风，乃至就有什么样的党风。对干部最大的激励是正确用人导向，用好一个人能激励一大片。激励干部担当作为，首先要树立重实干重实绩的用人导向。天津市委从纠正选人用人不正之风入手，提出三个"坚决处理"、三个"坚决不等"，打响治庸治懒治无为的攻坚战，达到了激浊扬清的效果，形成了调整一个、教育一片、警示一批的震慑效应，为那些敢冲敢闯、动真碰硬的干部提供了轻装上阵、大胆创新的良好条件。

用好考核评价"指挥棒"，打造敢闯敢干的创业生态。有什么样的政绩考核导向，就有什么样的工作追求和施政行为。天津市委着力打造"工作有标准、干部有指标、落实有考核"的全员绩效责任体系，打造了全链条、全过程、全要素、全生命周期的考核体系。通过建立科学有效的考核体系和强化考核结果运用，引导各级领导班子和领导干部在干事创业中比作为、比担当、比改革、比创新、比奉献，营造了踔厉奋发、笃行不怠、敢于担当的浓厚氛围。

念好监督管理"紧箍咒"，锻造干净干事的政治品格。习近平总书记指出，贯彻新时代党的组织路线，建设忠诚干净担当的高素质干部队伍是关键。忠诚干净担当是党对领导干部提出的政治要求。不干净的干部，必然是不忠诚、不担当的干部。天津市委提出"庸政懒政怠政、为官不为也是腐败"的理念，运用监督执纪"四种形态"，抓早抓小抓苗头，管住干部"八小时之外"，引导广大干部明大德、守公德、严私德，知敬畏、存戒惧、守底线，做到克己奉公、以俭修身，永葆清正廉洁的政治本色。

注入专项治理"强心针"，营造干事创业的强大气场。开展专项治理在干部作风建设中发挥着重要作用，其目的是通过正反两手抓，持之以恒反复抓，抓出责任抓出担当。2016年10月，中央巡视"回头看"反馈意见整改以来，天津市委把整治不担当不作为问题作为重要任务，连续开展三年专项治理行动，高擎问责利剑，掀起"问责风暴"，对不担当不作为问题出重拳、下猛药，建立根治不担当不作为顽瘴痼疾的长效机制。通过专项治理三年行动，人民群众的满意度明显提升，担当作为、创新竞进的工作精神在全市蔚然成风。

作风建设永远在路上。当前，同全面建设社会主义现代化大都市的奋斗目标相比，我们自身建设上还存在一些不匹配、不适应的地方，特别是干部作风建设上的一些问题具有反复性和顽固性，稍不注意就会反弹回潮、前功尽弃。确保天津各项事业顺利发展，需要不断深化干部作风建设，激励干部担当作为，凝聚干事创业强大势能。

一场"破"与"立"的自我革命

——天津坚持刀刃向内强力修复净化政治生态

■ 记 者 徐 丽

"圈子文化不绝，政治生态遭破坏；政治原则性不强，好人主义盛行；贯彻党的路线方针政策不到位，政绩观有偏差……"2016年10月，中央第三巡视组向天津市委反馈巡视"回头看"情况。这份"政治体检报告"措辞之严厉、暴露问题之严重，令人触目惊心。

猛药去疴，利剑高悬。近年来，天津市委坚持以习近平新时代中国特色社会主义思想为指引，坚决扛起管党治党的政治责任，以刀刃向内的自我革命精神，把修复净化政治生态作为基础性、系统性工程，像改造盐碱地一样从最深处挖掘、从根子上治理，向圈子文化、码头文化、好人主义宣战，"破""立"并举、激浊扬清、扶正祛邪，深度"改土治水"，推动政治生态逐步出清向好，为改革发展固本强基。

"清风明月本无价，近水遥山皆有情。"良好生态是最公平、最普惠的公共产品。一场"改土治水"的自我革命，积点滴之功，筑磅礴之势，推动天津政治生态从"负资产"变身"正能量"，正气充盈、政治清明正在成为天津迈向高质量发展的鲜明特征和政治优势。

胸怀"国之大者"，践行"两个维护"

——天津把思想净化、灵魂塑造作为政治生态建设之本，让讲政治从外在要求转化为内生动力

党的十八大以来，党中央严肃查处黄兴国、杨栋梁、武长顺等严重违纪违法案件，天津强化全面从严治党，以自我革命的勇气直面问题、刮骨疗毒。遭受破坏的政治生态显露无遗，成为这座城市难以容忍之痛。

根治"病源"，必须正本清源——

一声惊天巨响，一次政坛震动。如果说，"8·12"爆炸事故是天津的"外伤"，那么，黄兴国恶劣影响就是城市"内伤"。"外伤"教训惨痛，波及多个方面，经济数据大幅"跳水"，忽视安全生产的增长模式难以为继。"内伤"大伤元气，触及深层次矛盾，从某种程度上讲，冲击的是天津信心和城市形象。天津市委深刻认识到，经济社会发展的种种问题，根子上是政治生态出了问题。

找准"病灶"、深查"病因"、解析"病理"、根治"病源"。《中共中央关于加强党的政治建设的意见》指出："政治立场事关根本。""坚持和加强党的全面领导，最重要的是坚决维护党中央权威和集中统一领导；坚决维护党中央权威和集中统一领导，最关键的是坚决维护习近平总书记党中央的核心、全党的核心地位。"

天津市委把思想净化、灵魂塑造作为政治生态建设之本，把"两个维护"作为"国之大者"之首要，作为最高的政治原则，最重要的政治纪律、政治规矩，更加坚定自觉地向党中央看齐、向习近平总书记看齐、向党的理论和路线方针政策看齐、向党中央决策部署看齐，以更高标准、更严要求、更大力度推动"两个维护"各项制度规定落地落实，始终做践行"两个维护"的第一方阵。

思想发动是最本质的发动——

天津市委领导班子率先垂范，把学习贯彻习近平新时代中国特色社会主义思想作为首课主课必修课，把贯彻落实习近平总书记重要讲话和重要指示批示精神作为第一议题，总书记的每一篇重要讲话、每一项重要指示批示，都在第一时间传达学习、研究落实措施，做到学习跟进、认识跟进、行动跟进。市委先后印发了《关于认真组织学习习近平总书记一系列重要讲话精神的通知》，制定了《关于市委常委会带头把学习贯彻习近平新时代中国特色社会主义思想不断引向深入的意见》，深入实施《推动学习宣传习近平新时代中国特色社会主义思想在津沽大地形成持续热潮的工作方案》，坚实筑牢同以习近平同志为核心的党中央保持高度一致的思想根基。

2018 年 5 月 14 日，天津礼堂座无虚席。天津召集市、区、乡镇（街道）三级党政机关负责同志 1800 余人，重温习近平总书记对天津工作提出的"三个着力"重要要求，为天津坚定不移走高质量发展之路廓清方向、校准航标。

这次会议的重要意义，在于天津市委更加明确宣示："三个着力"重要要求是引领天津工作的"元"和"纲"，是谋划发展思路、作出发展决策、制定发展规划的总依据，也是具体工作安排、项目选择、产业方向的总遵循；是赋予天津的一份时代考卷，也是做好天津各项工作的最大政治动力。

讲政治贵在知行合一——

学思用贯通、知信行统一。天津组织实施习近平新时代中国特色社会主义思想教育培训计划，开办干部学习大讲堂，市领导同志率先垂范，"干部教、教干部"，对全市 3 万余名处级以上党员领导干部开展大规模集中轮训，深入开展"万名宣讲员普时政""万名支部书记讲党课"，推动大学习大教

◎　天津市全面从严治党主题教育展，图为雕塑"革命性锻造"

育大培训大普及，推动党的创新理论进教材、进课堂、进头脑，促使广大党员干部筑牢信仰之基，补足精神之钙，把稳思想之舵，切实提高政治判断力、政治领悟力、政治执行力。

做到"两个维护"，从根本上讲就是要做到对党忠诚。五年来，天津通过精心组织"两学一做"学习教育、"不忘初心、牢记使命"主题教育和党史学习教育，开展天津市"维护核心、铸就忠诚、担当作为、抓实支部"主题教育实践活动和"迎盛会、铸忠诚、强担当、创业绩"主题学习宣传教育实践活动工作，把对党忠诚教育纳入党内政治文化建设、纳入深化主题教育常态化、纳入家庭家教家风建设，教育引导党员干部自觉将"两个维护"融入内心、融入血脉，把坚定的理想信念植入岗位、嵌入实践，自觉做讲政治、讲忠诚的"知行合一者"，在推动高质量发展、抗击疫情、扶贫助困等重大考验中表现出强大战斗力，以实际行动诠释对党忠诚的信仰信念和政治品格。

讲政治，是我们党补钙壮骨、强身健体的根本保证，是我们党培养自我革命勇气、增强自我净化能力、提高"排毒杀菌"政治免疫力的根本途径。天津市委党校副校长徐中认为，天津市委将思想净化、灵魂塑造作为政治生态建设的"第一道工序"，把"两个维护"作为最高政治原则，融入党员干部思想、灵魂、信仰、价值观最高层、最深处，并成为最深沉的情感自觉、最质朴的价值追求、最强烈的精神力量，推动政治生态发生转折性变化。

破旧俗、立新规，铲山头、拆码头
——天津以重点部位、关键环节为着力点、突破口，深挖细查、动真碰硬，持续修复净化政治生态

习近平总书记深刻指出："我们只有勇于自我革命才能赢得历史主动。"天津坚持严的主基调，以顽强意志、空前力度坚决驱除侵蚀党员干部思想和党的肌体的有害微生物，以疾风厉势彰显修复净化政治生态的坚定决心。

以最高政治站位、最强政治担当狠抓中央巡视反馈意见落实——

"一针见血、切中要害，坚决整改、言必有果。"直面中央巡视整改清单，天津市委把问题整改作为最重要、最紧迫、最严肃的政治任务，市委常委会、市级领导干部带头认账、亲自上阵、以上率下，刀枪剑戟冲自己；各区、各部门上下联动，一起诊疗、一起"康复"、一起整改，吹响天津净化政治生态的冲锋号。

修复"内伤"，要治标，更要治本。天津制定《关于肃清黄兴国恶劣影响进一步净化政治生态的工作意见》，出台28条举措，推动净化政治生态往深里挖、向实里做、从根上治；安排9个巡视组对25个地区和单位党组织开展接力巡视，发现肃清黄兴国恶劣影响、净化政治生态等方面问题676个；

召开全市净化政治生态工作座谈会，通报市委对全市净化政治生态工作专项督查情况，直接点出存在问题的具体单位、具体人、具体事；制定《天津市政治生态建设考核评价实施意见》，每年明确净化政治生态重点任务，与主体责任考核一并开展政治生态建设考核评价……

人、事、因、制，环环相扣、层层递进，推动整改成果持续巩固深化，确保整改问题不反弹、不回潮。

以刮骨疗毒的自我革命精神清除政治土壤中的"有害微生物"——

圈子文化、码头文化、好人主义，在一定程度上，是封建"朋党""帮派"文化与市场经济负面效应相互作用的产物。

南开区政协原党组书记、主席于茂东和市统计局原党组书记、局长武军定殚精竭虑织圈子，依托各种"饭局"拉关系，利用不同圈子谋私利；津南区委原书记李国文与身边商人形成了老板圈，为圈内人承揽工程提供便利……拉帮派，找靠山，搞人身依附，是思想不纯、组织不纯、作风不纯的突出表现。"动真格""硬碰硬"，天津深入整治国企、规划、政法等系统和津南、宁河、西青、武清等区圈子问题。

以"坚决不等了！"的坚毅果断整治不担当不作为——

乱作为、乱拍板是权力的任性，不担当、不作为是权力的傲慢。

作为国内第二个开通地铁的城市，地铁曾带给天津市居民很大便利。但2018年年初，天津市地铁运营里程却跌到了全国第10名左右。"天津地铁怎么了？"带着这一疑问，2018年4月，天津市委巡视八组进驻天津轨道交通集团有限公司开展巡视，对集团党委进行全方位"政治体检"。

"巡视发现，该党委政治站位不高，干事创业积极进取精神不足、积极主动作为意识不够，工作上推拖等靠，守摊守成，缺乏担当意识，存在'地铁越多，责任越重，风险越大'的错误认识……"两个月时间"解剖麻雀"，巡视组精准找到了症结病灶。

对于巡视发现的问题，绝不能捂着、盖着，不能宠着、惯着，天津市委对轨道交通发展缓慢暴露出的不担当不作为问题严肃处理。2018年9月，集团有限公司党委书记、董事长苗玉刚，党委副书记、总经理刘玉琦双双被免职，并在全市范围内公开通报曝光。

这种"躺平"的官场文化，天津坚决破除，坚决不等了！

立"明规矩"，破"潜规则"。近年来，天津各级党员干部有一个共同感受，就是惩治腐败力度前所未有，专项整治力度前所未有，纠治歪风邪气的力度前所未有。广大党员干部自觉抵制圈子、远离圈子，不再花心思拉关系、找门路，心情更舒畅、奋斗意愿更强，形成了创新担当、勇于作为的强大气场。

向重点聚焦、向深度融合、向常态转变、向基层延伸、向社会拓展
——天津以政治生态建设"组合拳"，涵养风清气正的"山水林田湖"

净化政治生态涉及思想、教育、制度、惩治、文化等方方面面，是重塑"山水林田湖"的大系统、大气候。天津树立全局思维、整体思维、贯通思维，加强统筹衔接、系统治理，推动净化政治生态向纵深掘进。

向重点聚焦——

"一把手"抓，抓"一把手"。"净化政治生态的主体是各级党委，'一把手'是影响一个地方、一个部门政治生态的源头。"市委书记李鸿忠一语中的。

2021年11月，天津加强对"一把手"和领导班子监督推动会暨警示教育大会召开，市委严肃告诫大家，要深刻汲取典型案例教训，牢记"一把手"的关键作用，当好"头雁"、带好"雁阵"。

这是自2017年以来天津第五次召开全市性警示教育大会。市和各区每年专题召开纪委全会，组织党政"一把手"述责述廉；每年开展主体责任考核暨政治生态建设考核评价，对排名靠后的，市领导同志亲自约谈"一把手"。

在市委领导示范带动下，天津积极主动、探索创新对下级"一把手"监督的有效途径，不做表面文章，不搞"高空作业"，不当"甩手掌柜"，压实主体责任，纳入日常监督，推动整改落实。

向深度融合——

在十一届市委第一轮巡视部分国有企业的基础上，第二轮、第三轮巡视持续关注国企领域。通过三轮巡视，实现对全市国有企业巡视全覆盖。

随着部分国企问题的"盖子"被揭开，全市国企领域迅速掀起净化政治生态热潮，层层召开警示教育大会，以身边事警示身边人；加强对国企混改方案制定、招商引资、房产土地处置、股权出让等各环节全程监督，有效保障国有资产安全。仅2021年2月中央巡视反馈以来，推动市国资国企领域修订或出台制度措施近500项。

经过系统治理，国企政治生态持续向好，止住了企业发展颓势。

举一反三，触类旁通，推动整改成果向深里延伸、向深度融合。天津扎实开展领导干部利用名贵特产类特殊资源谋取私利、违规干预金融活动谋取私利以及"影子公司"等专项整治，坚决斩断"围猎"和甘于被"围猎"的利益链，破除以权谋私的关系网，铲除政治生态"污染源"。除了国企领域，还有人防系统、规划系统、政法系统、土地领域、环保领域、民生领域、扶贫助困领域……聚焦问题、靶向发力，天津政治生态建设的外溢效应不断显现。

以土地管理领域为例，全市整改违法占地 7.2 万余亩；整治违建别墅项目 281 个、4485 栋、274.3 万平方米；挽回国家和集体经济损失 12.36 亿余元，监督推动市规划资源局收回耕地开垦资金 1.9 亿元。

向常态转变——

政治生态治理贵在"常""长"，攻坚战要打赢，持久战要打好。天津着力建立政治生态建设的常态化、长效化机制，实现年初部署、日常监督、年底考核一起谋划，顶层设计、中层推动、基层落实一起推动，主体责任、监督责任、第一责任人责任一起落实。

"请直接说问题，少谈希望。"在某党委领导班子专题民主生活会上，班子成员中途收到了监督组工作人员递来的纸条，会场的气氛顿时更加严肃紧张，直指问题、红脸出汗成为常态。

民主生活会是政治生活的"常规武器"。但好刀不用也会生锈，民主生活会这一法宝，一度流于形式，少数干部查摆问题不实、互相指正偏软。2017 年开始，市委责令民主生活会存在重形式、走过场、缺"辣味"等问题的单位重开。市纪委创新监督手段，把开展民主生活会监督作为政治监督的重要内容和方式，变"督导列席"为"现场监督"，对责任履行不到位的，严肃追责问责，推动党内政治生活的"炉火"烧得更旺。

向基层延伸——

相对于"远在天边"的"老虎"，群众对"近在眼前"嗡嗡乱飞的"苍蝇"感受更为真切。

大张庄镇是北辰区传统的农业镇，十一届北辰区委开展常规巡察时，该镇田庄村群众的举报比其他村多了很多。经查，发现该村党组织软弱涣散，对乡村振兴战略不了解、不熟悉，集体的土地和厂房出租没有履行民主决策程序，直接损害了村民利益。大张庄镇党委接到巡察组反馈意见后，成立工作专班，深挖细查原因，推动整改工作。通过整改，田庄村集体收益从 80 多万元增加到 190 多万元。

从"乡里乡亲"到"左邻右舍"，基层治理的难题之一，就是熟人监督难。天津在各乡镇（街道）纪（工）委配备专职工作人员，在村（社区）建立 5281 个纪检监察工作联络站。通过片区协作、提级监督、交叉巡察等方式，统筹使用基层监督力量，打通净化政治生态"最后一公里"。群众普遍反映："现在群众的事有人管了，党的好作风又回来了。"

向社会拓展——

"人民群众反对和痛恨什么，就坚决防范和纠正什么。"天津建立政治生态研判评估联动机制，敏锐把握社会舆情、民声热点。市纪委监委在深入调研分析的基础上向市委常委会提交政治生态分析研判报告，同步形成各区和市级党群机关、市级政府部门、市级政法单位、市属高校、市管国有企业六大系统政治生态分析研判报告汇编，全面梳理市管干部廉政档案，精准把握"树木""森林"情况，为压实主体责任提供了明确指向。

既见"树木"，又见"森林"。天津下大气力正"歪树"、治"病树"、拔"烂树"，下真功夫治未病、疗小病、祛大病，全方位修复净化政治生态。市委陆续出台一体推进不敢腐不能腐不想腐的意见、推进清廉天津建设的意见、以案为鉴以案促改以案促治工作办法等制度；摄制警示教育专题片和忏悔实录，在主要媒体开设"廉政天津"等专版专栏，在公交、地铁、公园等播放廉政宣传片，组织 13 万余人次参观全面从严治党主题教育展，形成"多位一体"的警示教育格局；在市、区、乡镇（街道）、社区（村居）建立四级党建工作联席会，与 5000 多个纪检监察工作联络站彼此呼应，实现政治生态建设与基层社会治理相融相通。

　　良好的政治生态，是最好的投资环境，也是最好的城市品牌。"不用到处应酬酒局、饭局了，可以省出更多时间专心工作。""政商关系更加亲清，不用再花各种心思拉关系、找门路了。""政治生态的持续净化，为经济社会发展提供了坚强政治保障。"……天津干部群众的真心感受，折射出政治生态的深刻变化。据统计，2017 年以来，全市立案件数、处分人数整体上升，检举控告量、初次举报量 2018 年以后逐年下降，不敢、知止的态势已经形成，干部群众反腐败信心指数由 2013 年的 81.9％上升到 2021 年的 98.6％。

　　风清则气正，气正则心齐，心齐则事成。山清水秀、海晏河清的政治生态，必将助力天津在全面建设社会主义现代化大都市的新征程上乘风破浪、行稳致远。

坚持不懈营造风清气正政治生态

政治生态好，人心就顺、正气就足。

形成风清气正的政治生态，是旗帜鲜明讲政治、坚决维护党中央权威和集中统一领导的政治要求，是保持党的强大战斗力、旺盛生命力的基础。我们党历经千锤百炼而朝气蓬勃，一个很重要的原因就是我们始终坚持党要管党、全面从严治党。严字当头、一严到底，以管党治党的更大成效取信于民，以净化政治生态的更新气象赢得民心，就能为全面建设社会主义现代化大都市提供坚强政治保证。

习近平总书记深刻指出："我们只有勇于自我革命才能赢得历史主动。"全面从严治党是新时代党的自我革命的伟大实践，历史与现实一再证明，勇于自我革命，营造良好政治生态，才能不断夯实党的执政基础，保障实现更高质量、更有效率、更加公平、更可持续、更为安全的发展。作为首都"护城河"，天津坚持严的主基调，以刀刃向内的勇气、刮骨疗毒的决心和自我革命的精神，强化全面从严治党，推动政治生态"改土治水"，着力构建海晏河清的良好政治环境。一种"破"与"立"的自我革命精神，正在汇聚起推动改革创新发展的强大力量——

抓关键，坚持把政治建设摆在首位。强化政治监督，以刮骨之勇、雷霆之力，坚决清除圈子文化、码头文化、好人主义，强力铲除腐败滋生土壤，把中央巡视整改落实作为政治建设的课堂、熔炉，动真碰硬、对症下药，推动政治生态发生转折性变化。

悬利剑，坚定不移深化反腐败斗争。始终保持高压态势，对违纪违法行为坚决做到发现一起查处一起，绝不姑息、绝不袒护、绝不手软。

严肃查处一批典型案件和问题，形成强力震慑，常态化开展警示教育，一体推进不敢腐、不能腐、不想腐。

强担当，疾风厉势治庸治懒治无为。不担当不作为，不仅成不了事，而且会贻误大事。天津下大力气治理削弱党的建设、阻碍改革发展稳定、影响民计民生等突出问题。猛药去疴、激浊扬清，作风建设向纵深挺进，升腾起干事创业的强大气场。

这是"改土治水"、厚植良好政治生态的过程，也是动真碰硬、严抓严管的过程。治的是环境，严的是作风，事实证明，政治环境越清朗，高质量发展之路就越顺畅。

强大的政党、良好的政治生态，是在自我革命中锻造出来的。勇于自我革命是我们党跳出治乱兴衰历史周期率、历经百年沧桑更加充满活力的成功秘诀。2022年是党的二十大召开之年，历史使命越光荣，奋斗目标越宏伟，就越要弘扬伟大建党精神，永葆自我革命精神，以永远在路上的坚定和执着将全面从严治党向纵深推进。新的历史时期，党的建设面临新形势新挑战，要求我们更加自觉地同党中央要求"对标"，拿党章党规"扫描"，用人民群众新期待"透视"，同先辈先烈、先进典型"对照"，保持"赶考"的清醒，不断提高自我净化、自我完善、自我革新、自我提高的能力，在新征程上激发澎湃动能、展现更大作为。

政治生态的载体是每一名党员干部。党员干部一起耕耘、共同维护，才能以小环境带动大环境，用小生态优化大生态。立足新发展阶段，贯彻新发展理念，构建新发展格局，推动高质量发展，对党员干部的政治能力、思想行动提出了更高要求。政治上，不断提高政治判断力、政治领悟力、政治执行力，扎扎实实贯彻党中央决策部署，不打折扣、不做表面文章；思想上，勤掸"思想尘"、多思"贪欲害"、常破"心中贼"，坚持正风反腐力度不减、节奏不变、尺度不松；行动上，把干净与担当、勤政与廉政统一起来，冲锋在前、敢于亮剑，以高度的政治自觉肩负起净化党风政风的责任。

良好的政治生态来之不易，更不会一劳永逸，必须持续用力、久久为功。踏上新的"赶考"之路，我们要保持清醒头脑，一刻不停推进党风廉政建设和反腐败斗争，持续净化政治生态，以山清水秀的政治生态为高质量发展提供坚强政治保证。

以自我革命精神
书写全面从严治党新篇章

■ 中共天津市委党校政治学与统战理论教研部主任、教授　张亚勇

强大的政党是在自我革命中锻造出来的。党要领导人民推进伟大社会革命，就必须发扬自我革命精神，以自我革命精神打造和锤炼自己。五年来，在以习近平同志为核心的党中央坚强领导下，天津敢于正视一度盛行的圈子文化、码头文化、好人主义问题，决不讳疾忌医，以彻底的自我革命精神坚定不移推进全面从严治党向纵深发展，党的自我净化、自我完善、自我革新、自我提高能力不断增强，党的创造力、凝聚力、战斗力显著提高，书写了全面从严治党新篇章，为全面建设社会主义现代化大都市提供坚强保障。

旗帜鲜明讲政治，是我们党作为马克思主义政党的根本要求，是我们党培养自我革命勇气、增强自我净化能力、提高排毒杀菌政治免疫力的根本途径。从根本上讲，管党治党"宽松软"问题都根源于政治上的"宽松软"，党内存在的很多问题都与政治问题相关联。回顾过去一个时期，之所以出现党的领导弱化、党的建设缺失、党员干部"七个有之"等问题，根本原因就在于党的政治建设没有抓紧抓实抓好。正如习近平总书记所指出的，"政治问题，任何时候都是根本性的大问题"。抓住党的政治建设这个关键，就找到了自我革命的根本途径。加强党的政治建设，就要坚决维护党中央权威和集中统一领导，在思想上政治上行动上全方位向以习近平同志为核心的党中央看齐，切实做到党

中央提倡的坚决响应，党中央决定的坚决执行，党中央禁止的坚决不做。五年来，天津始终以"党中央决策部署的焦点在哪里，工作着力点就放在哪里"的政治自觉，聚焦习近平总书记重要指示批示精神，坚决推动党中央决策部署在津沽大地落地落实，发挥了首都政治"护城河"作用。

净化党内政治生态是坚持党的性质宗旨的重要法宝，是自我净化、自我完善、自我革新、自我提高的重要途径。"蓬生麻中，不扶自直"。政治生态污浊，从政环境就恶劣；政治生态清明，从政环境就优良。政治生态和自然生态一样，稍不注意，就很容易受到污染，一旦出现问题，再想恢复就要付出很大代价。净化党内政治生态，就要拿起自我革命的锐利武器，以刮骨疗毒、刀刃向内的勇气，向自身肌体的亚健康、"毒瘤"以至"病灶"开刀，治"病树"、拔"烂树"、护"森林"。该拔的"烂树"坚决拔掉，该治的"病树"及时治疗，把腐败分子"择出来、踢出去"，把真正的好干部提起来、用起来、立起来，不断匡正选人用人风气，培树自我革命的中坚力量，为净化党内政治生态提供"风向标"。一段时期以来，天津曾经圈子文化、码头文化不绝，好人主义盛行，政治生态遭受破坏。面对被严重污染的政治生态，天津准确把脉，深刻剖析政治生态遭破坏的"病因""病灶""病理"，以一系列扎实有效的举措推动政治生态全面出清、全面向好。

不担当不作为是干部懒政怠政的表现，是阻碍经济社会发展的顽症痼疾。不担当不作为导致工作长期没有实质性进展、问题长期得不到解决，必然会引起群众的强烈不满，严重损害党群干群关系，严重损害党和政府形象，严重动摇党的执政根基，是党的大敌、人民事业的大敌，必须坚决予以根治。治理不担当不作为，就要发扬自我革命精神，既立足当前治标，以雷霆之势对不作为不担当问题出重拳、下猛药，又着眼长远治本，坚持边纠边治边建，建立健全从源头上根治不作为不担当的长效机制。天津以"坚决不等了"的鲜明态度，大力开展以治理"庸懒散浮拖"为重点，"亮剑"不担当不作为问题的专项治理行动，对那些占着位子、顶着帽子、混着日子、摆着样子的"堂上木偶"掀起"问责风暴"。经过持续努力，不担当不作为专项治理取得了良好成效，干部队伍担当作为的精神状态得到激发，崇尚实干、勤勉为民的氛围已然形成。

自我革命永远在路上。新征程上，只要我们不断增强自我革命的政治自觉，初心不改、奋斗不息，将自我革命进行到底，就一定能够取得全面从严治党新的更大战略性成果，继续书写天津经济社会高质量发展的精彩答卷。

战 "疫" 中的坚守

　　反映天津秉持人民至上、生命至上，坚守"致广大而尽精微"之道，以强烈的政治担当抓好新冠肺炎疫情防控。"致广大"，坚决贯彻"动态清零"总方针，最大限度保护1400万人民群众生命健康；"尽精微"，坚决落实"科学精准"方法论，全力打好疫情防控的人民战争、总体战、阻击战。

一场"广"与"精"的全民战"疫"

——天津坚持"动态清零"有力有效抗击新冠肺炎疫情

■ 记 者 周志强

2022年夏日的津城，风景如画，活力迸发。新冠肺炎疫情防控"动态清零"成果持续巩固，一批稳市场、促消费政策落地，产业链供应链稳步恢复，企业加紧组织生产，景区景点等社会公共区域有序开放，街头巷尾回归都市繁忙，"烟火气"扑面而来……

2022年是抗击新冠肺炎疫情的第三个年头。三年来，天津坚决贯彻落实习近平总书记重要指示批示精神和党中央决策部署，始终保持战略定力和谨慎之心，坚持人民至上、生命至上，坚持外防输入、内防反弹，坚持"动态清零"总方针，以快制快扑灭每一起疫情，切实筑牢疫情防控屏障，疫情防控取得重大战略性成果。

"致广大而尽精微"，是天津战"疫"的不变坚守。"广大"所系是人民健康、"国之大者"。各级党委政府牢记初心使命，弘扬伟大抗疫精神，以强烈的政治责任感抓实抓细防控工作，持续强化应急体系和应急能力建设，确保用最短的时间实现"动态清零"。"精微"处见系统思维、统筹能力、

◎　全市核酸大筛，本市开发区采样点秩序井然

治理能力。天津充分发挥党的领导和社会主义制度优势，统筹防控资源力量、统筹防控与发展，科学施策，守护民生、助企纾困，奋力打好疫情防控的人民战争、总体战、阻击战。

致广大

——坚持"动态清零"总方针，最大限度保护人民群众的生命安全和身体健康

"人的生命是最宝贵的，生命只有一次，失去不会再来。"在疫情防控斗争中，习近平总书记始终强调，要把人民群众生命安全和身体健康放在第一位。"在保护人民生命安全面前，我们必须不惜一切代价，我们也能够做

到不惜一切代价。"

人民至上、生命至上。新冠肺炎病毒不断变异，德尔塔、奥密克戎毒株接连出现，传播能力越来越强。天津毫不动摇坚持"外防输入、内防反弹"总策略和"动态清零"总方针，因时因势调整措施，升级加力"天津战法"，抓实抓细防控举措，以防控工作的确定性应对疫情的不确定性。从"一船两机三楼"遭遇战到 2022 年奥密克戎疫情攻坚战，天津果决出击，对疫情发现一起扑灭一起，在"动态清零"中有效阻断病毒传播，以扎实的工作举措"致广大"。

致广大，就是要呵护好全市 1400 万百姓的生命健康

一城百姓，父老乡亲。风雨来时，党和政府始终是他们最坚强有力的依靠。

2020 年春节临近，新冠肺炎疫情突如其来。1 月 20 日晚，天津市委、市政府连夜召开专题会议，传达贯彻落实习近平总书记关于疫情防控工作的重要指示精神，部署疫情防控工作，建立起市级专门组织指挥和办公机构，有力有序推进防控。各级各部门第一时间行动起来，一场气壮山河的战"疫"打响。

生命重于泰山，疫情就是命令，防控就是责任。关键时刻，各级党政主要负责同志坚决扛起肩上的政治责任，全市构建起集中统一、灵敏高效的防控指挥体系，扁平化运行。面对重点疫情攻坚战，上级指挥部及时下沉下一级指挥部统筹调度，集中力量攻坚克难。各级指挥部建立医疗救治、流调溯源、转运隔离、物资保障、核酸检测、交通管控、疫苗接种等工作专班，密切配合，高效运转。强化发热门诊、急救中心、基层医疗机构、零售药店等"哨点"作用，确保早发现、早报告、早隔离、早治疗……

"纵向到底、横向到边"的防控网，在津沽大地铺展开来，筑立起一道

抗击疫情、守护百姓的强有力屏障。

致广大，就是要扛起首都"护城河"政治职责

疫情防控，关乎全局。天津守土有责，守土尽责，坚决筑牢首都"护城河"。

同高传染性的病毒较量，就是与时间赛跑。以快制快，始终是天津抗击新冠肺炎疫情的坚决态度。

抗疫斗争一开始，面对当时还属陌生的病毒，在没有多少处置先例可循的情况下，天津果断决策，频出快招、硬招。2020年1月21日，天津动车客车段发生聚集性疫情，市防控指挥部随即部署采取封控隔离措施。1月31日，又在全国率先实施大范围人群集中隔离，将400多名封控区内人员和居家隔离观察人员，连夜转运到4个刚建成的集中隔离点，有效阻断了病毒进一步传播扩散。

2020年1月24日，农历除夕，天津接到报告，计划25日一早停靠天津的"歌诗达赛琳娜号"邮轮上，15人出现发热症状，船上共148位湖北籍旅客。市委、市政府当机立断：主动迅速、科学处置，全力以赴维护全船人的安全健康！一场惊心动魄的应急处置迅即展开，仅用24小时即完成登船筛查取样、直升机送检样本、乘客撤离疏散等工作，创造了科学抗疫的经典战例。

2022年1月8日，天津打响国内第一场本土传播奥密克戎疫情阻击战。面对严峻复杂的局面，强化应对措施，封管区域迅速划定，同步展开病例转运救治、流行病学调查、核酸检测筛查……仅用14天，就实现了社会面"清零"。

核酸检测是加快推进"动态清零"的利器。天津持续加强检测能力建设。2022年3月22日，在国务院联防联控机制举办的新闻发布会上，国家卫生健康委医政医管局局长焦雅辉介绍，天津等城市可在1天内完成约1200万人口的核酸检测。

◎　共产党员先锋队主动帮助防控人员做好疫情防控工作

致广大，就是要服从服务防控"一盘棋"大局

集中力量办大事、办难事、办急事，非凡的组织动员能力、统筹协调能力、贯彻执行能力是我国社会主义制度优势。

从武汉保卫战、湖北保卫战到大上海保卫战，天津医疗队闻令而动，连人带物资火速增援。在本市疫情攻坚战中，哪里有需要，人员、物资、服务等资源力量即投向哪里，服从服务于防控需要。

"我是党员，坚决服从指挥，到一线去！"2020年春节期间，天津要求公务人员提前返岗。当年2月在疫情最胶着的关键阶段，市委一声号令，市级机关单位13078名党员干部两天内报名下沉到社区、村，党旗在抗疫一线高高飘扬。2022年1月，面对前所未有的奥密克戎疫情，市、区两级部门先后派往津南主战场的党员干部超过 1.1 万人。他们以社区、村网格为基本单位入队入列，控疫情、保民生，夜以继日投入战斗。全市机关党员干部召之即来、来之能战，成为疫情防控攻坚克难的突击队和基层一线"守土保家"的坚强后盾。

尽精微
——坚持"科学统筹"方法论，最大限度减少疫情对经济社会发展的影响

疫情防控是一场大考，是一张"综合卷"，既要全力以赴救治每一位患者、切断病毒传播途径，又要保障人民群众的正常生活就医需要，统筹疫情防控和经济社会发展。

天津坚持系统思维和"科学统筹"的方法论，不断提升综合治理能力，在政策措施的统筹推进中"尽精微"。

统筹防控力量和医疗资源，管理精密化——

2022 年 3 月 22 日，本市隔离管控群众 24 小时就医服务专线接到求助电话，黑龙江省来津就医的一名恶性肿瘤晚期患者表示，希望能尽快离开集中隔离点到市肿瘤医院治疗。接报后，市、区两级工作专班立即与市肿瘤医院专班对接。第二天上午，患者就被及时转至该医院隔离缓冲病房。

疫情防控一开始，天津就统筹全市医疗资源，建立起患者救治"总医院"机制。随后，推进精细化管理，形成新冠肺炎患者救治定点医院、入境隔离人员就医定点医院、封管区人员就医定点医院、其他人员就医医院等分级分类诊疗格局，在确保防控安全的同时，满足群众看病就医需求。

2022 年年初迎战奥密克戎疫情，封管区域人员众多，天津分类施策，在津南等区指定专门医院收治封管区域常见病患者；建立天津医科大学总

医院等 6 大 "战区医院" 会诊指导救治机制，"托底" 急危重症患者；推进 "互联网 + 医疗服务"；延长处方药取药周期……形成行之有效的工作经验。

在此基础上，市卫健委明确了市、区两级管控人员医疗服务保障机制和不同患者分类处置指导意见。各区全部开通管控人员就医绿色通道，建立包括一个工作专班、一个 24 小时服务专线、一所就医定点医院等 "八个一" 的标准化工作体系，充分保障封管区域群众就医需求。

统筹疫情防控和社会生活，保障精细化——

"库里有肉，地里有菜，仓里有粮，心里不慌。" 物资保障组是市防控指挥部最早成立的专班之一。

2022 年疫情期间，本市动员大型批发市场、超市、菜市场、便利店在落实防控措施的前提下应开尽开。同时，加强货源组织，将全市蔬菜库存由供应 2 天水平提高到 3 至 4 天，米面油存量由 20 天提高至 30 天。随后，市商务局又制定《新冠肺炎疫情期间天津市农产品批发市场和菜市场保供工作导则》，详细指导各区建立保供机制，做好包括封管区域在内的农副产品市场供应。

2022 年 3 月 26 日，鉴于疫情形势，河北区宣布对月牙河街进一步强化管控。原本热闹的街道静了下来，但更大的挑战才刚刚开始。40 多个小区，5.1 万名居民，60 岁以上老人比例高达 37%……如何保障这么多人的日常生活？

河北区商务局驻街协调生活物资保供，第一时间对接食品企业、超市、农产品批发市场等保供单位，连夜设立保供点，包括米面油肉蛋菜等超过 50 种生活必需品一应俱全。与此同时，居民也通过线上渠道下单采购，日均下单量达 1.2 万笔，种类超 300 种，由上千名下沉干部和社区工作人员 "无接触" 配送。每日物资供应量，线下超 120 吨，线上约 20 吨，前者保基本需求，后者有个性化选择作补充。细致的工作举措，帮助居民安心度过管控期。

统筹疫情防控和经济发展，政策精准化——

4天时间，线上申请的300万贷款快速到位！2022年天津出台"助企纾困15条"，给天津新亚精诚科技有限公司带来实实在在的帮助，企业资金周转压力一下子减轻不少。"中小微企业就是这样，有时候差的就是一口气，缓过来了，危机就渡过了。"公司总经理杨文东打算把这笔钱投入原材料采购，尽快恢复生产。

保市场主体，就是保民生、稳就业。天津坚持一手抓防控，一手抓发展。2020年2月上旬，为全力支持受疫情影响较大的企业渡过难关，天津出台"惠企21条措施"，3月中旬又有针对性地出台"中小微企业和个体工商户27条措施"，5月再次集中推出"稳运行20条举措""发展夜间经济十大工程""促进汽车消费11条措施"等。其间，还创造性地推出"一企三人两员"机制，由下沉干部"一企一策"帮扶企业复工复产。

2022年3月25日，本市出台"助企纾困15条"，围绕市场主体关心的税费减免、稳岗用工、金融支持等方面分类施策，投入真金白银，进行精准扶持，帮助企业纾困解难，对冲疫情带来的影响。6月1日，推出稳住经济六方面35条措施。为了更好地帮助企业知晓政策、享受政策，还一并公布每条惠企政策的咨询电话，加强政策宣传解释，确保企业和群众"应知尽知""应享尽享"。

聚众力
——坚持"人民战争"制胜法宝，最大限度发挥人民群众积极性、主动性、创造性

习近平总书记指出，不论形势如何发展，人民战争这个法宝永远不能丢。

"亲爱的全市父老乡亲、兄弟姐妹们……"2022年1月10日，市委、市政府一封《致全市父老乡亲的慰问信》，用温暖真挚的话语，打动了无数在严寒中等待核酸检测的市民。广大群众扶老携幼、井然有序，以积极乐观的心态，全力配合核酸检测筛查，为天津尽早实现社会面"清零"作出重要贡献。

"积力之所举，则无不胜也。众智之所为，则无不成也。"在疫情防控中，天津坚持"一切为了人民、一切依靠人民"，凝心聚力打好这场人民战争。

聚众力，重在全民广泛发动，以信息透明保障作战主动

疫情防控伊始，天津就强调加强信息发布，充分保障市民的知情权，宣传普及防控知识，引导广大群众增强责任意识和自我防护意识，形成群防群控合力。

天津发挥市级媒体融合优势，24 小时滚动发布权威防疫动态。病毒溯源和感染者轨迹信息及时发布，以信息透明换市民安心，消除社会恐慌，提示配合防控，坚定必胜信念。

2020 年 1 月 23 日起，天津建立疫情防控新闻例行发布常态化机制，最多一天召开了 5 场新闻发布会，最大限度保障公众知情权。天津新闻发布会深入浅出、条分缕析，疾控专家张颖因对病毒溯源的"教科书式讲解"，受到全国网友的广泛赞誉，被大家亲切地称为"福尔摩斯·颖"。

同年 1 月 29 日起，天津在全国首推"发热门诊候诊信息定时播报"，利用新媒体每两小时发布一次最新的各发热门诊、核酸检测机构候诊人数信息，为市民分散就医提供参考。两年多来从未中断。2022 年这一做法被全国媒体广泛报道点赞，登上网络热搜，相关报道全网总阅读量超过 10 亿次。

聚众力，重在夯实基层基础，织密筑牢抗疫网格阵地

疫情防控这场硬仗，检验基层组织的执行力、组织力、引领力。

近年来，市委高度重视基层基础工作，坚持以党建为引领，推行"战区制、主官上、权下放"，完成"飞地"治理，强化基层党组织在基层治理中的领导轴心作用，做实做细网格化管理……全市基层治理锻造得更加坚实有力。

"今天不到 4 点我们就到岗了，得提前准备。"2022 年 3 月 27 日，有着 3000 多户居民的西青区津门湖街道海逸长洲社区要进行核酸检测，社区党委书记兼居委会主任倪正姣一早就忙活开了。培训志愿者、调整完善检测采样点设施、走访小区重点人群、做好返津居家隔离人员管理……小小的社区留下了她和同事细密的足迹。这个上午，倪正姣的步数记录超过 2 万步。

近年来，天津每年面向全国招录农村专职党务工作者和社区工作者，一批又一批拥有大学学历的年轻人充实到基层，为筑牢社区防控阵地提供了有力的组织保证。

今年不到 30 岁的邱锐，是河西区马场街道气象里社区网格员。前一段时间经过她十多次的宣传动员，80 多岁的老两口终于顺利接种新冠疫苗。"社区工作就是一个做沟通的工作。医生判断可以接种，但老人子女有顾虑，我们的工作重点是取得家属理解支持。"邱锐介绍。

聚众力，重在全市众志成城，铸就抗击疫情铜墙铁壁

团结一心、众志成城。人民战争的主体是全体人民。

"谢谢您配合我们的流调工作……"2022 年 1 月 14 日 20 时 35 分，岳阳道小学教师鲁琳娜打完了所在小组的第 400 个流调电话。这一轮疫情，天津教育系统超过 10 万名干部教师投入抗疫，其中 4 万多名教师参加电话流调。

河东区鲁山道街道翠景芳邻小区志愿者团队，60 多人的队伍先后"打包"组织 10 次小区核酸检测筛查，不落一户、不漏一人。

天津战"疫"，是一片"白色"的海洋。

广大医务人员不惧可能被感染的风险，白衣为甲、逆行出征，以敬业无畏

◎ 社区居民化身"大白"志愿者

诠释医者大爱。从武汉保卫战到上海保卫战，年过古稀的"人民英雄"张伯礼始终冲锋在前；海河医院"插管敢死队队长"于洪志，高危操作总是第一个上……在核酸检测筛查中，全市医务人员无论寒暑，不分昼夜，任劳任怨。

天津战"疫"，是一片"守护蓝"的海洋。

"这次疫情出现后，我们所的民警都是拎着行李到的单位。""面对疫情，我要做第一道防线！"封控管控、维持秩序、点位值守，乃至帮管控人员采买……全市民警辅警，用冲锋、坚守，也用责任、温情，筑起坚实的"防疫长城"。

天津战"疫"，是一片"志愿红"的海洋。

教育工作者、社区党员、小区物业人员、大学生、普通市民……

千千万万人挺身而出，投身志愿服务，成为筑牢一线防控阵地的"硬核"力量。

天津战"疫"，还有很多很多的"颜色"。即使在平静的日子里，依然有大量工作人员守护在"外防输入"的第一线。海关、机场、港口、入境人员集中隔离点……在这些感染风险高、不确定性强的岗位上，活跃着新时代"最可爱的人"。

慎终如始，枕戈待旦；千磨万击，我自如磐。当前，疫情防控工作仍处于"逆水行舟、不进则退"的关键时期。天津处于我国对外开放的前沿，"外防输入"不容有失；扛起首都政治"护城河"的职责，"内防反弹"责任重大。全市人民正在坚定不移贯彻落实中央决策部署，坚决有力抓好各项防控措施，坚持不懈发扬斗争精神，"致广大而尽精微"，持续巩固来之不易的防控成果，奋力夺取疫情防控和经济社会发展双胜利。

评论员文章

战"疫"大考中书写"人民至上"答卷

越是危难关头，越能见品格，越能见担当。面对疫情大考，我们这座城市用坚定行动书写"人民至上、生命至上"的厚重答卷。

疫情防控是"国之大者"。"要把人民群众生命安全和身体健康放在第一位""采取更加有效措施，努力用最小的代价实现最大的防控效果，最大限度减少疫情对经济社会发展的影响"……新冠肺炎疫情发生以来，习近平总书记亲自指挥、亲自部署，天津坚决贯彻落实习近平总书记重要指示精神，坚定不移落实"外防输入、内防反弹"总策略和"动态清零"总方针，从严从实开展常态化疫情防控工作，切实筑牢疫情防控屏障。

守护好人民群众的生命健康，是比天还大的事。疫情防控，变的是不同阶段的相关举措，不变的是贯穿其中的鲜明主题——坚持以人民为中心，把维护人民群众生命健康安全摆在首位。

生命重于泰山，人民利益高于一切。2020年1月疫情突袭，天津以最快速度启动一级响应，打出一系列组合拳，用不到两个月的时间实现本地确诊病例清零，取得了抗疫斗争的重大战略成果。2022年年初，天津在全国首战奥密克戎，以最快速度、最小代价控制疫情扩散。周密部署、雷厉风行，确保人民群众生命健康安全，彰显特殊时期、紧要关头的政治站位和责任担当，凝聚

355

起最宝贵的民心、民气、民力。

在大考中交出合格答卷，以时不我待的精神、分秒必争的行动抓实抓细疫情防控各项工作，是我们战胜对手的有力"武器"。迎战奥密克戎时，网友发现一个细节：天津众多政务微博、客户端、电视频道，在每天6时至午夜，每隔两小时更新一次详尽的全市发热门诊候诊信息，这项工作从疫情发生到现在两年多从未间断。相关话题一度冲上热搜，阅读十几亿次，有网友留言"平时不在意的小细节，在关键时刻却是就医的保障"。从人民群众的切身利益出发，凡事深想一层、多做一步，即使困难再大，也千方百计、锲而不舍去做。开展"敲门行动"倾听群众意见诉求，市、区两级干部下沉到服务企业的最前线"蹲点办公"，保障好"菜篮子""米袋子"和群众看病就医需求……疫情防控期间，全力以赴保障市民生活需要，将疫情影响降至最低，稳住了民心，稳住了抗疫斗争的大后方。

最大限度保护人民生命健康安全的"法宝"，是坚持"动态清零"不动摇，科学防治、精准施策。我们以快制快打快仗，态度坚决果断、行动迅速有力，从紧从严、从早从快、从细从实落实各项防控措施，有力有效筑牢疫情防控屏障。坚持科学统筹的方法论，根据实际情况持续优化防控措施，不断提升分区分级差异化精准防控水平，使防控工作更具针对性，更快速更有效。"动态清零"，让我们用最小的代价实现最大的防控效果，最大限度减少疫情对经济社会发展的影响。这是坚持"人民至上、生命至上"的必然要求，也是尊重科学、尊重规律的有力体现。

实践充分证明，我们的防控政策是经得起历史检验的，我们的防控措施是科学有效的。坚持就是胜利，坚持定能胜利。当前疫情形势依然严峻复杂，必须慎终如始，时刻绷紧疫情防控这根弦，始终保持定力、保持斗志，对疫情传播的警惕性不降低，对疫情防控的措施要求不降低，坚决克服麻痹思想、厌战情绪、侥幸心理、松劲心态，做到守土有责、守土尽责，铸起团结一心、众志成城的钢铁长城。

上下同欲者胜，同舟共济者赢。保持战略定力，坚定必胜信念，发扬斗争精神，把各项防疫工作抓实、抓细、抓落地，心往一处想、劲往一处使，我们就一定能巩固住来之不易的疫情防控成果，夺取疫情防控和经济社会发展的双胜利。

全面践行"广大"和"精微"的天津抗疫之道

■ 天津市中国特色社会主义理论体系研究中心秘书长　王伟凯

"广大"和"精微"是中国传统文化所倡导的行事之道，"广大"强调的是广度和大局，"精微"专注的是精细和微小。新冠肺炎疫情出现以来，天津市始终深入贯彻习近平总书记重要指示精神，坚持"外防输入、内防反弹"总策略和"动态清零"总方针不动摇、不放松，统筹做好疫情防控和经济社会发展工作，恪守"致广大而尽精微"的防控部署之道。

以"高站位、大格局"把"广大"做得更广更大。思维是行动的指南，有什么样的思维就会有什么样的行动。天津并非仅就本市范围内进行防控，而是牢牢把握大局意识，始终做到以人民为中心，坚持"人民至上、生命至上"，把防控工作放在了坚决筑牢首都疫情防护"护城河"高度、放在了京津冀一体化高度和保障全国人民健康的高度。

党的十八大以来，随着京津冀协同发展战略的深入推进，京津冀一体化建设取得了飞速发展，区域内人员流动、商品流通、经济往来很是频繁。天津把坚决维护人民群众生命安全和身体健康放在第一位，在铁路、客运站及高速口设立卡口和专用通道，对离津进京人员进行相关检测核验，在未排除感染风险前，坚决做到不离津、不进京，同时鼓励两地通勤人员居家办公，从而在根本上降低了新冠肺炎疫情对京、冀地区可能带来的隐患。

如果说针对京津冀地区作出的防疫部署是因为唇齿相依的地缘，是一般的广，那么针对全国作出的部署则是一种更广的思维战略。作为北方地区最大的经济中心和现代化港口城市，天津市人员密集，流动性大，如何确保往返天津的人员安全是一道必答题。天津市始终坚持防控"全国一盘棋"的决策要求，充分运用大数据和信息化建设优势，积极研发了诸多数据系统，从而把"早""快""精""准"的战略思维贯穿了抗疫全过程。

习近平总书记曾强调指出，要提高战略思维、历史思维、辩证思维、创新思维、法治思维、底线思维能力，善于从纷繁复杂的矛盾中把握规律，不断积累经验、增长才干。有了战略思维，才能有战略部署，天津正是用这种大战略、大视角、大思维、高站位来部署谋划抗疫，才使得疫情在发现之初，就被牢牢控制在了较小区域内。

"以精准化和实操化"把"精微"做得更精更细。"精微"是一种方法论，也是干事能够取得成功的重要基础。天津市在抗击新冠肺炎疫情中，紧紧抓住了"精微"这个切入点，采取了"横向到边，纵向到底，上下联动"模式，让社会看到了天津疫情防控取得成效背后"软实力"的硬底气。如对"三区"的精准划分以及区内的精细管理，对机场、车站等公共场所的精细消杀，充分运用大数据、云平台等信息技术手段对人员流动性的精准性摸排，在全员核酸检测中的工作细致安排等。

再从软件配套的支持来看，天津市也是紧紧抓住了"精微"这个制约工作的重要核心，如在核酸检测过程中，天津市组建了专门技术团队，在24小时内完成了一套相对稳定成熟的信息录入系统，大大提升了工作效率。由此可见，天津市的"精微"完全是站在人民的立场、从人民的角度出发，以更精、更细的工作安排，更精、更细的环节设计来推进工作开展，真真践行了"至广大而尽精微"的成事之道。

2022年1月11日，习近平总书记在省部级主要领导干部学习贯彻党的十九届六中全会精神专题研讨班开班式上的讲话中指出，正确的战略需要正确的策略来落实。策略是在战略指导下为战略服务的。战略和策略是辩证统一的关系，要把战略的坚定性和策略的灵活性结合起来。在抗击新冠肺炎疫情过程中，天津市全面贯彻习近平新时代中国特色社会主义思想，把习近平总书记提出的"战略"和"策略"要求以及关于疫情防控工作的重要指示精神充分落实到了工作部署的方方面面。天津在巩固已有防控态势的基础上，一手抓战"疫"，一手抓发展，全面彰显了复杂形势下的战略定力。